聖刻

堂場瞬一

聖刻

目次

装幀　坂野公一（welle design）
写真　©acube/orion/amanaimages

聖刻

第一部

不幸な始まり

1

「前《まえ》尾《お》昭彦《あきひこ》？」柿谷《かきや》晶《あきら》は思わず目を見開き、反射的に腕時計を見た。午後三時四十五分。「前尾昭彦が出頭したの？　殺人事件の犯人として？」

「違う、違う」受話器を置いた捜査一課の同僚・井端《いばた》遼《りょう》太郎《たろう》が、慌てて顔の前で手を振った。「あの前尾が出頭してきたら、大事件じゃないか。出頭してきたのは息子の方だよ。名前は前尾弘大《こうだい》」

「それだって大事《おおごと》じゃない」晶はすぐに、大きなトートバッグを肩に担《かつ》いだ。「場所は？」

「六本木《ろっぽんぎ》署」

「何で六本木署？　管内に住んでるの？」殺人事件の特捜本部は、二人が今詰めている練馬《ねりま》中央署に置かれている。

「たぶん、そうじゃないかな。だとしたら、好感度はよくない」井端が皮肉っぽい表情を浮かべる。

「個人的な感想はいらないから」晶はぴしりと言った。同期のこの男性刑事は、少し口が軽過ぎる。

「だけど、家が六本木署管内だぜ？」

「井端には関係ないでしょう」

早速出かけようとしたところで、係長の三国《みくに》が会議室に入って来た。額には汗が浮かんでいる。

「被疑者《タマ》が六本木署に出頭してきた件、聞いたか？」三国が二人に訊《たず》ねる。

「今、六本木署から電話が入りました」晶は答えた。

「すぐに行ってくれ」

「今出かけようとしてたところです」指示が遅い、と苛《いら》つく。

「十分用心しろ。相当ややこしくなるぞ」

「他の人たちはどうします？」井端が訊ねる。特捜本部に詰めている他の刑事たちは全員出払っていて、たまたま報告で戻って来た二人だけがここにいたのだ。

「とりあえずお前ら二人で叩いてくれ。スピード優先だ」指示しておいてから、三国が心配そうな表情を浮かべる。「お前ら二人で……大丈夫だよな？」

　晶はむっとして三国を睨《にら》んだ。どうして係長が心配しているかは分かる。この同期コンビは、警視庁捜査一課殺人犯捜査第八係で最年少なのだ。最年少といっても、二人とももう二十九歳、たまたまこの二年ほど後輩の配属がなかっただけで、経験は十分積んでいる。もう一つの理由は、晶が女だから。警察官になる前は、「女性であること」を強く意識したことはないが、今は時々、見えない壁にぶつかっている実感がある。警察はまだ完全な男社会なのだ。

「何を心配してるのか分かりませんけど、他の人は必要ないです」

「おお……分かってるよ。とにかくすぐに行ってくれ」三国が目を逸らしたまま指示した。

「車にしないか」階段を駆け下りながら、井端が言った。

「電車の方が早いわよ」特捜本部の置かれた練馬中央署は、複数の路線が乗り入れる練馬駅のすぐ近くにある。六本木署の最寄駅である六本木までは、都営大江戸《おおえど》線で一本だ。

「いや、逮捕したら、こっちへ連れて来ることになるじゃないか」

「車なら、向こうにいくらでもあるから。とにかく、渋滞はＮＧ」晶は渋滞が大嫌いだ。気が向くと愛車のＭＧ　ＲＶ８でドライブに出かけるのだが、渋滞しそうな時は絶対に避ける。パトカーの場合、パトランプを鳴らせば他の車は避《よ》けてくれるが、それでも運転が面倒なのは間違いない。

「そうか……了解」

井端がジャケットに袖を通した。少し歩いただけで汗が噴き出すほどの暑さでも、この男は絶対にシャツ一枚では仕事をしない。ネクタイを外しただけで、クールビズとしては十分だと思っている節がある。

「それよりお前、あまりカリカリするなよ。係長をぶん殴りそうな勢いだったけど」

「必要だと思えばぶん殴る」

「合気道の有段者なんだからさ……」

「合気道は、打撃じゃなくて投げ技と関節技。殴るんじゃなくて、床に転がすから」

「それも怖い」

大きなお世話。だいたい、気に食わない相手をいちいち投げ飛ばすのは、合気道の精神に反している。

大江戸線で六本木駅に着くと、二人は地下鉄の構内を歩いて、六番出口から地上に出た。ここから署までは一分もかからない。しかし八月の陽射《ひざ》しはまだ凶暴で、晶は早くもブラウスが背中に張りつき始めるのを感じた。隣を歩く井端が涼しい顔をしているのが気に食わないが、不満が顔に出ないように気をつけながら、彼の歩調にペースを合わせる。

六本木署は、あまり六本木らしくないごちゃごちゃとした呑《の》み屋街を抜けた一角にある。庁舎は比較的新しく、白と黒を大胆に散らしたモダンなデザインだ。黒地に白で「六本木警察署」と書かれた縦型の看板がないと、普通のオフィスビルと見間違えてしまいそうである。この街の雰囲気に合わせたわけではあるまいが……最近は警察の庁舎も、素っ気なく威圧感が強いデザインとは限らず、少し冒険したものも多い。ここなど、その最たるものだろう。

　二階の刑事課に上がって、すぐに課長に挨拶する。畠《はた》と名乗った小柄な刑事課長は、二人の顔を見て、一瞬戸惑いの表情を見せた。男女コンビがそんなに珍しいのだろうか。

「とんだ災難でしたね」井端が愛想よく言った。

「いや、別に災難じゃないけどな」畠が苦笑する。「こういうことはよくあるよ。ただ、いきなりだとたまげるな」

「ですよね」井端が妙に爽《さわ》やかな笑みを浮かべる。

　無駄話が始まってしまいそうなので、晶は刑事課長をせっついた。

「今、どこにいるんですか」

「取調室で、うちの刑事が話を聴いてる。後はあんたたちに任せていいな？」

「もちろんです」晶はうなずいた。「あんたたち」というより、この場では自分の仕事だと思っている。井端は、取り調べがあまり上手くないのだ。

「どんな男ですか？」

　井端が、のんびりした口調で訊ねた。この男は慎重というか、とにかくどんなことでもじっくり下準備をしたがる。必ずしも悪いことではないのだが、こういう場合はまどろっこしく感じてしまう。

「行くよ」晶は低い声で、二人の会話を打ち切った。そのままさっさと、取調室が並んだ刑事課の一角に向かう。使っていない時は必ずドアを開けておくのがルール……今、閉まっているドアは一ヵ所しかなかった。

　晶は拳《こぶし》で三度、強くノックした。返事を待たずにドアを開けると、正面に座った男の顔が目に入る。これが前尾弘大……父親の前尾昭彦なら、ほとんどテレビを見ない晶でも知っている。いわゆる「大物司会者」で、朝の時間帯に民放のワイドショーで長く司会をしている。十年以上続く長寿番組で……あれ、何でこんなことを知っているのだろうと、晶は自分で驚いた。ろくにテレビも観ない、芸能ニュースに興味もない、前尾昭彦の声も思い出せないのに。

弘大の顔には、やはり父親の面影《おもかげ》がある。切れ長の目、すっと通った鼻筋。綺麗《きれい》な三角形の顎《あご》。座っているので身長は分からないが、スタイルは良さそうだ。上半身はポロシャツ一枚で、適度に鍛えているのは胸と腕の筋肉のつき方を見れば分かる。

「失礼します」声をかけて取調室に入る。庁舎は新しいが、取調室は既に取調室——素っ気なく、冷たく、座っていると背筋に恐怖感が這《は》い上がってくるような雰囲気がある。これはどこでも同じだ。

こちらに背を向けて座っていた中年の刑事が立ち上がる。井端が警戒のために中に入って、前尾弘大の正面に座った。勝手に始めるな、と心の中でつぶやきながら、晶は中年の刑事と挨拶を交わした。

「あんたら、ついてるよ」新開《しんかい》と名乗った中年の刑事が言った。

「どういうことですか」

「あれはもう、完全に仏《ほとけ》になってる」

仏——全てを自供する気になっているわけか、と晶はうなずいた。だったら話は早い。

「発生、一昨日だっけ？」

「一昨日の午後十一時半頃です」

「これで特捜の解決率も上がるな」新開が皮肉っぽく唇を歪《ゆが》める。「まあ、後は裏づけ捜査だけで十分じゃないか。すっかり萎《しお》れてるから、優しくやってやれよ」

「詳しい話は聞きません。ゼロから始めたいので」

「それはどうぞ、ご自由に」

新開は少しむっとしている。せっかく親切に教えてやろうとしているのに何だ、という感じだろう。しかし前尾弘大は、自分たちの獲物だ。完全にゼロベースから事情聴取を始めたい。

ドアを閉めると、前尾弘大の正面に座っていた井端が振り返り「どうする」と目で問いかけてくる。晶はうなずき、ここは任せて、とアピールした。井端が一瞬肩をすくめて席を譲り、自分は記録者用のデスクに向かう。さっそくバッグからパソコンを取り出してセットした。それを確認してから、晶は前尾弘大の正面に腰を下ろす。

「今回の事件を担当している、警視庁捜査一課の柿谷です」

名乗ってさっと頭を下げたが、弘大は明確な反応を見せなかった。ぼんやりと晶の顔を見てかすかにうなずいただけで、すぐに目を逸らしてしまう。新開の説明とは異なり、「仏」になった感じはしない。

「まず、名前と住所、生年月日を確認させて下さい」

「前尾弘大……住所は渋谷《しぶや》区千駄《せんだ》ヶ谷《や》です」

「実家の住所ではないんですね？」

「今は一人暮らしです」

「実家の住所もお願いします」

「港《みなと》区南麻布《みなみあざぶ》」

「今日は、実家から来たんですか？」

「そうです」

「職業は？」

「会社員です」

「どこの会社ですか」

「ＭＡフロント」

聞き覚えがない会社だ。晶は言葉を切り、弘大の顔を見た。依然として、こちらと目を合わせようとしない。

「外資系の会社ですか？」

「いえ。父の……」

「前尾昭彦さんの所属事務所？」

「所属事務所というか、父が代表をしている事務所です」

「つまりあなたは、お父さんの事務所のスタッフとして働いているんですね」

「そうなります」

なるほど……大物芸能人が、節税対策などで事務所を構え、家族を社員として雇う——そんな話を聞いたことがある。

人定《じんてい》を終え、晶は本題に入った。

「練馬区内で発生した、女子大生殺人事件の犯人だと名乗り出てきたんですね」

「はい」弘大の声は今にも消え入りそうだった。

「被害者は古島萌《ふるしまもえ》さん、二十二歳。東法大《とうほうだい》政治学部四年——顔見知りですか」

「はい」

「どういうご関係ですか」

「昔……二年ぐらい前につき合っていました」

ふと、井端の視線を感じる。被害者に以前恋人がいたという情報は初耳――晶は井端に向かってうなずきかけた。

一昨日の夜遅くに事件が発生し、晶たち捜査一課八係は、昨日の早朝から捜査に取りかかっていた。既に古島萌の現在の恋人である三田泰樹《みたやすき》の存在は割り出し、昨日の夕方、事情聴取を済ませていたが、しっかりしたアリバイがあった。今年の春から商社で働き始めた三田は、三日前から先輩と一緒に大阪に出張中で、帰京したのは昨日の昼過ぎだった。

「古島萌さんを殺したのは間違いないですか」

「間違いありません」弘大が認めた。

「詳しい状況を教えて下さい。時間は？」

「一昨日の、午後十一時……十一時半頃です」

時間は合っている。しかしこの辺の情報はニュースでも流れたから、「犯人しか知り得ない事実」にはならない。

「場所は？」

「大江戸線の新江古田《しんえごた》駅の近く……住所は分かりません」

晶はうなずいた。新江古田駅自体の住所は中野《なかの》区になるのだが、ほぼ練馬との区界上で、現場は練馬区だった。

「そこで何をしましたか」

「萌――古島さんを押し倒しました」

「どういう状況だったんですか？　現場で待ち伏せしていたんですか？」

「家の……彼女の家の前で」

萌が住むマンションは、目白《めじろ》通りから一本入った住宅街にある。目白通りは深夜まで車が行き交う幹線道路だが、そこを外れると急に静かな住宅街になる。愛知県出身の萌は、上京時からそのマンションに住んでいた。

「待ち伏せしたんですね？」晶は念押しした。

「はい。待ってました」

「何のために？」

「それは……話をしようと思って」

「あなたたちは、二年ぐらい前につき合っていた。でも、もう別れたんですよね？」

「はい」

「何の話をしようとしたんですか？　今になってよりを戻そうとしたとか？」

弘大が無言で首を横に振った。今の指摘は当たりだろう、と晶は自信を持っていたのだが……二年前に別れても、まだ気持ちが燻《くすぶ》っていてもおかしくはない。しかし弘大は、すぐには事情を話すつもりはないようだった。まあ、いいだろう。動機の解明が後回しになっても、特に問題はない。まずは犯行事実の確認が優先だ。

「萌さんとは、ちゃんと話ができたんですか」

「いえ」

「それで殺した？」

「はい」弘大の喉仏が上下する。

「どんな風に？」

「萌がパニックになって、摑《つか》みかかってきて……」弘大の声がかすれる。

「それからどうしました？」

「振り払ったんですけど、強く押してしまって、彼女が倒れて……」

「倒れてどうなりましたか？」

「歩道の縁石に頭をぶつけて動かなくなりました」

晶はうなずいた。この証言は、傷の状態と一致している。

「あなた、身長は？」

「百八十センチです」

「萌さんは百五十八センチ。体格差はかなりありますね。無理に押したら、倒れて怪我することは分かっていませんでしたか？」

「そんなことを考えている余裕はなかったです」

井端がちらりとこちらを見てうなずく。取り調べは今のところ順調……当たり前だ。自首してきた犯人の取り調べで失敗するなんて、あり得ない。こちらは話がスムーズに流れることだけを意識すればいい。

晶はその後も、犯行前後の状況を細かく確認し続けた。弘大は時々言葉には詰まったが、証言に矛盾はない。やはり、覚悟を決めてこの署に飛びこんできたようだ。さらに弘大は、「これを持っていた」とナイフを見せた。凶器ではないが、殺意の証明にはなる。

一通り話を聴き終え、午後六時半。これで逮捕状は取れるだろう。弘大は完全に「落ちて」おり、今後の捜査にも支障はなさそうだった。

「ひとまず休憩します」晶は弘大にうなずきかけた。

「あの……俺、どうなるんですか?」

「特捜本部のある練馬中央署へ移動した後、逮捕状が執行されて、身柄を拘束されることになります」

「分かりました。ご面倒おかけします」弘大が頭を下げる。顔を上げると、目に涙が浮かんでいた。

「前尾さん」晶は両手を組んでテーブルに置いた。一番大事なことを確認しておかないと。「いったいどうして、こんなことをしたんですか」

「それは……」

「言いたくないですか?」

「すみません」また頭を下げる。

「分かりました。ゆっくりやりましょう。急いで話すことはないですから」今後の取り調べでは、ここが肝《きも》になる。

「すみません」

二度目の謝罪。これは誰に向けたものなのか……警察に面倒をかけて申し訳ないと思っているなら筋違いだ。謝るべき相手は、古島萌とその家族だろう。しかし、ここで説教する気にはなれない。少なくとも弘大は自分の罪を認め、反省の姿勢を見せているのだから。ふてぶてしい犯人に対しては、もっと厳しく攻めるのだが。

取調室のドアをノックする音が聞こえた。ちょうど会話の切れ目だったので、晶は「はい」と声を上げて立ち上がり、ドアを開いた。顔を突っこんできたのは、係長の三国と、八係の取り調べ担当である警部補の岡田《おかだ》。今年四十五歳になった岡田は、露骨に苛ついた表情を浮かべている。たぶん、自分より十六歳も年下で係で最年少、しかも「女性刑事」が最初の取り調べを行ったのが気に食わないのだろう。一番早く六本木署に来られたのが自分と井端というだけなのに……男の井端が取り調べを担当していたら、ここまでむっとしないはずだ。そういう気持ちは分かるが、怒るのは筋が違う。

「どうだ」

晶は取調室を出ると後ろ手にドアを閉めた。岡田はさほど背が高くないので、あまり上を向かずに済む。晶は自身の身長がせめて百七十センチあれば、と思うこともしばしばだった。日本人男性の平均身長が百七十二センチぐらい。目線が同じなら、臆することなどないのだから。百六十五センチある晶は、高いヒールの靴を履《は》けば多くの男性と目線の高さが同じになるのだが、そういう靴では、聞き込みで街を歩き回る時に難儀する。

「落ちました」

「自分で出頭してきたんだから、当たり前か」馬鹿にしたように岡田が言った。

「勝手に喋《しゃべ》ったわけじゃありません。私が落としました」

「ああ、分かった、分かった」面倒臭《くさ》そうに岡田が首を横に振る。

「犯行時の証言に矛盾はありません」

「動機は？」

「そこは喋っていないんですが、二年ほど前に被害者とつき合っていたようです」

「なるほど」岡田が顎を撫で回した。「男女関係のもつれ、か。別れたつもりがそうじゃなかった……そういうことはよくあるからな。独身の人間には分からないと思うけどな」

「仰る通りです」議論するのが面倒で、晶は同意した。

「おや」岡田が眉をひそめる。「認めるのか。お前は反発しそうだが」

「独身なのは事実ですから」

「まあ、いい。後はこっちで引き継ぐ」

「だいぶ参っているようです」

「だろうな」

「だから、ケアを――」

「容疑者にケアもクソもあるか」吐き捨て、岡田が取調室に入って行った。

晶はドアを閉めなかった。気配に気づいた岡田が顔をしかめて、晶に近づいて来る。

「何だ」

「ちゃんとケアして下さい」晶ははっきりと言った。「今時、岡田さんみたいなやり方は認められないし、流行りませんよ」

「お前に心配してもらう必要はない」岡田の頰は引き攣《つ》っている。

「私が岡田さんを逮捕するようなことにならないように、祈ります」

「ああ?」岡田が片目だけを大きく見開いた。「何言ってるんだ、お前」

「そんなやり方してると、いずれ訴えられますよ。特別公務員暴行陵虐《りょうぎゃく》罪」

晶はさらにきつく言って、岡田の眼前で、思い切りドアを閉めた。すぐにドアが開いて怒鳴りつけられると思ったが、開く気配はない。岡田は気が短く、笑顔を見せることなどほとんどない。それが容疑者に対する圧力になり、相手はビビって喋ってしまうのだが、そういう高圧的なやり方はもう許されない。昔の――それこそ昭和なら通用したかもしれないが……四十五歳の彼は、どういう教育を受けてきたのだろう。

「とにかくごくろう」三国が上機嫌で言った。

　係長と話すのも面倒臭いので、さっと頭を下げて立ち去ろうとしたのだが、簡単には解放してもらえなかった。取り調べの様子を詳細に確認してきたのだ。晶が淡々と報告しているうちに、三国は次第に不機嫌になってくる。何かまずいことをしたのかと思ったが、彼はまったく別のことを心配していた。

「事件はこれでまとまるだろうが、ここから先は面倒だぞ」

「と言いますと？」

「親だよ、親」

「前尾昭彦ですか？」

「あれだけの大物の息子が逮捕されたわけだから」三国が口をへの字にねじ曲げた。

「何か圧力でもあったんですか？」

「事務所から早々と連絡が入った。ええと……」三国が手帳を開いた。

「ＭＡフロントですね」晶は指摘した。

「分かってるよ」三国が顔をしかめる。「そこの専務を名乗る五十嵐《いがらし》という人物から、何度も確認の電話があった」

「ＭＡフロントは、前尾昭彦さんの個人事務所です」

「じゃあ、五十嵐という人も、専務とは言ってもマネージャーのようなものだろう」三国が手帳を閉じる。「いずれにせよ、事件については知っていた。家族には話したんだろうな。前尾昭彦は謝罪会見の準備をしているそうだ」

「本人には関係ないじゃないですか」

「子どもがトラブルを起こせば親が謝るのが日本流なんだよ。ましてや今回は殺人だ。ヤクや猥褻《わいせつ》事件とは訳が違う」

　しかし警察には関係ないのでは、と晶は思った。それを口に出すと、三国がさらに深刻な表情になった。

「前尾弘大という男も、一時芸能活動をしてたそうだ。高校生から大学生にかけてだけど……その後は足を洗って、父親の手伝いをしているみたいだけどな」

「もう調べたんですか？」

「それぐらいは、ウィキペディアでも分かる」

「ずいぶん簡単にウィキペディアを信用するんですね」

　晶が皮肉を飛ばすと、三国の顔が真っ赤になった。

「お前、いつも一言多いんだよ」

「すみません」晶はまったく心をこめずに謝った。

「とにかく」三国が咳払いした。「これからかなり混乱するのは間違いない。お前もしばらく待機だ」

「了解です」

　超有名テレビ司会者の息子が、殺人の犯人と名乗り出る——それがきっかけで様々なトラブルが広がっていく様は、簡単に想像できる。ただしそれは、警察が関与すべき問題ではない、と晶は判断した。警察はあくまで、事件の処理だけに徹するべし。それによって巻き起こる影響にまでかかわっていたら、とても身が持たない。

晶は、人気《ひとけ》が少なくなった刑事課の部屋の窓辺に寄った。ブラインドのスラットを指で押し下げ、外を見ると、早くもこの件で波紋が起き始めているのが分かった。

庁舎の前の道路に黒塗りのハイヤーやテレビの中継車がずらりと並び、テレビカメラのライトがパッとついて明るくなる。いくら何でも早過ぎないか、と訝《いぶか》りながら、晶は壁の時計を見た。午後六時五十分。弘大が自ら出頭してきてから、まだ三時間ほどしか経っていない。広報課は、この情報をもうしばらく抑えておくこともできなかったのだろうか。

一つ分かっているのは、自分もこの騒ぎに巻きこまれるのは間違いない、ということだった。

2

疲れた……晶は、特捜本部が置かれている練馬中央署の会議室に入るなり、椅子に浅く腰かけ、足を前に投げ出して首をがくりと後ろに倒した。何も私を晒《さら》し者にしなくてもいいのに、と思う。

六本木署から練馬中央署へ弘大を移送するミニヴァンの中で、晶は助手席に座らせられた。警戒の意味も含めてここに誰かが座るのは当たり前なのだが、自分でなくてもよかったはずだ。三国は「こういう時の広報は大事なんだ」と言って——ニヤニヤしながら指示してきた。つまり、女性もしっかり捜査一課の仕事をしている、と世間にアピールするために、私を助手席に座らせた……顔バレするのが嫌で、晶はマスクで顔の下半分をしっかり隠し、さらに車を運転する時以外は使わない眼鏡をかけた。六本木署の駐車場を出る時には、カメラのフラッシュで目が眩《くら》んだが、それでもずっと目を開け続けた。この拷問は練馬中央署に到着する時にも繰り返され、まだ目がチカチカしている。これで目が悪くなったら、マスコミの連中に損害賠償請求できるかもしれない、と本気で考えた。
だいたい、あんな場面の写真を撮ることに、何の意味があるのだろう。前部座席と後部座席の間はグレイのカーテンで仕切られているし、後部座席側のウィンドウはスモークガラスなので、中は一切映らない。「容疑者を乗せた車が出ていく」ところを撮影しても、意味はないはずだが……マスコミの狙いはイマイチ分からない。

夕飯を食べていないので腹が減った。特捜本部では、所轄《しょかつ》が弁当を用意してくれているのだが、食べる気にもなれない。外はまだ三十度近いし、こういう時は冷やし中華か何かで軽く済ませてさっさと帰りたいのだが、外へ出る気力もなかった。

「元気ないな」井端が軽い足取りで戻って来る。手にはコンビニエンスストアの袋。署の向かいにあるローソンのものだった。「ほら、冷やし中華」井端が袋を掲げた。

「何で分かったの？」だらしない姿勢のまま、晶は目を見開いた。

「分かったって、何が」

「ちょうど冷やし中華が食べたいと思ってた」

「愛、かな」井端がニヤリと笑う。

「変なこと言うと、殺すわよ」

「またまた」

「美優《みゆ》ちゃんにタレこんでもいいんだけど」

「それだけはやめてくれ」井端がいきなり真顔になった。彼の恋人・美優とは、晶も面識がある。学生時代からもう八年もつき合っているそうだが、まだ結婚する話にはなっていないらしい。

「やめておくけど、代わりにその冷やし中華はあなたの奢《おご》りね」

「今のところ、俺の方がマイナス三千五百円かな」スマートフォンを取り出し、井端が確認した。捜査一課に来てからずっと相棒を組んでいるのだが、食事の時にあまり割り勘にはしない。どちらかが全部出して、次はもう一方が払う、というのが暗黙のルールになっている。それをこの男は、一々メモしていたわけ？　小さいなあ……。

二人は無言で冷やし中華を食べた。コンビニの冷やし中華だからそんなに美味《うま》いわけもないのだが、ちょうど食べたかったせいか、心地よい酸味が体に染み入る。食べ終えてほっと一息ついたところで、近くにあったテレビをつけて音量を上げた。午後十時前、ちょうどニュースが始まる時間だった。

弘大逮捕のニュースは、よりによってトップで伝えられた。

「速報です」アナウンサーが真剣な表情でニュースを読み上げる。「今月一日、東京都練馬区で発生した女子大生殺人事件で、犯人が今日、警察に出頭してきました。出頭してきたのは、あのテレビ司会者の長男でした」

画面が切り替わり、六本木署を出る車の映像が映る。晶は思わず顔をしかめたが、井端は面白がってからかってきた。

「何でマスクなんかしたんだよ」

「顔バレしたくないから」

「お前、顔はいけてるんだから、アピールすればよかったのに」

「顔バレしたら、これから仕事がやりにくくなるでしょう」

そんなのは基本中の基本ではないか。どうも井端には、ミーハーな一面がある。とはいえ、刑事として全然駄目というわけではない。聞き込みや尾行、張り込みなどの基本的な捜査はそつなくこなすし、巡査部長の試験も一発で合格した。晶は周りが勧めるのを無視して昇任試験は受けず、肩書きは「巡査長」だ。実質的には巡査と同じである。

「お前、広報課とかに行ってもいいんじゃないか？　これからは、警察ももっと積極的に広報する方がいいんだよ。そのためには、女性に頑張ってもらった方が――」

「ちょっと黙って」晶は井端を制した。「観てるんだから」

井端が肩をすくめる。

ニュースでは、事件の概要、弘大が出頭してきた経緯、さらに弘大の経歴などを紹介した。宣伝用らしい、綺麗な写真つき。今はタレント活動はやめているというが、テレビ局には過去のデータが残っているのだろう。

弘大は、高校在学中に芸能活動を始めた。百八十センチの長身を生かして、最初は男性誌のモデル。さらにテレビにも進出して、単発のドラマに何本か出演した後、ＮＨＫの連続ドラマで準主役に抜擢《ばってき》されている。評判は上々だったようだが、このニュースではそれ以外の出演番組は紹介されなかった。これが代表作ということだろうか……後で確認してみよう。

画面がスタジオに切り替わり、アナウンサーがまた緊迫した表情で告げる。

「この逮捕を受けまして、先ほどから前尾昭彦さんの会見が始まっています。現場からお伝えします」

晶は思わず身を乗り出した。こういう時はやっぱり、親が謝罪会見を開かないといけないわけね……かすかに同情しながら画面に集中する。

画面には、いきなりグレイヘアーの脳天が映った。前尾が頭を深々と下げているのだ。顔を上げたが、さすがに顔色はよくない。険《けわ》しい表情で、真っ直ぐ前を見つめて話し始める。

「この度は、私の長男、弘大の犯した罪で、被害者の方、そのご家族の方、並びに関係者の皆様にご迷惑をおかけして、大変申し訳ございません」そこでまた頭を下げる。再び顔を上げた時には、先ほどよりも厳しい表情になっていた。「本日、弘大は警察に出頭して逮捕されました。今日の午後に弘大から初めて話を聞き、私たち家族も仰天しました。初耳でした。その場ですぐに警察に出頭するように諭《さと》しました。弘大はそれを受け入れ、一人で自宅近くの警察署に出向きました」

「事実関係について教えて下さい」レポーターの声が飛ぶ。こういう時はやはり、事件取材を担当する社会部の記者ではなく芸能レポーターが主役なんだ、と晶は納得した。それにしても、この人はどこで会見しているのだろう。明らかに屋内、そして結構広い。ということは、自宅ではあるまい。どこかの局が場所を貸したのではないだろうか。

「事実関係については、警察の方の捜査もありますので、こちらで言うのは差し控えさせていただきます。ただ弘大は、自分がやったのは間違いないと申しておりました」

「ご家族は、まったく気づかなかったんですか」

「誠に情けない話ですが、ご指摘の通りです」

「今は、同居されているんですか？」

「いえ、家を出て一人暮らしをしております。普段から一緒にいれば、こんなことにはならなかったかもしれません」

晶は少し白《しら》けた気分になった。二十四歳にもなる立派な大人の面倒を、まだ親が見なければならないのか。

「この場を借りて申し上げますが、私は、現在司会を務めている東テレの『ワイドモーニング』を降板いたします。明日の放送からは出演いたしません。関係各位には大変ご迷惑をおかけしますが、私なりのケジメとさせていただきます」

「完全降板なんですか」

「既に局側にはそう伝えました。明朝の『ワイドモーニング』でも、この事件についてお伝えすることになると思います。そこで、関係者である私が司会をしているのは、いかにもおかしいと判断しました。局側にも了承していただきました」

「十年以上も司会を続けてきた番組を降板するのには、大変な決断が必要だったのではありませんか」

「もちろんです。しかし、責任は取らなくてはいけません」

そこで画面がまたスタジオに切り替わる。アナウンサーとコメンテーターが事件について話し始めたので、晶はテレビのボリュームを絞った。こういう人たちの発言が、警察にとって役に立つとは思えない。

今夜は、特捜本部は解散になった。捜査会議もなし。明日の朝一番で捜査会議を開き、今後の方針が示されることになる。とはいえ、そんなに難しいことにはなるまい。何しろ、特捜本部がほとんど何もしないうちに、犯人が確保されたのだ。これからは、弘大の証言の裏づけを取り、捜査を組み立てていけばいい。これで特捜の解決率が上がるわけだ……しかし晶は、何故か楽天的な気分になれなかった。テレビ画面で謝罪する前尾の顔が、頭から離れない。

あれは私だ。

私は公の場で謝罪したわけではないけど、気持ちは同じだ。

大江戸線で新宿《しんじゅく》まで出て小田急《おだきゅう》線に乗り換え、自宅の下北沢《しもきたざわ》へ戻った時には、午後十一時近くになっていた。この時間でも下北沢駅近辺は賑わっており、道路が狭いせいもあって歩くのも大変なほどだが、商店街を抜けると急に静かな住宅地になる。所轄から本部へ異動になってから、通勤に便利なこの街にマンションを借りたのだが、今でも何だか落ち着かない。朝はいいのだが、夜帰って来る時には、遅くまで騒いでいる若者たちのパワーに気圧されてしまうのだ。もちろん晶だって若くないわけではないが、この街を闊歩《かっぽ》する人たちの平均年齢は、自分より十歳ぐらい下だろう。

　駅から歩く七、八分の時間が、仕事とプライベートの切り替えのタイミングだ。とはいえ現在、プライベートは実質的に壊滅状態……つき合っている人もいないし、友人と会う機会もほとんどない。捜査一課の殺人事件担当係は、事件が発生する度に順番に現場へ出て行き、捜査が終わると待機になる。この待機が意外に多く、定時で帰れる日の方が多いのだが、それでも学生時代の友だちや警察の同期と会う機会は作りにくかった。二十九歳というのは、重要な仕事を任されて忙しくなってくる年齢だし、結婚して子育て真っ最中の友だちもいる。

　部屋に戻る前に、駐車場に回って車を確認した。ただ眺めるだけだが……ツーシーターのＭＧＲＶ８は、今の感覚では軽自動車のようなサイズである。暗いブリティッシュグリーンのボディは、夜の闇に沈んでいた。しばらくドライブはお預けだからね、と心の中で声をかける。

　シャワーで一日分の汗を洗い流し、洗面所の鏡を覗きこむ。そろそろ髪を伸ばそうかな、と考えた。子どもの頃からずっと長くしていたのだが、警察官になった時に、思い切ってベリーショートにして以来、基本的に髪型は変わっていない。髪にかける時間が節約できたのは正解だったが、それでもずっと同じ髪型というのは、何かを放棄した感じがしないでもない。でも、伸ばすとまたいろいろ面倒だから……タブレットで明日以降の捜査のために下調べを始める。それこそウィキペディア頼りになってしまったが、前尾昭彦、それに弘大のキャリアを一通り摑んでおく必要があった。

前尾昭彦のページは、だいぶ荒らしに遭《あ》っているようだが、それでも内容的には充実している。今年六十四歳。元々ＮＨＫのアナウンサーだったが、四十歳で辞めてフリーに転じた。その後は司会者として様々なテレビ番組で活躍し、その地位を盤石なものとしたのが、十二年前から続いている東テレの『ワイドモーニング』である。晶は一度も見た記憶がないのだが、同時間帯での視聴率は常に一、二を争っているというから、東テレにしても大事な看板番組だろう。そもそも『ワイドモーニング』の正式名称は、『前尾昭彦ワイドモーニング』。まさに冠《かんむり》番組なわけで、彼が降板したらこのタイトルはどうなるのだろう。

前尾が番組を降板した件は、ネットメディアで既にニュースになっているが、それは敢《あ》えて読まないようにした。読み始めるときりがない。それにこの時点では、記事にまだ中身があるとも思えなかった。

さて、息子の弘大の方は……先ほどのテレビのニュースで見た通り、高校在学中にスカウトされてモデルの仕事を始めた。事務所の方では、前尾昭彦の息子だとは知らずに声をかけたということになっているが、これが本当かどうかは分からない。出自を特に隠すことはなく、最初から「前尾昭彦の長男」として売り出していたのだ。もしかしたら、スカウトされたというのは一種の「しこみ」で、父親が主導権を握ってデビューをしかけていたのかもしれない。

まあ実際、顔だけ見れば……芸能界でもやっていけそうな感じだ、と思う。今風のすっきりしたイケメンで、反感を持たれにくい顔だ。逆に言えば特徴がないとも言えるけど。

今のところキャリアの最高到達点は、やはりＮＨＫのドラマへの出演のようだ。当時は二十二歳、大学四年生のようだったが、何か心境の変化があったのだろうか。ちょうど萌と別れた頃だが、それと関係があるのかもしれない。

　本人のキャリアについては、明日以降しっかり詰めていけばいい。こういう情報をいくら集めても、動機に直接つながるという保証はないが、これは外せない仕事になるはずだ。育った環境や現在の状況が、犯行に関係している可能性もないとは言えない。

　今日はこれぐらいにしておこう。テレビをつければ、まだこの件のニュースが流れているかもしれないが、情報はシャットアウトしておいた方がいい。ニュースで伝えられる情報は、既に晶たちが知っていることばかりのはずだ。もちろん、このニュースはマスコミ的には一級品だから、しばらくは力の入った報道合戦が続くだろうが。

　さっさと寝ておかないと、と思ったが、晶はデスクについて便箋《びんせん》を取り出した。筆圧が強いのは自分でも意識しているが、前に書いた手紙の跡が、しっかり残っている。光の当て具合によっては読めそうだが、そんなことをしなくても内容は頭に入っている。

　書いていることは、毎回だいたい同じなのだから。

　　柿谷道郎《みちろう》様

　晶です。ご無沙汰しています。どうしてもお話ししたいと思い、この手紙を書いています。

　今、あなたが何を考えているかは分かりませんが、私たちの苦しみを少しでも解消するために、何らかの説明をする義務があるのではないでしょうか。私たちは今も苦しんでいます。

　連絡を下さい。話す機会を作って下さい。それがあなたの責任です。

便箋を二枚はぎとり、丁寧に三つに折って封筒に入れる。宛先はなし。相手がどこにいるか分からないのだから、当然だ。自分の住所と名前だけを封筒の裏に書いて封をし、一番下の引き出しに入れる。

これはたぶん、五十三通目の手紙だ。一番下の一番大きな引き出しは、同じ封筒で埋まっている。

出す当てもないのに。出す意味も、たぶんないのに。

3

翌朝の捜査会議で、晶と井端は前尾昭彦に対する事情聴取の仕事を振られた。これは一段低いレベル……捜査の本筋とは直接関係ないと言える。しかしここで突っ張って、「ちゃんとした仕事をさせて下さい」と主張しても無駄だ。先輩の女性刑事の中には「男並みの仕事」「重要な仕事」をさせてくれと常に声高に主張していた人もいたのだが、大抵上手くいかなかった。そもそも考えてみれば、自分と井端はまだ係の中で下っ端である。まず雑用のようなことから始めて——というのは、どんな仕事の覚え方としても間違っていないと思う。ただし、下積みが長くなり過ぎているのは事実だ。

捜査会議が終わると、晶は井端と軽く打ち合わせをした。仕事を振られただけで、それを「どうやって」やるかについての指示はない。やり方は自分たちで考えろ、ということだ。

「事務所については分かるぜ。調べておいた」井端が自分のスマートフォンを覗きこんだ。

「電話してみる？」

「ＯＫ」

井端がスマートフォンを操作し、すぐに耳に押し当てたが、ほどなく渋い表情で諦めた。

「出ないの？」

「もう一度かけてみる」

結果は同じだった。事務所の固定電話が鳴っても、出ないことにしているのかもしれない。マスコミからの面倒な問い合わせを避けたいのだろう、と想像できた。三国からマネージャーの携帯の番号を聞いていたのでかけようかと思ったが……それよりも、直接事務所へ行った方が早い。

「家にもかけてみるよ」自宅の連絡先は、昨夜弘大から聞き出していた。しかし結果は同じで、誰も電話に出ない。

「事務所の住所、南麻布だよね？」晶は確認した。

「ああ。家と同じだな。住所が一致してる」

「自宅兼事務所だとしても、単独の事務所だとしても、マスコミが張ってるでしょう。そういうところへ突っこみたくないな」

「また顔バレＮＧか」井端が肩をすくめる。

「当たり前じゃない……そっちへ向かうとして、その前にちょっと手を打ってみる」

「何かあるのか？」

「芸能人対策をどうするか、大友《おおとも》さんに聞いてみる」

「大友さん？　知り合いなのか？」

大友鉄《てつ》は、捜査一課の別の係で取り調べ担当をしている。どんな容疑者も、彼の前に座っただけで自然に喋り出すという伝説の持ち主で、ついでに言えば捜査一課で——あるいは警視庁で一番のイケメンだ。それは晶も認めざるを得ない。

「話したことはある」

「大友さん、だいぶオッサンだけど、ああいうのが好みか？」

「井端さあ……」晶は溜息をついた。「同期だからいちいち言わないけど、後輩の子にそんなこと言ったら、一発でセクハラ認定だからね」

「そんなつもりじゃないけど」井端が顔をしかめる。

「そういうのは、言った方の問題じゃなくて、受け取る側の問題だから。とにかく、あなたは車を用意しておいて。私は大友さんに電話するから」

肩をすくめて井端が立ち去る。晶はスマートフォンを取り出し、捜査一課に電話をかけた。大友が直接電話に出る。

「いろいろ大変みたいだね」

大友がいきなり切り出した。こちらの事件もちゃんと把握しているわけか……それなら話が早い。

「簡単にまとまりそうですけど、周辺捜査がちょっと面倒です」

「だろうね。前尾昭彦の息子だから」

「それで……アドバイスをもらえますか？」

「何の？」

「芸能関係者を調べる時に、何か注意すべきことはありますか？」

大友は、学生時代に演劇に打ちこんでいたせいで、今でも芸能界とつながりがあるという。かつて自分が所属していた劇団絡みの事件を解決したこともあるそうだ。

「いや、普通の事件と同じでいい。向こうに、特別扱いをしていると思わせない方がいいよ」

「そうですか？」

「変に忖度したり、便宜を図ったりすると、結局上手く行かないことが多い。自然体でいくのが一番だよ」

「自然体、ですか」

「まあ、君の自然体は少し乱暴らしいから、そこはちょっと抑えて」

「別に乱暴じゃないですよ」むっとして言い返す。

「まあ、いいよ」電話の向こうで大友が軽く笑った。「とにかく、変に気を遣ったり遠慮したりすることはない。話を聴く時は、いつもと同じでいいんだ」

「自然体ですね……分かりました」

「アドバイスになったかどうかは分からないけど」

「いえ、十分です。ありがとうございました」

準備完了。晶はトートバッグを担いで立ち上がった。自然体、と自分に言い聞かせながら。


とりあえず、パトカーに乗って事務所へ向かう。隣が低層の大きなマンションだったが、一戸建てのこの建物も相当大きなもの――コンクリート壁が周囲をぐるりと囲い、家の一階部分は直接見られない。表札には「前尾」。その横に警備会社のステッカーが貼ってあった。ダミーでステッカーを貼る人もいるが、これはもちろん本物だろう。まだ真新しい防犯カメラも設置してある。

そして家の前には、予想通りマスコミが集まっていた。二人は家の前を一度歩いて通り過ぎ、喧騒から離れて話し合った。

「やっぱりここが、自宅兼事務所なんだろうな」井端が言った。

「そうみたいね。これじゃ、突っこめない」

「仮に連絡が取れて家に入れるにしても、マスコミの連中をかき分けて行くのは気が進まないな」

「井端は、マスコミ大好きな方じゃないの？」

「まさか。面倒なことになったら、三国さんから怒られるし」

「少し時間を置くしかないかもね」

「こういうのはさっさと済ませたいんだけど……」井端が顔をしかめる。「接触するなら、まずマネージャーだな。ワンクッション置いた方が、上手くいくと思う」

「了解」

晶は、マネージャーの携帯に電話を入れた。井端がさっと移動し、マスコミと晶の間に壁を作る。壁が必要なほど、距離は近くないのだが。

相手はすぐに電話に出た。見知らぬ電話番号でも反応するのは、職業柄だろうか。

「はい」無愛想な、探るような声だった。

「警視庁捜査一課の柿谷と申します。五十嵐さんですか？」

「ああ、はい……」それで事情を全て察したような、諦めたような口調だった。

「前尾さんにお話を伺いたいと思いまして、今ご自宅の前にいるんですが……ここ、事務所兼用ですよね？」

「そうですけど、前尾は今、自宅にはいません」

「どこですか？　お会いできるような場所ですか？」

「仕事部屋です」

「それはどちらに？」

「そこからすぐですけど……ちょっと待って下さい。そちらが本当に警察かどうか、分からないんですが」

急に疑り深くなったが、この反応は予想できていた。いきなり携帯に電話がかかってきて「警察だ」と言われても、すぐに信用できるものではあるまい。

「それでは、お手数なんですが、練馬中央署に電話をかけて、特捜本部を呼び出していただけますか？　練馬中央署の代表番号は、案内で分かります。そこで、今そちらにかけているこの携帯の番号を確認して下さい。柿谷晶という刑事がいることが分かると思います。確認が取れたら、折り返しお電話いただけると助かります。至急です」

「……分かりました」畳みこむような晶の指示にむっとした声で答え、マネージャーが電話を切った。

「大丈夫か？」井端が心配そうに訊ねた。

「たぶんね。ちょっと待つことになると思うけど」

「車へ戻ってるか」

井端が平手で顔を扇いだ。顔は汗で濡れている。そんなに暑いなら、無理してジャケットを着なくてもいいのに……しかし晶も、暑いのは一緒だった。車で少し涼めるなら、それに越したことはない。それに、報道陣の近くで待機していると、何かと危険だ。

二人は、近くのコイン式駐車場に停めた覆面パトカーに戻った。晶が助手席のドアを開けた瞬間、スマートフォンが鳴る。車内に体を滑りこませながら、晶は電話に出た。

「前尾のマネージャーの五十嵐です。署の方に電話して、確認させてもらいました。無礼かとは思いましたが、こういう事件の時なので、用心しなければいけません」

「当然かと思います」内心では、ここで数分間を無駄にしてしまったと悔いていたが、晶は平然とした口調で応じた。「今、自宅近くにいらっしゃるんですよね」

「ええ」

「でしたら、歩いて来ていただくのが早いと思います。今から住所を申し上げますので。私もそちらにいます」

「どうぞ」晶は膝の上で手帳を広げた。ちょうど井端がエンジンをかけたところで、吹き出したエアコンの風が手帳のページを揺らす。何とか押さえながらボールペンを構え、五十嵐が告げる住所を書き取った。明治《めいじ》通り沿いのマンションで、確かに歩いた方が早いだろう。車を停める場所を探すのも面倒臭《くさ》い。

電話を切り、晶は「歩こう」と井端に言った。途端に井端が嫌そうな表情を浮かべる。

「歩いた方が近いから」言ってさっさとドアを開けると、井端が諦めてエンジンを切り、車から降りてきた。

歩いたのは本当に五分ぐらいだったが、それでもまた全身に汗をかいてしまう。これでエアコンの冷風に当たると風邪を引くんだけどな……と心配になった。今は風邪を引いている暇もない。

「でかいマンションだなあ」井端が額の汗をハンカチで拭いながら言った。「これ、軽く億超えだな」

「それぐらいじゃ済まないかも」

「ああいう人って、どれぐらい儲《もう》けてるのかね」

「さあ……それこそ、年収億超え程度のレベルじゃないと思うけど」

「俺には想像もできない世界だな」井端が首を傾げる。

「でも、半分以上税金で持っていかれるんだから」

軽口、終了。晶はホールでインタフォンに向かい、部屋番号「四〇一」をプッシュした。すぐに、先ほど話した五十嵐の声で返事がある。

「警視庁の柿谷です。今、下に来ました」

「開けます」

ドアが静かに開く。いかにも高級な物件らしく、自動ドアが開く音も静かだった。晶は井端にうなずきかけ、先に立ってエレベーターに向かった。

内廊下を歩いて、四〇一号室の前に立つ。インタフォンを鳴らすと、すぐにドアが開き、四十歳ぐらいの長身の男が顔を見せた。濃緑色のポロシャツに細身のジーンズという軽装。耳が隠れるぐらいの長髪は、寝癖なのかセットなのか、頭の天辺が大きく膨らんでいた。

晶は一礼し、「警視庁の柿谷です。こちらは同僚の井端です」と自己紹介した。

「五十嵐です……とりあえず、どうぞ」五十嵐の顔には戸惑いが見える。おそらく昨日の午後——弘大が犯行を自供した後から、非現実感に襲われ続けているのだろう。犯罪というのは、一般の人にとってそれだけ縁遠いものなのだ。刑事をやっていると、この世には被害者と加害者、それに刑事しかいないような気分になってくるのだが、実際には世の中のほとんどの人は、犯罪などに関係なく暮らしている。

外観同様、部屋の中も高級だった。廊下は無駄に長く、その先にあるリビングルームは二十畳

――いや、もっと広いかもしれない。リビングルームの左右にドアがあるから、おそらく２ＬＤＫだろう。全体では百平方メートル超ではないかと予測する。南麻布でこれだけの広さの物件だと、いったいいくらぐらいするのだろう。

　ソファに座っていた男が立ち上がり、こちらを向いた。前尾。軽く一礼するのを見た限り、礼儀正しさは失っていないが、顔には苦悩の色が見えた。昨夜テレビでの謝罪会見を見た時はスーツ姿でネクタイも締めていたが、今は白いポロシャツにコットンパンツという軽装である。体を鍛えているのは、ポロシャツの胸のところが盛り上がっているのを見ても分かる。贅肉はなく、顔も若々しい。髪は綺麗なグレイだが、落ち着きを演出するために、敢えてそんな色に染めているのかもしれない。

「この度は、ご迷惑をおかけして……」前尾がまた頭を下げる。

「大変だったと思いますが、周辺捜査のために少し話を聞かせて下さい」

「どうぞ……お座り下さい。五十嵐君、水を頼めるか」

　五十嵐がキッチンに引っこみ、すぐに小さなミネラルウォーターのボトルを三本持って戻って来る。それをソファの前のテーブルに置くと、一礼して自分はまたキッチンに引っこんだ。話の内容を聞き漏らさないようにしつつ、口を出さないというスタンスだろう。

　前尾の向かいのソファに腰を下ろす前に、晶は部屋の中をざっと観察した。何より目立つのは、前尾が座っているソファの正面に鎮座している巨大なテレビである。広い部屋の中でも大きいと感じるほどだから、本当に大きい。現在普通に販売されている中で最大級のサイズ――八十型か、それ以上かもしれない。

　その両脇の本棚には、本ではなく大量のＤＶＤとビデオが収納されている。やはりテレビ業界で長く生きてきた人は、映像を観るのが趣味——仕事なのだろうか。あるいは映画やテレビドラマではなく、ニュースやドキュメンタリーの録画かもしれないが。

「平日のこんな時間にここにいると、何だか変な気分ですよ」前尾が自虐的に言った。

「いつもは本番中ですよね」

「毎朝四時起きで、六時に局入り、本番が八時から十時……もう、そういう生活が十年以上続いています」

「疲れませんか？」失礼かなと思いながら晶は訊ねた。

「サラリーマンの方と一緒ですよ。むしろ工場勤務に近いかもしれない。勤務時間は決まっているわけですから」

「そうですか……」

前尾がペットボトルのキャップを捻り取った。一口飲むと溜息を漏らし、テーブルに置いた煙草を取り上げる。

「吸ってもよろしいですか」

「どうぞ」

「もう十年以上前——『ワイドモーニング』を始めた時に止めたんですけどね。また吸い出すことになるとは思わなかった」

「もしかしたら、昨日からですか？」

「ええ」前尾が苦笑する。「人間の意志なんて、弱いものです」

言って、顔を背けながら煙を吐き出した。あまり美味そうではない。これではストレス解消にならないのでは、と晶は同情した。

彼に対しては同情しかない。今のところ弘大の犯行は、まったく彼一人の問題であり、家族にはまったく関係ないのだ。しかし前尾はいち早く謝罪し、自らの名前をつけた冠番組を降板した。本人にすれば、忸怩《じくじ》たる思いがあるだろう。年齢からいっても、前尾はまだ十年ぐらいはテレビ業界で活躍できるはずだ。強制終了――と考えてむっとしているのではないか。

「息子さん――弘大さんのことで、何点か確認させていただきたいことがあります」

「はい」前尾が煙草を灰皿に押しつけた。煙草を吸いながら話をするのは失礼だと思っているのかもしれない。さすが、元ＮＨＫアナウンサーと言うべきだろうか。ＮＨＫのアナウンサーが絶対に礼儀正しいわけでもないだろうが。

「弘大さんは、殺された女子大生の古島萌さんと、二年前まで交際していたそうです。彼女のことはご存じでしたか？」

「いや、まったく」

「二年前というと、弘大さんはまだ大学生でしたよね？　本人も芸能活動をしていた」

「仰る通りです」

「今は、自分で表に出る仕事はしていない――芸能界は引退したということですか？」

「そうです。本人が裏方の仕事を望んだんです。弘大は、高校生の時にスカウトされて芸能界入りしましたけど、必ずしも熱心ではなかった」

「スカウトされたのは本当なんですね？」

「事実です。せっかくなので、私も芸能界入りを後押ししたんですが、本人はそれほど熱心ではなかった」前尾の言葉は冷静で、ブレもない。

「前尾さんとしては、息子さんが芸能界入りすることに関して不安はなかったんですか？　芸能界では、いろいろ悪い噂も聞きますけど」

「事件を起こすような人間がいるのは事実です。一般常識で考えれば、倫理観が緩い世界かもしれない。しかし、弘大をスカウトしてくれた事務所の社長とは、たまたま知り合いでしてね。礼儀を大事にする人ですから、任せても大丈夫だと思ったんです。それに高校生の頃の弘大は、将来何をしたいのか、何になりたいのか、自分でも分かっていなかった。誰かに望まれた仕事があるなら、それをやってみるのもいいと思ったんですよ」

　可愛い子には旅をさせろ、という感じだろうか。それほど厳しい旅ではなかったはずだが。

「でも、数年で表に出なくなった――裏方の仕事の方に興味を持ったんですか？」

「元々、そういうところはあったんです。子どもの頃から映画オタクでね」前尾の表情が少しだけ緩んだ。「この部屋にあるＤＶＤも、八割が弘大のものですよ。バイト代や芸能活動で得た収入は、ほとんどこういうものに注ぎこんでいた。たまたま声をかけられて、演者として表舞台に立ったんですけど、やはり自分は裏方の方が向いているんじゃないかと、ずっと違和感を抱いていたようですね。ただ、演者として仕事をすれば、裏方の仕事もよく分かるようになるので……演者として仕事しながら、いつかは映画を撮りたいと思って勉強していたんです」

「それで、実質的に芸能界を引退して、この事務所で仕事をしていたんですね」晶は話を合わせた。

「アルバイトですよ。映画の専門学校に入り直すのが目的で、金を貯めていました」

「それぐらいなら、前尾さんが簡単に出せるんじゃないですか」この部屋、そして自宅を見た限り、前尾の資産は相当なものだろう。専門学校の入学費、学費ぐらいは何でもないはずだ。

「本人が自分でやると言っているんだから、任せるしかないでしょう。そういう気持ちになってくれて、親としてはまずいことは何もないですよ」

「そういう風に方向転換したのが二年前なんですね」

「そうです。大学を卒業したタイミングです」

「ちょうどその頃、被害者の古島萌さんと別れたんだと思います。古島萌さんのことはご存じなかったという話ですが、その頃、弘大さんはどんな様子でしたか？　何か悩んでいたとか」

「悩んではいましたよ」前尾があっさり認めた。「私も散々相談には乗りました。ただそれは、進路に関してだけです。女性関係とかは……一度も聞いたことがなかった」前尾が首を傾《かし》げる。

「最近はどうでしたか？」

「特に変わった様子はなかったです」

　晶はなおも追及したが、「これは」という答えは得られなかった。はっきりしたのは、弘大は将来の目標を持ち、日々の仕事をきちんとこなしていたということだ。父親の現場マネージャーとしてカバン持ちなどをしながら、映像関係の勉強もしていたのだから。

「今、ご家族はどうしてますか」晶の質問が一段落したところで、井端が初めて口を開いた。

「家族は、昨日の午後からホテルに避難しています」

「だったら、マスコミに居場所がバレることはないですね」

「大丈夫だと思います。しばらくは避難していることになるでしょう」

「いずれ、他のご家族にも話を聴くことになると思います」

「できるだけそっとしておいて欲しいんですが……そうもいかないんですか」

「捜査に必要なら、誰にでも話を聴きます」晶ははっきりと言い切った。「でも、慎重にやることはお約束します」

二人はホテルの名前を確認して、事情聴取を終わりにした。第一回目の、と晶は意識した。この後さらに、彼に話を聴く必要も出てくるだろう。

簡単な事件でも、捜査が簡単に終わるわけではない。

4

五十嵐——肩書は事務所の専務だが、実際の仕事は前尾の仕事を差配するマネージャーだ——が、マンションの下まで送ってくれた。

「実際のところ、家族の仲はどうだったんですか」ホールに出たところで、晶は訊ねた。父親が息子の事情をどこまで知っていたかで、今回の聴取の意味も変わってくる。

「よかったですよ。前尾さんは結婚が遅くて、弘大さんは四十歳の時の子どもでした。決して甘やかしていたわけではないですが、年取ってからの子は可愛いっていうでしょう」

「あなたは、前尾さんとどれぐらい一緒にいるんですか？」

「かれこれ二十年——いや、もっと長くなりますね。私は、前尾さんがＮＨＫを辞めた後に所属した事務所の社員で、マネージャーだったんです。前尾さんが独立して自分の事務所を持つ時に、一緒に動きました」

だったら、家族の様子も二十年以上見ているわけだ。そういう人間が「親子仲はよかった」と言っているのだから、信用していいだろう。

「あと、娘さんがいるんですよね」

「ええ。由依《ゆい》ちゃん。今、大学二年生です」

「二十歳?」

「今年二十歳になりました。やっぱりモデルをやっています」

　前尾由依という名前のモデルに聞き覚えはなかった。まだ駆け出しで、そんなに有名ではないのだろうか。確認すると、五十嵐が種明かししてくれた。

「芸名がアルファベットで『Ｙｕｉ』なんですよ。由依ちゃんは、親の名前に頼りたくないということで、プライベートは一切明かしていません。雑誌が主ですけど、今年、初めてＴＦＷに出たんですよ」

「東京ファッションウィークのことですか?」様々なイベントを絡めた大規模なファッションショーで、さすがに晶もその存在は知っている。ファッションモデルも芸能人も登場し、毎年大きなニュースになるのだ。そこに出たということは、モデルとしては順調ということだろう。

「そうです」

「すごいじゃないですか。きっかけは、やっぱりスカウトですか?」

「そうです」

　所属事務所が彼女の出自を知らないわけはないだろう。大物司会者の娘ということで、相当気を遣っているのではないかと晶は想像した。彼女については、後で調べてみよう。

「奥さんはどういう方ですか?」

「元々、前尾さんがＮＨＫ時代に司会をしていたクイズ番組のアシスタントだったんです。年齢が十歳も離れているし、結婚当時は『ＮＨＫのアナウンサーがアシスタントに手を出すとは何事だ』なんて結構騒がれたんですよ」五十嵐が苦笑する。「まあ、今だったらもっと大騒ぎになってたでしょうけど……それで、こちらからも一つ、ご相談があるんですが」

「何でしょう」晶は思わず身構えた。被疑者の関係者から「ご相談」と言われても、簡単に応じられるものではない。警察が気にしなければならないのは、まず被害者だ。

「実は、ネットでかなり炎上してまして……ツイッターとか、ひどいものです。罵《ば》詈《り》雑言《ぞうごん》の嵐といいますか。あまりにもひどいので、ご家族には、見ないように忠告しています」

「そんなにひどいんですか？」

「弘大君が芸能活動をしていたせいもあると思うんですが、あることないこと書かれています。前尾さんも俎上《そじょう》に載せられています」

「前尾さんは、好感度が低いわけじゃないと思いますが」

「芸能人とかスポーツ選手……自分たちの手が届かない人が少しでもヘマをしたら叩こうと、手ぐすね引いて待っている人は多いんですよ。それまでどんなに好感度が高かろうが、関係ありません。ストレス解消なんでしょうが、まさに正義中毒ですね」

　正義中毒……最近出てきた概念だ。少しでも悪い――その「悪い」は受け取る側の勝手な感覚だ――ことをした相手を貶《けな》すことで自分の正義を確信し、他人に対して優位に立とうとする。必ずしもネット社会に特有のものではないだろうが、情報が伝播《でんぱ》しやすくなったせいもあって、やたらと「正義」を振りかざす人が増えてきたのは間違いない。不倫がばれた芸能人を叩いたり、失言した政治家を稀代《きたい》の大悪党のように非難したり……それで「いいね」が増えると、気分が上がるのだろうか。晶には理解できない感覚だった。

「こういうのって、何とかならないんでしょうか」

「現段階では、何とも言えません」ここで甘い期待を持たせてはいけないと思って、晶は敢えて厳しく言った。「具体的な被害が出ていない限り、ネットでどんな話が出回っていても、警察としては何もできないんですよ」

「そんなものなんですか？」

「名誉毀損《きそん》に当たると判断されるぐらいひどい書きこみだったりとか、実害が出たりとか……そういう状況になったら、改めて相談して下さい。ただ、こういう件では、弁護士に話をした方が解決は早いかもしれません」

「それなら、前尾さんが家族で契約している弁護士がいます」

「ネット事情に詳しいですか？」

「そういう話をしたことはありませんけど、熱心な人ですから、何とかしてくれると思います」

弁護士に動いてもらって、ツイートした人間の情報開示を請求し、然《しか》るべき手を打てばいい。ただし、そういうやり方を世間が受け入れるかどうかは分からない。何しろ前尾たちは「加害者家族」なのだ。「被害者家族」でさえ叩かれるような傾向がある今、加害者の家族は、何があっても泣き寝入りするしかないのかもしれない。

もちろん、本当に犯罪事実に相当することがあれば、警察としてしっかり向き合う。しかし……今の前尾たちの状況を、自分のこととしては受け止められない。考えたくもない。

警視庁の中で、自分が一番、そういうことを理解できる人間かもしれないのに。


「ふうん……可愛い娘《こ》じゃん」

覆面パトカーに戻り、運転席でタブレット端末をいじっていた井端がぼそりと言った。晶は三国に報告を上げ、引き続き弘大の母親と妹に事情聴取するように、と指示を受けていた。こちらの方がずっと難しい。前尾は冷静に話してくれたが、今度の相手は女性二人である。相当上手く運ばないと、途中で話ができなくなってしまう恐れもある。そうやって心配し始めたところなので、井端の呑気な声が神経を逆撫《さかな》でした。

「ほら」

井端が差し出したタブレット端末を受け取る。まあ、確かに……由依は可愛いと言えば可愛い。しかし晶の感覚では、あまりにもほっそりし過ぎていて頼りない。息を吹きかけたら、消えてしまいそうな感じさえする。

井端が見つけ出したのは、ティーン向け雑誌のウェブサイトだった。様々な服を着て微笑む、あるいは戸惑いの表情を見せる「Ｙｕｉ」＝由依。

「何か、細すぎてお人形さんみたい。最近、ファッションモデルの痩《や》せ過ぎが問題になってるのに」実際、お腹を出している写真を見ると、内臓が入っていないようでさえある。

「それって、世界的なファッションモデルの話だろう？　国内オンリーで、若い子向けのモデルだったら、こんな感じじゃないかな」

「へえ、井端はそういうことにも詳しいんだ」

「そういうわけじゃないけどさ……妖精っぽい感じがするな」

「それはメイクのせい」

「じゃあ、柿谷もこういうメイクしたら妖精っぽくなるのかね」

「下らないこと言わないで……それじゃ、奥さんに電話するから」

五十嵐からはホテルの部屋番号、それに前尾の妻、美紀《みき》の携帯の番号を教えてもらっていた。予《あらかじ》め、五十嵐が電話を入れてくれることになっている。協力には感謝したいが、マネージャーというのはこういうことまで面倒を見なければいけないのかと、むしろ同情した。

ややこしい話をする時には、さすがに緊張する。警察官になって六年、本部へ上がってから二年経っても、その緊張感に変化はない。おそらくこれからも、決して慣れることはないだろう。一呼吸置いて手帳を広げ、メモしてきた番号をスマートフォンに打ちこむ。出ないかもしれないと思ったが、美紀は呼び出し音が二回鳴っただけで応答した。

「警視庁捜査一課の柿谷と申します」前置き抜きで名乗る。こういう時はいきなり切り出した方が、相手は緊張しないものだ。

「前尾です。すみません、この度はご迷惑をおかけしまして」すっきりした、聞き取りやすい声。クイズ番組の元アシスタントということだが、その時の経験が今も生きているのだろうか。

「大変な時に申し訳ありませんが、お話を聴かせて下さい。これからそちらに向かいたいんですが、構いませんか？」

「はい」

拒絶されなかったので、とりあえず一安心だ。電話を切ると、井端はまたタブレット端末に視線を落としていた。

「なるほどね」

「何か新情報？」

「奥さんの美紀さんって、やっぱりモデル出身なんだ。モデル出身タレントの走りみたいなものじゃないかな。二十代半ばでテレビに進出して、多数の番組でアシスタントを務めた——ああ、なるほどね。アシスタント顔っているんだよな」

井端が晶にタブレット端末を渡した。画像検索の結果がずらりと並んでいる。画像が粗いので、多くがまだ「紙の時代」のものをスキャンしたのだと分かった。へえ、写真集も出してるんだ、と晶は感心した。やっぱりすごくスリム。男性受けするというより、女性誌のモデルという感じで、娘は母親似である。

「結婚して、完全引退したみたいだね」タブレット端末を取り戻して、井端が言った。長い腕を伸ばして端末を後部座席に置くと、車を発進させる。

芸能人一家が絡んだ事件だから、厄介なことになるのは容易に想像できる。しかし事態は、晶が想像するよりも面倒な方向に動きつつあった。

前尾の仕事場のマンションから母娘が隠れているホテルまでは、車で五分ほどだった。隠れ場所としては完璧だろう。ホテルに籠《こも》っているという情報はどこかから漏れてしまうかもしれないが、仮に部屋番号を突き止められても、部屋にまで突撃できる記者はいない。ホテルだって、宿泊客のプライバシーは徹底して守ろうとするはずだ。

ホテルへ着くまでの短い時間、晶は自分のタブレット端末でツイッターをチェックした。「前尾弘大」がトレンド入りしており、ツイート数は三万件を超えている。バズっているといっていいだろう。ざっと流し読みしていくと、確かに相当ひどい。

半端に芸能界やめた奴ね。こういう奴はだいたい何か問題抱えてる

ＮＨＫ出てた時に薬物疑惑があったってマジですか？　それでドラマから消えたって

高校の時にオラオラ系で周りから怖がられてたよ。女の子二人ぐらい妊娠させたって話

親も問題ありでしょ。どうせ甘やかして育てたからこういうことになる。番組降板で逃げるつもりかもしれないけど、こういうのは追いこまないと

どうせ少し引っこんでればほとぼりが冷めると思ってる。それじゃダメだ。こういう時は完全に引退してもらわないと。実力行使が必要だな

「実力行使」という言い方が気になった。どうせ、その場で思いついたことをつぶやいているだけで、深い考えなどないのだろうが、それでもこういう一言が引き金になり、実際に事件が起きる可能性もある。

一つ、千件を超えるリツイートを集めたつぶやきが気になった。

「前尾昭彦の自宅はこちら」という短いつぶやきで、リンクが貼ってある。クリックしてみると、リンク先のページは既に消されていたが、大丈夫なのだろうか。実際に南麻布の住所が記載されていて、それを既に多くの人が見てしまった可能性もある。

ホテルの駐車場に乗り入れると、少し気が引けてしまう。このホテルは海外の富裕層向けというイメージがあり、実際、停まっている車も高級な外車が多い。その中で、白く地味な覆面パトカーはひどく場違いな存在だった。警察でも、高速隊が高速性能に優れた本格的なスポーツカーをパトカーとして導入することがあるが、実際に二百キロを超えるスピードで逃げる違反車を追いかけ回すことなど、まずない。一種の抑止力というか示威行為だ。

駐車場からエレベーターで直接二十五階に上がろうとしたが、行けないことに気づいた。二十四階から上は「クラブフロア」と名づけられていて、専用のカードキーがないとエレベーターが反応しないシステムになっている。仕方なく、二階のフロント階から美紀に電話を入れると、しきりに謝られた。まるで、上のフロアに上がれないのは自分の責任だとでも言うように。

　結局、二十三階にあるクラブフロア専用のフロントで落ち合うことにする。そこまでは専用のカードキーなしでも行けるのだ。

「第二のフロント」は、広々としていた。二階……あるいは三階分の高さの吹き抜けになっていて、六本木通りに面した全面がガラス張りになっている。方角的にはほぼ北向きなのだが、それでも窓の面積が広いので、八月の陽光で明るい。晶は思わず目を細めた。

　フロアの半分ほどはカフェになっている。朝には、ここでモーニングサービスが供されるのだろう。他のスペースには、座り心地のよさそうなソファがランダムに置かれている。宿泊客の姿はちらほら……晶はすぐに、先ほど自分たちが乗ってきたエレベーターから、中年の女性が出て来るのを見つけた。若い頃の写真を見ていたので、顔がすぐに一致する。美紀だ。驚いたことに、遠目で見ると昔の写真とあまり変わらない。すらりと背が高く、ほっそりしたジーンズを穿《は》いているせいか、足の長さが際立っていた。確か、今年五十四歳になるのだが、初見の人は三十代に見てしまうかもしれない。二十五年後、自分が五十四歳になったらどうなっているかと考え、嫌な気分になる。

　向こうもこちらに気づいて——高級ホテルのクラブフロアにいる人間としては、晶たちは明らかに場違いだ——一瞬立ち止まって会釈する。晶は大股で彼女に近づいた。座り心地のいいソファに落ち着いて話をしてもいいかなと思ったが、あまりにも明る過ぎて雰囲気にそぐわない。しかも人の出入りもひっきりなしだ。

「警視庁の柿谷です」晶は低い声で挨拶した。広いフロアだから他の人に聞かれる心配はないだろうが、どうしても用心してしまう。

「井端です」

井端が続いて頭を下げる。女性が相手なら、イケメンの井端の方が受けがいいのではないかと晶は思った。かつて、先輩に言われた言葉を思い出す。「刑事も接客業」。人に会うのが商売だから、印象は大事だ。常に清潔な服装と髪型を心がけること――とはいえ、顔はどうしようもない。

「お部屋でお話しさせていただいていいですか?」晶は切り出した。「ここだと、人の目がありますから」

「はい。こちらです」

美紀がエレベーターの方に二人を誘導した。二階分上がるだけの短い沈黙が辛い。晶は咳を我慢した。狭い空間で咳をするだけでも、美紀をひどく刺激してしまいそうだった。

二十五階のフロアは静まりかえっていた。昼が近いこの時間だと、部屋を掃除するためのカーゴが置いてあったりするのだが、そういうものは見当たらない。まるで深夜のようだった。

美紀がロックを解除し、ドアを押さえてくれた。しかしすぐに井端が交代する。晶は「お先にどうぞ」と言って美紀を中に入れた。自分もすぐ後に続く。

部屋の暗さに驚いた。実際、真っ暗なのだ。分厚いカーテンは閉められ、照明も消えている。美紀がドア脇のスロットにカードを差し込むと、小さな灯《あか》りが点《つ》いた。それでも相当暗く、相手の顔がはっきりと見えないほどだった。美紀はどうしていいか分からない様子で、所在なげに部屋の真ん中に立っている。娘の由依の姿は見当たらない。

この部屋にはソファとダイニングテーブルがあるだけ……部屋の隅に、ドアが一つあるのが分かった。そちらが寝室で、由依はまだ寝ているのでは、と晶は想像した。

「カーテンは開けない方がいいですか」晶は訊ねた。

「そう……ですね」

「もう少し灯りを点けてもいいですか」

「はい」少し嫌そうに美紀が言った。しかしこの暗さでは相手の顔がまともに見えないし、メモも取れない。

晶はドアのところに戻り、照明を操作するパネルをいじった。ダイニングテーブルの上の明かりが点き、それでかなり明るくなる。ダイニングテーブルで話をすれば、メモも取れるだろう。晶はそちらに美紀を誘導した。途中、作りつけの小さなキッチンにエスプレッソメーカーがあるのが見えた。コーヒーを用意してもらって、少しリラックスした雰囲気で話をしようかと思ったが、もう少し様子をみよう。晶自身はエスプレッソが大好きで、朝の一杯が欠かせない。

美紀は、椅子に何かが置いてあるのではと恐れるように慎重に腰を下ろした。六人が座れる大きなテーブルで、晶と井端はその正面に陣取る。

「娘さん——由依さんはいないんですか」晶は小声で訊ねた。

「寝てます」消え入るような声で美紀が答え、ドアに視線を向けた。「昨夜、一睡もできなかったようで、今、寝室にいます」

「できるだけ静かに話します」晶は自分に言い聞かせるように宣言した。井端は一言も発せず、メモ取りに専念するつもりのようだった。いつものことだが、このコンビで動いていると、話すのは大抵晶になる。井端は、話の終盤になって急に切りこんでくるのがいつものパターンだった。大抵、晶が聞き忘れたことをさりげなくフォローしてくれる。そういう意味ではいい相棒なのだと晶は思っていた。

「由依さん、かなり参っているんですね」

「はい」

「あなたはどうですか」

「私は……そんなによくないですね。何だかふわふわして、地に足がついていない感じです」

「大変だと思います」晶はうなずき、一瞬言葉を切った。その沈黙の時間を利用して、美紀を素早く観察する。身長は自分と同じぐらい——百六十五センチはあるだろう。ほっそりし過ぎていて、何となく頼りない。髪はショートボブで、卵形の輪郭によく合っている。顔は——間近で見ると、さすがに昔の写真とは違う。五十代の女性にしては若いが、明らかに疲れ、落ちこみ、目の下には隈ができている。

「今回は、いろいろ大変かと思います。お疲れのところ申し訳ないんですが、周辺捜査のために話を聴かせて下さい」

「はい……何が話せるか分かりませんけど」

「息子さん——弘大さんの様子なんですけど、最近はどうだったんですか？　何か、普段と違う様子はありませんでしたか？」

「今は別のところに住んでいるので、毎日顔を合わせるわけではないんです」

「一番最近会ったのはいつですか？」

「一週間ぐらい前です。家にご飯を食べに来ました」

「その時、どんな様子でしたか？」

「いつもと変わらない……いつも静かなんです」

「落ちこんだり怒ったりはしていなかった？」

「そういうことはないと思います」美紀がやんわりと否定した。

「今回亡くなった古島萌さんと弘大さんが、二年ほど前に交際していたという話があるんですが、ご存じですか？」

「全然知らなかったんです」美紀が元気なく首を横に振った。

「ガールフレンドを家に連れてきたりしたことは？」

「一度もありませんでした。昔から、そういうことはあまり言わない子で……」美紀が目を伏せる。

「そういう話もしないんですか？」

「そうですね」美紀がゆっくり顔を上げた。「元々口数が少なくて、自分のことはあまり話さないんです」

この証言は意外だった。出たがり、話したがりだからこそ、芸能界に入ったのではないだろうか。

「でも、一時は芸能界で活躍されていたんですから……」

「そういうこととはあまり関係ないようです。主人も、家ではそんなに喋りません」

仕事で喋り過ぎて、家では喉を休めたいということだろうか……自分の知らない世界の話だ、と晶は痛感した。

「じゃあ、今回の件は青天の霹靂《へきれき》だったんですか」

「はい。昨日、弘大が家に来て急に言い出して……驚いて、何も言えませんでした」

晶はうなずいた。同時に、この事情聴取は上手くいかないと予感した。父母ともに、弘大のガールフレンドの存在を知らなかったと言っているのだから、間違いないだろう。口裏を合わせる時間的余裕はあったはずだが、そうする理由もないはずだ。実際、弘大は自首して事実関係を全て認めているのだから、家族が余計なことをする意味はないだろう。

しばらく美紀と話し続けたが、晶の予感は当たった。美紀は何とか冷静さを保って事情聴取に応じてくれたが、時々言葉に詰まってしまう。話しているだけでも、相当のダメージを受けているのは間違いない。井端が不意に立ち上がり、冷蔵庫を開けた。中からミネラルウォーターを取り出し、美紀の前に置く。

「勝手に出してすみません」井端が爽やかな声で謝った。「少し、水分補給された方がいいかと思いまして」

「ありがとうございます」そうは言ったが、美紀はボトルに手を出そうとしなかった。

その時、ごく小さな音がしてドアが開く。そちらに目をやると、寝室から由依が出て来たところだった。晶は思わず目を見開いてしまった。Tシャツに、足首まである長いスカートというラフな格好だったが、とにかく色が白い。最初は貧血気味、あるいはきつい体験のせいで顔から血の気が引いているのかと思ったが、剝き出しの細い腕を見ると、元々極端な色白のようだった。晶は、こんなに色が白い人間に会ったのは初めてだった。井端が「妖精」と評したのも納得できる。由依が晶と井端の顔をちらりと見て、不安そうな表情を浮かべる。今にも泣き出しそうだった。

「起きちゃった?」美紀が、小さな子どもをあやすように言って立ち上がる。

「うん……大丈夫……」

「ごめんなさい」晶は頭を下げて謝った。「声が大きかったですね」

「大丈夫です」消え入りそうな声で由依が言った。

「もう話は終わりますから、ゆっくりしていて下さい」

この状態では、由依から話を聴くのはまず不可能だ。親が知らないことも、妹なら知っているかもしれないと期待していたのだが、実際に事情聴取するには時間がかかりそうだ。まあ、ここは焦ることはない。下手にショックを与えて、何か起きたら大問題だ。

由依には、余計なことは言わない方がいいだろう。この辺が潮時――晶は井端にうなずきかけた。井端も素早くうなずき返し、テーブルに置いておいた手帳とスマートフォンを片づける。

「それでは、今回はこれで失礼します。またお話を聴くことがあるかもしれませんが……」

「ろくな話ができなくてすみません」美紀が頭を下げる。

「とんでもないです。こういう状況ですから」我ながら下手な慰めだ。慰めるのは刑事の仕事ではないかもしれないが、もっと気の利いたことが言えないのが情けない。そういう素養がないのか、経験が少ないだけなのか。

後者だ、と思いたかった。


遅い昼食にしようと思ったが、六本木で、というのは少し腰が引ける。探せば安い店もあるかもしれないが、そんなことをしている時間がもったいない。特捜本部のある練馬中央署まで戻り、上への報告がてらコンビニ弁当でも食べようかと思った。

しかし井端は、六本木で食べて行こう、と強硬に言い張った。今日は朝飯を抜いてしまったので、もう限界だという。

「朝ごはんをちゃんと食べておくのも、社会人の義務じゃない」晶は窘《たしな》めた。

「仕事のために食べるってのも、どうなのかね。飯は飯だよ。美味い物、食おうぜ」

「この辺でどこか安いところ、知ってる？」

「ランチで千円。どうかな？」

「うーん……」警視庁本部で待機中は、基本的に庁舎内の食堂で済ませるので、五百円前後で済んでしまう。それに比べると妙に高く感じるが、東京の勤め人のランチの平均はそれぐらいかもしれない。「まあ、いいか」

「ＯＫ。じゃあ、車はホテルに置いていこう」

「ちょっと気が引けるけど」バッジの威力を違法に使うような感じがする。ホテル内のレストランで食事をすれば、良心の痛みは感じずに済むが、財布の中身が心配だ。

井端が案内してくれたのは、ホテルから歩いて三分ほどの場所にある焼肉屋だった。昼から焼肉はない、とうんざりしたが、井端の説明によると、ランチタイムには焼肉以外の定食もあるのだという。コーヒーつきで千円。

それならと妥協したが、今度はメニュー選びで困った。焼肉屋のランチらしく、ニンニクの利いた料理が多い。レバニラもカルビ焼き定食も美味そうだが、午後からも人に会うから、ニンニク臭を撒《ま》き散らすわけにはいかない。

「どうするのよ。仕事中のニンニクはご法度《はっと》でしょう」

「生姜《しょうが》焼き定食」

「それ、ニンニクは大丈夫なの？」

「生姜焼きだから、生姜だけだろ？　生姜は臭わないよ」

それでも晶は、注文する時に店員に念押ししてしまった。ニンニクは入っていないということなので、これで決定。井端はご飯大盛りのオプションをつけた。もともとよく食べる男なのだが……

一緒に定食屋に入ると、だいたい大盛りにしている。

すぐに出てきた定食を見て、晶は目を見開いた。自分のではなく、井端の方で。ご飯茶碗が小ぶりなので、「大盛り」はひたすら上を目指していた。茶碗の高さの三倍ぐらいまでご飯が盛り上げてある。いわゆる「まんが飯」で、井端がこの店を選んだ理由が分かった。これだけ盛りがよくて、普通盛りと料金が変わらないなら、絶対にお得だ。そして井端はとんでもない大食いである。

そして生姜焼きが、この量の飯を完食させるに十分な濃い味つけだった。大量の豚肉と玉ねぎ、それに加えて少量のニラ。生姜はすり下ろしの他に小片が入っている。そのため、食べていると体が熱くなって、また汗が噴き出してきた。

「美味いだろう」

「美味しいけど、デートには使えないかな」

「デートなら、夜にするさ」

「井端、六本木でデートなんかしてるの？」階級は違うが、自分と井端の給料はそんなに変わるわけではない。恋人の美優も目黒《めぐろ》区役所の職員で、そんなに給料がいいわけではあるまい。

「いや、仮定の話として。使える店はチェックしておかないと」

井端は勢いよく飯をかきこんでいる。晶の方は、肉が余りそうな感じだった。しかし井端の勢いに釣られて、あっという間に食べ終えてしまう。生姜の強い味つけで熱くなった体を、食後のアイスコーヒーで内側から冷ます。

「さっきの事情聴取、どう思った？　本当に何も知らないと思う？」晶は話を仕事に引き戻した。

「知らないだろうな。別に親子が断絶していたわけじゃないだろうけど、あの年になれば、何でもかんでも話すってこともないと思う。それより俺は、あの子——由依ちゃんが心配だ」

「確かに」

「普段からあんな感じかもしれないけど、相当ダメージを受けてるな。ろくに飯も食ってないんじゃないか」

「食べる気にはならないでしょうね」

「この生姜焼き、食べさせてあげたいよ。あんなに痩せてたんじゃ、体が持たない」

「生姜焼きなんか食べるような印象、ないでしょう。ランチはいつもサラダとヨーグルト、みたいな感じ？」

「かえって不健康だよなあ。ちょっと肉がついている方が健康的だと思うけど」

「適切な食事に適切な運動ね」

「ケアしてあげるべきだと思うけど、それは俺たちの仕事じゃないんだよな」

「家族もいるし、事務所にも所属しているはずだから、そっちでケアする方がいいでしょう。警察が余計なことをしたら、かえって緊張するんじゃない？」

「だな」井端がうなずく。

「ああいう子、井端の好みなんじゃない？」

「いやあ……」井端が苦笑する。「何だか、手を出したら消えちゃいそうじゃないか」

「そんなことないでしょうけど。そう言えば、美優ちゃん、元気？」

「ああ、その件は……黙秘でいいかな」井端の口の端がひくひくと痙攣《けいれん》する。

「もしかしたら別れたとか？」

「そういうわけじゃないけど、なかなか上手くいかないんだよ。どうしても、仕事の関係でそんなに会えないし」

「そうか……警察官あるあるだね」本部の刑事は、基本的に週五日勤務で、普通の会社員と変わらない。公務員なので、むしろ「残業ご法度」ときつく言い渡されているぐらいだ。ただし、特捜本部ができると、捜査に専念するために非番は吹っ飛んでしまうし、家に帰れない日も続く。それで恋人と泣く泣く別れた、という話もよく聞く。上司が、若いうちの結婚を勧めるのもそれが理由だ。さっさと結婚して家庭を作り、プライベートは落ち着かせろ……。

アイスコーヒーも飲み終えて、署へ戻ろうかという時に、スマートフォンが鳴った。三国。何か新しい指示だろうか。

店の中で喋るわけにはいかないので、外に出る。ここには冷房も届かず、むっとした暖気が全身を覆う。

「今、どこにいる？」

「六本木です。前尾弘大の母親に事情聴取を終えたところです」

「そうか。報告は井端に任せて、お前、ちょっと本部へ行ってくれ」

「何ですか？」この捜査は面倒なことにならないようだから、いきなり別の仕事を振られるのだろうか。ただし、捜査一課は必ず係単位のユニットで動くので、一人だけ外れて特命を言い渡されることはない。少なくとも晶は聞いたことがなかった。

「刑事総務課へ行ってくれ」

「刑事総務課？」刑事総務課は刑事部の筆頭部署で、捜査部署ではない。刑事部全体の仕事を統括し、指導・講習なども行う。ただし、「特別捜査係」というのがあり、ここが刑事部長の特別の指示で捜査を行うことがある、という話は聞いたことがあった。ただし晶は、実態はよく知らない。

「三浦《みうら》理事官がお呼びだ」

「私、何かしました？」にわかに不安になってくる。特別な「指導」を受けるのではないだろうか。

「そういうことじゃないと思う。問題があるなら、俺に直接言うさ」

「特捜の最中なんですけどね……」

「こっちはそんなにヘビーな事件じゃないからな。向こうの用事もすぐ済むだろう。とにかくちょっと顔を出してくれ」

すぐ済むと言われても……事情が分からず、不安は高まるばかりだった。

5

「三浦理事官」は女性だった。三浦亮子《りょうこ》。五十絡み、少しふっくらした体形で、チェーンで胸元に吊るした眼鏡が唯一のアクセントになっている。挨拶すると、すぐに刑事総務課の一角にある打ち合わせスペースに通された。別の女性職員が冷たいお茶を持ってきてくれた。サービスが良過ぎ……しかしこれで、厄介《やっかい》な話ではないだろうと判断する。もしも叱責されるようなことだったら、お茶など出ないはずだ。

「ごめんなさいね」亮子が丁寧に言って頭を下げた。「仕事の最中に」

「いえ」晶は否定した。「事件はそんなに面倒な感じじゃありません。犯人が勝手にこっちの網に飛びこんできたんですから、後は供述の裏づけをしていくだけです」

「確かに捜査自体は、難しくなさそうね」亮子がうなずく。「でもこの件は、影響が大きいでしょう。容疑者の父親が大物司会者、本人も芸能活動をしていたことがある」

「それは承知しています」この人、何を言いたいんだろう？

「もう、ネットでかなり騒がれているみたいね」

「確かに過激な意見も出ているようです」

「実害が出ないといいけど」

「はい――あの、ご用件は何でしょうか？」晶はつい先を急《せ》いてしまった。

「この件、あなたが担当して」

「事件のことですか？　それだったらもう、全面的に関わってますけど」

「捜査自体じゃなくて、加害者家族のこと」

「家族……」

「普段だったら、加害者家族のことは気にしないでしょう。警察があれこれ言うべきじゃない――あなたもそう思わない？」

「関係ないのに家族は大変だな、と思うことはあります」

「でも、手は出せない。出すのは、警察の仕事の枠からはみ出している」

「当然です」

「でも枠からはみ出すことになっても、何もしないわけじゃないでしょう」

謎かけのような会話に、晶は本気で苛立ってきた。こんなの、時間の無駄じゃない。

「申し訳ないですけど、本当の用件は何なんですか？　気をつけておけというのは分かりますけど、わざわざ刑事総務課の理事官が平刑事を呼び出して言い渡すことじゃないと思います」

「あなた、噂通りの人ね」

「何がですか？」

「相手が年上でも上司でも、言うべきことははっきり言う」

途端に耳が赤くなるのを意識した。どうしても許せないことはある。そして晶の感覚では、許せないことを言う上司や同僚はたくさんいるのだ。

「それは別に、悪いことじゃないわよ」亮子がうなずく。「何でもなあなあで済ませるのは、日本人の得意技だけど、言うべき時ははっきり言った方がいいわ」

「常にそうしているつもりです」

「この件では、意見は一致したわね。それで本題はこういうこと——あなたは加害者家族をケアして。はっきり言えば相手が有名人だから、特別なケアが必要なのよ。最近は、有名人なら叩いてもいいという風潮も強いし、警察としては面倒な事態にはなって欲しくない」

「有名人だけじゃなくて、悪いことをした人間は叩いていい、という風潮かと思います」

「そうね」亮子がまたうなずく。基本的に、相手の言葉を正面から否定するタイプではないようだ。

「指示ならやりますけど、刑事総務課の人から言われるのは筋違いだと思います。普通、捜査一課に話をして、それが上から伝わってくるものじゃないですか」

「だからこれは、変則的、かつ重大な事案だから。あなたに、特別にケアしてもらいたいのよ。普通の捜査に加えて、加害者家族のケアをするのは大変でしょうけど、あなたならできる」

「でも、加害者家族のケアと言われても……」どうやっていいか、想像もつかない。

「私もやり方は分からない」亮子が認めた。「私も警察官としては長いけど、あまりそういうことは経験していないから。というより、そういうことが得意な警察官はいないでしょう。加害者家族のケアなんて、警察官の仕事だとは思われていないから」

「私もそう思います」嫌な記憶が、モヤモヤと蘇ってくる。そう、警察は何もしない——何もしてくれない。

「でもあなたなら、加害者家族の痛みが分かるでしょう」

その一言が、晶から言葉を奪った。この人は、私がどういう立場の人間か分かっていて、こういう話を持ち出した。嫌がらせ？　それとも……。


釈然としない気持ちを抱えたまま、晶は練馬中央署に戻った。有名人贔屓《びいき》も気に食わないし、指揮命令系統が崩れたことにもむかつく。それでも、言われたからにはやるしかないのか。

「戻りました」と挨拶しても、三国はうなずくだけで、本部で何を聞かれたのか、確認しようともしない。知っていて無視しているのか、自分には関係ないことだと思って、敢えて何も訊ねないのか。顔を見もせずに、「電話番を頼む」とだけ言った。

仕方なく、三国の近くの席に座り、電話が鳴るのを待つ。今はどの刑事にもスマートフォンが支給されているのだが、特捜本部に連絡を入れる時は固定電話へ、というのが暗黙の了解になっている。管理職の携帯を連絡先にすると、「電話がつながらない」状況もしばしば生じるからだ。

こういう時に限って、電話が鳴らないものだ。午前中の事情聴取を思い出し、メモにまとめたりしていたのだが、それも長続きはしない。ボールペンで手帳を叩いている間に、外のどこかで五時の時報が鳴った。所轄はもうすぐ、当直の時間に入る。こっちはまだまだ……刑事たちが戻って来てから捜査会議が開かれ、その後に明日の捜査方針についての指示がある。

明日、か。指示された通り、前尾一家に張りついておくべきなのかな、と晶は考えた。亮子の言う「ケア」が、それで果たせるかどうかもわからないが。

亮子の発言が、ずっと頭に張りついている。彼女は自分の過去を知っている。知っている人がいてもおかしくないが、急に居心地が悪くなってきた。

今まで自分から、過去を話したことはない。仲の良い同期にさえ……言えば、警察官としての命脈が断たれそうな気がしていたから。

奇妙だ。全てに納得できない。

「柿谷、今のうちに飯、食っておけ」

突然三国に言われ、はっと顔を上げる。ちょうど、署の警務課の人たちが夕飯用の弁当を運びこんでくれたところだった。三国はさっさと立ち上がって、自分用の弁当を持ってくる。晶が立とうとしないので、三国が不思議そうな表情を浮かべた。

「何だ、食べないのか」

「昼に食べ過ぎました」

「昼は何だったんだ？」

「生姜焼き定食」

「温かいだけましだな」恨めしそうに言って、三国が弁当の蓋を開ける。

「井端につき合って食べてたら、太る一方ですよ」

「あの馬鹿、またそんなに大食いしたのか」三国が舌打ちした。

「ご飯大盛りがこんなでしたから」晶は両手で巨大な三角形を作った。

「馬鹿だねえ……この前、あいつも入れて三人で焼肉を食いに行ったら、結局十人前になったからな。ほとんどあいつが食って、締めに冷麺とビビンパ、両方完食しやがった」

聞いているだけで胸焼けがしてくる。まだ二十代だし、あんなに食べているのに太る気配もないのだが、こんな食生活をいつまでも続けていたら、それほど遠くない将来に体を壊すだろう。もっとも、忠告しても聞きそうにないが。

　刑事たちがぽつぽつと戻って来て、午後六時半から捜査会議が始まった。驚くような新しい事実はなし……それより晶は、弘大がまだはっきりした動機を語っていないことが気になった。自分から出頭してきたぐらいだから、動機面も含めて全てを簡単に供述するかと思っていたのだが。

　取り調べを担当している岡田は、露骨に苛ついていた。三国がそれを宥《なだ》める。

「態度はどうなんだ？」

「態度は素直なんですよ。ただ、動機について突っこむと黙ってしまう」

「そんな難しいことじゃないよな？　昔つき合っていた女を殺したんだから、どう考えても痴情のもつれだろうが」

　晶もそんな風に想像してはいるが、決めつけるのは危険だ。

「まあ、まだ始まったばかりだ。事実関係に問題はなさそうだから、動機面についてはゆっくり解《と》きほぐしてくれ」三国が指示し、次いで晶に視線を向けた。「柿谷、家族の方はどうだ」

　晶は立ち上がり、報告を始めた。特捜本部での会議は、学校の授業の延長のようなものだなといつも思う。現場で動く刑事たちは平机を並べて座り、捜査幹部は部屋の前方で、刑事たちに向き合うようにテーブルにつく。

「両親は、前尾弘大が被害者とつき合っていたことも知りませんでした。家族にガールフレンドを紹介することもなかったようです。最近の様子も、いつもと変わりなかったということです」

「家族は、あと……妹さんは？」

「まだ事情聴取できていません。精神的なダメージが大きくて、普通に話が聴ける状況ではありませんでした。時間を置いて再度事情聴取します」

「分かった」三国が話をまとめにかかった。「今回、加害者家族が有名人ということもあってか、ネット上での誹謗中傷《ひぼうちゅうしょう》がひどい。すぐに何かが起きるとは思えないが、十分注意して欲しい。特に柿谷と井端は直接家族と接触しているから、何かあった時はすぐに動けるようにしておけ。家族との接触もキープしておくように」

結局、亮子と同じような指示をしてくる。いや、課が違う亮子には、そもそも晶に指示する権利はないのだが。

捜査会議は長引き、終わったのは午後八時だった。隣に座っていた井端が、ようやく口を開く。

「本部、どうだった？」

「何か、変な話だった」

「へえ。お聞かせ願えますか？」

「井端に言うようなことじゃないわよ」

「いやいや、相棒だし」井端が大きな笑みを浮かべる。「仕事のことだったら、情報共有しておいた方がいいんじゃない？　プライベートな話だったら聞かないけど」

確かに……加害者家族をケアしろ、というのは指示が曖昧《あいまい》過ぎる。自分一人では絶対に無理だ。自信がないわけではなく、冷静に計算すれば、どうしてもそうなる。誰かと情報を共有していた方が、いざという時にもトラブルなく動けるだろう。

晶は事情を説明した。井端は爪をいじりながら聞いていたが、晶が話し終えると「変な話だな」と首を捻った。

「やっぱり変だと思う？」

「いや、今回の事件では加害者家族をケアしなければならないっていうのは分かるよ？　でも、何でそれを柿谷に言うかね」

「さあ」晶はとぼけて肩をすくめた。「女性だからとか、そういうことじゃない？　こういうことって、女の方が気を遣えるとでも考えたんじゃないかな」

「それは固定観念じゃないかなあ」

「だったら、井端がケアしてくれる？」

「俺？　いいよ」

　井端があっさり受け入れたので、晶は目を見開いた。井端がニヤリと笑いかける。

「いや、どうせ一緒に動いてるわけだから、自然にそうなるんじゃないの？」

「まあ……そうかもね」

「じゃあ、見回りに行くか」

「え？」

「前尾さんの家。今どうなってるかな」

「どうかなあ」今朝、前尾の家の前にはマスコミの連中が集まっていた。ちゃんと会見した相手に、これ以上何を聞くつもりなのか知らないが……まだ新しい情報が出てくると思っているのだろうか。あるいはマスコミ特有の、横並び意識かもしれない。「向こうの所轄に確認しておかない？　前尾さんとはもう少し話をしてみたいけど、マスコミがいると面倒だし」

「そうだな」井端が目の前の電話を取り上げ、手帳を広げた。この電話は「警電」と言われるもので、警視庁の本部、各所轄を繋ぐ専用線である。

　井端がすぐに、六本木署の担当者と話し始める。聞き込みの時にはあまり喋らないのに、身内が相手だといきなりお喋りになる……よく分からない性格だ。今も、妙に話が盛り上がっている。

「なるほど、じゃあ、ちゃんと追い払ったんですね。え？　広報課が？　なるほど……マスコミも、広報課の言うことなら聞くんですね。じゃあ、今は家に行ってもマスコミはいない、と。はい？　ああ、そちらでも警戒してくれてるんですね。ご苦労様です」

電話を切ると、井端は「ＯＫ」と短く言った。会話の断片を聞いていただけでも、内容が推測できる。おそらく前尾家が六本木署に泣きつき、六本木署は本部の広報課に相談し、広報課が記者クラブ加盟のマスコミ各社に「取材自粛」を穏やかに要請した――そんなところだろう。しかし写真週刊誌やスポーツ新聞などは、まだ張りついている可能性がある。警視庁には三つの記者クラブがあるが、そこに加盟しているのは全国紙とテレビ、通信社だけである。雑誌やスポーツ新聞は記者クラブの決まり事に縛られないし、この件はむしろそういうメディアの方が取り上げたい素材だろう。テレビのワイドショーが入ってくると、さらに面倒なことになる。

覆面パトカーで出かけると、車を返す手間があって仕事の終了が深夜になってしまいそうなので、電車で移動することにした。その途中で、ネットで今回の事件の記事を読んでいく。嫌な感じがする……一般メディアは事件の本筋を伝えるだけだが、スポーツ紙などはむしろ前尾の動向を記事にしていた。

「前尾昭彦　雲隠れ」という見出しを見た時には、さすがにカチンときた。確かに今日の午前中までは、前尾は仕事場に隠れていた。しかし、自宅前にマスコミが集まっていた状況では、どこかに姿を隠すのは当然の対応だろう。インタフォンを押されても反応する必要はないが、あんな風に囲まれていたらどこへも出かけられないし、精神状態は悪化する。

井端も同じ記事を読んでいたようで、スマートフォンの画面を見せながら「これ、ひどくないか？」と言ってきた。

「前から不思議なんだけど、どうしてスポーツ紙って、こういう感じで芸能ニュースを扱うのかな」

「普段はテレビ番組や映画の宣伝で芸能人のヨイショ記事しか書かないのに、誰かがスキャンダルを起こすといきなり掌《てのひら》を返すんだよな」井端が話を合わせた。

「それを事務所が抑えられるかどうか……馬鹿みたいじゃない？　もちろん、犯罪だったら報道する意味があるけど、今回の件、前尾さんには関係ないじゃない」

「それを喜んで読んで、ネットで無責任な噂を拡散する人がいるから、面倒なことになるわけか」

「馬鹿じゃない？」晶は鼻を鳴らした。「ＳＮＳで『いいね』をもらいたいだけなんだから。承認欲求を満たすために、適当な情報でも嘘でも、発言していいと思っている」

「スポーツ紙やテレビのワイドショーなんかの報道姿勢にも問題があるんだよ。ＳＮＳの内容を紹介するなんて、ニュースになってないだろう」

「スポーツ紙なんて、スポーツの結果だけ載せてればいいのに」

「同感だね」

　話しているうちに、さらにむかついてきた。この件——ネットでの誹謗中傷は、簡単には収まらないだろう。収める手段も考えつかない。前尾が名誉毀損などで告訴してきたらどうしよう、と晶は困った。告訴を受理したら、捜査しなければならない。しかし、ネット絡みの事件を捜査するのはかなり面倒だ。どちらかと言えば、サイバー犯罪対策課に任せたい。

　港区南麻布。いかにも高級住宅地なのだが、交通の便はよくない。この住所の中には地下鉄は一本も走っておらず、最寄駅は東京メトロ日比谷《ひびや》線の広尾《ひろお》か大江戸線・南北《なんぼく》線の麻布十番になる。

しかしどちらの駅からも、前尾の自宅まではかなり遠い。バス便があるかもしれないが、二人は麻布十番駅から歩くことにした。晶は腕時計で時間を測っていたのだが、十五分以上かかってしまった。勤め人だったら毎日の通勤だけでうんざりしてしまうような距離だが、前尾は基本車移動のはずだから、気にもならないだろう。

　自宅前にはマスコミは張っていないという話だったが、ちょうど晶たちが到着したところで一悶《ひともん》着《ちゃく》起きた。一台のハイヤーが家の前で停まったところで、どこに隠れていたのか、数人の記者が車に殺到してきたのだ。

「何だ、あのハイヤー？」言いながら井端が駆け出した。

「前尾さんが帰って来たのかも」

　違った。ハイヤーから降りてきたのは、ネクタイなしで背広姿の二人の男だった。二人とも五十歳ぐらいだろうか……マイクやＩＣレコーダーを突きつけられ、弱り切っている。二人とも必死で顔の前で手を振っているが、マスコミの連中はそれでは納得しないようだ。

「関係者みたいだな。どうする？」井端は駆け出したものの、どうすべきか判断しかねたようで、立ち止まってしまった。

「決まってるじゃない」

「何が」

「助ける」

　近づくと、やり取りが少しだけ聞こえてきた。

「橋本《はしもと》さん、コメントをお願いします」

「それはもう、局の方で正式に出してるから」

「今日は何の話し合いですか」

「いろいろあります」

「前尾さんは家にいるんですか」

「ちょっと……私はコメントできないので」

どうやらテレビ局の人間らしい。番組の今後――本当に降板するのか、そもそも番組自体を存続させるかも含めて、相談に来たのかもしれない。さすがに前尾を局に呼び出すわけにはいかなかったのだろう。

晶はいきなり、「橋本」と名乗る男を囲む人の輪に割って入った。

「何だ！」

乱暴に文句を言われたので、バッジを示す。そこへ井端も入って来て、「はい、警察です。ちょっと通して下さい」と呑気な声で言った。声は呑気だが、井端は長身なので、いるだけで威圧感がある。

「警察です。通して下さい」

晶も言って、輪を割りながら前へ進んだ。その際、「橋本」と呼ばれた男の腕を引いていく。小柄な橋本はバランスを崩しそうになったが、何とか晶について来た。もう一人の男は最後になった。

この家の構造が、晶たちに幸いした。道路に面してすぐにドアがあると、向こうが反応するまでインタフォンの前で待たねばならないから、またマスコミの連中に囲まれてしまう。しかしこの家には、外門がある。いわゆる料亭のように、その門から少し歩いて玄関にたどり着く構造だ。そして玄関でインタフォンを鳴らすのは、マスコミの連中には不可能だ。外門の内側は敷地内だから、

「家宅侵入」と言われたら反論しようがない。本来、訪ねて来た人は外門から中へ入ってインタフォンを鳴らさねばならないわけで、一々家宅侵入と言ってはいられないのだが。

湾曲したコンクリート壁の内側が、狭く短い通路になっている。そこへ入ると、外の喧騒《けんそう》は急に薄れた。橋本は忙しなくインタフォンを鳴らす。すぐに少し高い男の声で返事があった。前尾？午前中聞いた声とは違う感じがする。

「橋本です。お待たせしまして」

「今開けます」

たっぷり一分ほど待たされた。家が広いから、リビングルームからここまでそれぐらい時間がかかるのだろうか……ドアを開けたのは前尾だった。午前中着ていたポロシャツから、濃紺のＴシャツに着替えている。そのＴシャツに汗が染みこみ、グレイの髪も濡れて額に垂れていた。この暑さなのに、冷房を入れていないのか？

前尾が厳しい表情で橋本にうなずきかける。次の瞬間、晶たちに気づいて怪訝《けげん》そうな表情を浮かべた。

「午前中お会いした柿谷です」

「どうしたんですか？」前尾の視線は晶ではなく、その前にいる橋本に注がれていた。

「いや、その……警察の方です」

「それは知ってる。何があったんですか」

「こちらの方が、外でマスコミの人たちに摑まっていました」晶は自ら説明した。「救出したんです」

「それは申し訳ない……上がって下さい」

「私たちも上がらせてもらっていいでしょうか」これはチャンスだと思い、晶は思い切って頼みこんだ。「今出ると、またマスコミに摑まってしまいます。そうなったら面倒なので」

「構いませんよ」前尾が鷹揚《おうよう》に言った。「どうぞ」

一行は、前尾に先導されて家に入った。ここへ入るのはもちろん初めてだったが、さすがに大きい——午前中訪ねたマンションは、いかに高級とはいってもマンションである。この家は、本人の希望を全て叶えるために、贅《ぜい》を尽くして建てられたものだろう。

とはいえ、玄関から続く長い廊下を歩いている限りは、それほど贅沢にも高級にも見えなかった。廊下の左右にドアは一枚ずつ。奥がリビングルームだとしても、一階の部屋は二つぐらいだろう。

前尾は、廊下の右側のドアを開けた。応接間か何かだろうか……しかし中に入った瞬間、トレーニングルームだと分かった。前尾が汗だくになっているのも分かる。

「失礼していいかな。あと二十分」前尾はエアロバイクに跨《またが》りながら言った。

「待ちますよ」

「いや、漕《こ》ぎながらでも話せる」

午前中と違い、何だかひどく横柄な感じがする。テレビ局の人間が相手だとこうなるのだろうか。そうであっても今は、彼の方が立場が悪いはずだが。

橋本ともう一人の男は、明らかに困った様子だった。それはそうだろう。前尾は、エアロバイクをかなりのハイペースで漕いでいるのだ。前尾の額からさらに汗が流れ、息遣いが荒くなる。話ができるような状況ではないのに、ちらりと橋本を見て「話して下さい」と言った。

「細かい話がたくさんあるんですが……」

「構いませんよ」

立ち去るわけにもいかず、口を挟むわけにもいかず、晶と井端は顔を見合わせた。橋本もこちらを気にしている。しかし晶は、敢えてこの場に踏みとどまることにした。トラブルの材料になりそうな話なら、何でも聞いておきたい。

「ここで聞いたことは、表には出しません」晶は保証した。

「そうですか……」橋本が前尾に顔を向けた。「電話でもお話ししましたが、番組の今後のことです」

「先ほど話した通りです。戻る気はない」

「しかし、前尾さんの冠番組なんですよ」

「分かってます」前尾の声に、露骨な苛立ちが滲《にじ》む。「分かってますが、けじめは必要だ」

「ほとぼりが冷めるまで待つ、という手もありますよ」

「無理だ」前尾が冷たく言い放った。「そんなことは、世間が許さないでしょう。ネットでも散々叩かれている。復帰しようとしたら、大炎上ですよ。それは、東テレのためにもならない。もちろん、違約金についてはちゃんとお話しさせていただきます」

「今までの前尾さんの貢献度を考えると、そういう話はしたくないんですよ」

「私は、後腐れなく身を引きたいんだ。こんなことがあって、のうのうとテレビに出続けるなんて、あり得ませんよ」

珍しいケースではないかと晶は思った。最近は「コンプライアンス」のかけ声の下、テレビ局は不祥事に対して厳しく、過敏に対応することが多い。ここ数年、トラブルで表舞台から消えてしまった芸能人がどれだけいたか。しかしどんなに売れっ子でも、急な降板で関係者が死ぬほど困ったという話は聞いたことがない。たぶん、どんな特殊な能力を持った人間でも、この社会では歯車の一つに過ぎないのだろう。「オンリーワン」の人間など存在せず、いつでも誰かが取って代われる。前尾にしてもそうなのだろう。こんな有名人で、それを意識しているのも珍しい、と晶は思った。

それでも、この橋本という男が必死に引き止めているのは何故だろう。よほど個人的に強いつながりがあるのか、あるいはスポンサーの意向でもあるのか。

二人の会話は平行線を辿《たど》った。橋本は無理はしないと決めていたようで、あまりしつこく話はしない。結局十分ほど話しただけで、「また伺います」と引き下がった。

「無駄足で申し訳ない」前尾は慇懃無礼な態度を崩さなかった。エアロバイクから降りる気配もない。

橋本が「失礼します」と言って、もう一人の男を伴いトレーニングルームを出た。晶は前尾に謝った。

「勝手に聞かせてもらいました。すみません」

「別にいいですよ」前尾は素っ気ない。「聞かれて困ることでもない」

「ちょっと話を伺いたかったんですが」

「今日はもう、勘弁して下さい」

前尾がピシャリと言ったので、晶は即座に引くことにした。前尾は今の橋本とのやりとりで気力を使い果たしてしまった感じで、まともに話ができそうにない。むしろ、今前尾と話していた橋本から、前尾に関する情報を引き出せるのではないだろうか。つき合いは深く、長いようだし。廊下に出て、晶は橋本に一歩近づいて、小声で訊ねた。

「東テレの方ですよね」

「ええ」

「少し話をさせてもらえませんか？　捜査一課です」改めてバッジを提示する。

「いや、しかし……」

「外でまた、マスコミの連中に摑まりますよ。私たちがガードしますので、そのバーターでどうですか？　車の中ででも話せますよね」

橋本はしばし迷っていたが、結局この提案を受け入れた。先程のトラブルが、まだ頭の中に残っているのだろう。さて、これから一仕事だ。何か新しい情報は出てくるだろうか。

6

案の定、マスコミの連中はまだ家の前に残っていて、橋本は外に出た瞬間に摑まってしまった。晶が先に立ってハイヤーの後部座席のドアを開け、橋本ともう一人の男を車内に押しこんだ。井端は二人の横に立って、報道陣が近づけないように体を張る。勢いよくドアを閉めると、すぐに車はスタートした。晶と井端はそれを見送ってその場を離れたが「おい！」「何のつもりだ！」と罵声を浴びせられる。それを無視して、足早に家から立ち去った。

予め打ち合わせておいた通り、二人は東テレに向かった。全員がハイヤーに乗りこんで話をするのは時間的にも難しそうだったので、勤務先で落ち合うことになったのだ。途中でタクシーを摑まえて局に向かう。

テレビ局に入るのは生まれて初めてだった。放送している時間帯は賑わっているのかと思ったがそんなことはなく、既に夜間体制になっている。警備員の詰所から中に入れてもらうと、すぐ近くで橋本が待っていて、大きなホールの片隅にあるミーティングスペースが並んだ一角に二人を案内した。こういうのは、普通の会社と変わらない。違うのは、ホールがやたらと派手なことだった。番組を宣伝するバナーが天井からぶら下がり、子ども番組で人気のキャラの巨大なぬいぐるみがあちこちに置いてある。

しかし、四人がけのテーブルがある打ち合わせスペースに入ると、途端に静かでビジネスライクな雰囲気になった。

改めて名刺を確認する。橋本の肩書きは「エグゼクティブプロデューサー」だった。どれだけ偉い人なのかは分からないが、『ワイドモーニング』の最高責任者といったところだろうか。

「お話というのは……」橋本が遠慮気味に切り出す。テレビ局の人間といっても、事件担当の記者でもない限り、警察官とのつき合いがあるわけではない。

「例の事件で、周辺捜査をしています」晶はまず、自分の仕事を説明した。「前尾さんが被害者になりかねない状況なので、今夜も様子を見にきたんですよ」

「ああ……前尾さん、酷《ひど》い目に遭ってますよ」

「ネットですか」

「局にもガンガン電話がかかってきてます」

「抗議の電話ですね」

橋本が無言でうなずく。表情は依然として渋い。晶は首を横に振ってから言った。

「局側が抗議を受ける謂れは何もないと思いますが……前尾さんは謝罪しましたし、何より責任を取って番組を降板したじゃないですか。よくある言い方なら、社会的制裁は受けたと言っていいと思います」

「それでも、まだ説明責任を果たしていないと主張する連中がいるんですね。まったく……」

因縁をつけようと思えばいくらでもつけられる。たとえ前尾が土下座して、記者の質問に徹夜で答え続けたとしても、粗《あら》探しをする人間はいるだろう。今のところ前尾は精神的には持ち堪《こた》えているようだが、こんな状況が長く続けば、どんなにタフな人間でも参ってしまう。

「局としては、どうなさるおつもりなんですか？」

「それはこれから考えますが……前尾さんは、うちの局にとっては最重要人物の一人なんですよ。『ワイドモーニング』はもう十二年目になりますが、同時間帯の視聴率でほぼトップを走っています。そういう人を、簡単に切り捨てるわけにはいきません」

「でも、本人が自分の意思で降板してしまったんだから、どうしようもないじゃないですか」

「戻って来てもらう手はあります。大幅リニューアルとか。時間帯を変えて新しい番組を作ってもいい。だからこういう微妙な時こそ、前尾さんとの接触は保っておかなければならないんです」

「そうですか……前尾さんの最近の様子はどうでしたか？」

「どうって」橋本の表情がまた曇る。「前尾さんは、基本的に変わらない人なんです。何しろ座右の銘が『不変』ですから」

「息子の弘大さんとは、面識はありますか？」晶は質問を変えた。

「ありますよ」橋本があっさり認めた。「今は、前尾さんの付き人のような仕事をしていますしね。局にもよく顔を出していました」

「元々、芸能界で活躍していた人なんですよね？」

「一時的に、ですが」橋本がうつむき、一瞬自分の爪をいじった。「なかなかよかったんですけどね。特にＮＨＫのドラマ、あれで結構人気が出たんですが、本人は演者としてはあまり欲がなかったみたいですね」

「裏方というか、制作側に回りたがっていたと聞いています」

「映画の方ですね」橋本の表情が少し緩む。「映画というのは独特の魔力を持っていますから……演じる立場でも作る立場でも同じです。特に作る方には、あれだけ大きな世界をコントロールしてゼロから作り上げる快感があるんです。テレビとは違いますね」

「スケール感とかが？」

「まあ、そんな感じです」

　夢のために立場を変える——華やかな芸能界が合わない人もいるだろうが、一度でもスポットライトと歓声を浴びた人が、そこからあっさり身を引けるものだろうか。

「はっきりした引退宣言はなかったと思いますが」晶は確認した。

「なかったですね。ＮＨＫのドラマは結構話題になったけど、言ってしまえばそれだけでしたから。立て続けにドラマや映画に出演していたら、急に出なくなったことが話題になるかもしれないけど、彼の場合は自然に消えた感じですね」

「出たくても出られない人もいると思いますけど……」

「説明するのも面倒じゃないですか。時々若い俳優さんが、芸能界から引退すると宣言したりするけど、あれはあれでエネルギーを使うものですよ。事務所との駆け引きも面倒だし、ファンも掌返しで叩くし、ネットではネタにされるし」

「弘大さんは、お父さんの事務所の所属ではなかったんですよね」

「その辺は、前尾さんが所属事務所とちゃんと話をしたようです。特別な引退宣言などはしない、ということで話がまとまったようですね」

「フェードアウト、ですね」

「そういう感じです。まあ、弘大君は『前へ前へ』というタイプではないから。他の人を押しのけてでも自分が目立とうという気持ちはない人です。売れる人は、多かれ少なかれそういう面があるんですけどね」

それは裏でやることで、表——公式な顔では絶対に見せないというわけか。どんな芸能人でも、表と裏があると考えた方がいいのだろう。

「率直に伺いますが、彼は人を殺しそうなタイプですか」

「まさか」橋本が即座に否定した。「基本的には大人しい子ですよ」

「だったら、ストーカーをしそうなタイプですか？」

「それは……」橋本が乾いた唇をちらりと舐めた。「いや、そこまで深く彼のことを知っているわけではないですから、何とも……ただ、基本的には礼儀正しい子ですよ。ＡＤ連中にもちゃんと頭を下げて挨拶して、よく話してました。裏方の仕事のやり方を学ぼうとしていたんでしょうね」

結局、橋本の話では、弘大の外面的な状況しか分からない。まあ、彼のような立場の人間は、弘大との接触はあまりなかったと考えるのが自然だろう。

晶は、気になっていたことを確認してみた。捜査には関係ないが、橋本の態度がどうしても理解できなかったのだ。

「どうしてそこまで前尾さんをフォローするんですか？　いくら功労者だと言っても、日本的な感覚だと、もう表に出にくくなるのは間違いないでしょう」

「日本的な感覚では、ね」橋本が、急に馬鹿にしたように言った。「今まで、こういう感じでたくさんの芸能人が消えていきました。もちろん、本人に責任があった場合は仕方がない。薬物を使ったり、面倒臭い女性問題を起こしたりね……ただ、家族の問題で本人のキャリアが閉ざされるのはどうかと、私は前から疑問に思っていたんですよ。そろそろ日本も、『家族が』という縛りから解放されるべきじゃないですかね」

「それは、警察的には何とも言えないことです」

「加害者家族に人権はないのか、と思いますよ」橋本が非難するように言った。「ワイドショーを作る側の私が言うのはおかしいかもしれませんが……加害者家族は、加害者とイコールとみなされがちなんです。お前みたいな奴らがいるから、家族の中から犯罪者が出た、みたいな感じですね。必ずしもそんなことはないんだけど、世間はそう見てしまう。我々も、正直言って、そういう前提で取材して番組を作ってきた。だけど、いい加減変わってもいいんじゃないかと思います」

晶は料理ができないわけではない——忙しくなければちゃんと自炊するようにしている——のだが、特捜本部が動いている時は時間がないので、どうしても外で食べることになる。特捜本部で用意された弁当を食べればいいのだが、そのためだけに、これからわざわざ練馬中央署に戻るのも馬鹿らしい。しかしどこかで一人食事を済ませるのも何となく侘しく、二食続けて井端と食べることになった。

店は井端に任せてしまう。大食いの彼は、都内各地の安くて美味い店をしっかり頭にインプットしているのだ。

「六本木ね……麻布十番に出ると、いい店がたくさんあるんだけど」

「移動する時間がもったいない」

井端が、歩きながらスマートフォンを操作した。集中しているので、前から来た人とぶつかりそうになる。晶は彼のジャケットの腰の辺りをとっさに摑んで、歩道の端の方に誘導した。井端は、そのまま立ち止まって検索を続ける。複数の方向に注意を向けられない人は、これだから……。

「昼間の焼肉屋アゲイン、ってわけにはいかないだろうな」

「焼肉の気分じゃない」三国から聞いた井端の「武勇伝」を思い出す。目の前であまりにも大食されると、こっちは逆に食欲をなくしてしまう。食べている方は、相手の気持ちなど考えもしないだろうけど。

「六本木は、単価が高い店が多くてさ……というか、ちゃんと時間をかけて食べなくちゃいけない店ばかりなんだ。こんな時間からフレンチのフルコースってわけにはいかないだろう?」

「それはちょっと……」

「ラーメンなら、遅くまで開いてる店がたくさんあるけど……ああ、パスタ屋があったな」

「イタリアンじゃなくて、パスタ?」

「そう。安いし。学生向けって感じだけど、どうかな」

「ＯＫ」パスタは好きだ。昔は主食だったと言ってもいい。高校までバスケットをやっていた晶は、試合前日の夕飯は常にパスタにしてもらっていた。すぐにエネルギーに変わるから、試合で頑張れそうな気がしていたのだ。今でも、よく自分で作る。

井端が案内してくれたのは、雑居ビルの地下にあるパスタ——というかナポリタンの専門店だった。ナポリタンをベースに、様々なトッピングで食べさせる店らしい。井端はチキンカツをトッピングした上に麺を大盛りにしたが、晶は普通サイズでトッピングなしにした。初めての店では、一番ベーシックなものを試すのが無難だと思う。

料理を待つ間、井端が突然切り出した。

「さっきの話、本音かな」

「橋本さん？」

「ほら、家族の問題で……みたいな話」

「どうかな」晶は首を捻《ひね》った。「子どもが問題を起こして親が謝罪するのは日本だけ」とよく言われるが、橋本は本気でその「常識」に挑戦するつもりなのだろうか。

「俺も、こういう風潮は変だと思うけど、前尾さんがいきなり番組に復活したり、新しい番組を持ったりしたら、余計叩かれるんじゃないか」

「それはそうか……」

井端がタブレット端末を取り出す。しばらく眺めていたが、溜息をついて晶に手渡した。

「攻撃対象が、弘大から前尾さんに移っている」

前尾に説明責任という言葉を教えたい

一方的な会見で、ろくに質問にも答えずに雲隠れは、どんなものかね。いつもテレビで偉そうに人の批判をしている人は、自分が叩かれると急に引っこむわけか。言ってることとやってることが違う

結局こういう態度が日本人の典型だよ。政治家なんかもそう。いつからこうなった？

引きずり出す方法、ないかな。家の前でデモでもやってみるか

家になんかいないよ。どこかホテルにでもこもって息をこらしてるんじゃない？　要するに表に出てくるのが怖いんだ

別荘とか持ってないかな。田舎に引っこんでるのは、いかにもありそうだけど。あるいは偽装入院とか

とにかく、親の責任甚大だ。二十四歳っていうのは、まだ子どもだから。結局甘やかして育て方が間違ってただけ

晶も溜息をついて、タブレット端末を井端に返した。

「こういうことを書く人って、何も考えてないよね」

「だろうね」井端が同意する。「脊髄《せきずい》反射で、思ったことを何でもすぐにつぶやいちゃうから、言葉は汚いし、筋が通った思考もクソもない。ＳＮＳって、人間の原始的な部分をえぐり出すツールだよな」

「前尾さん、こういうの見てるかな」

「どうだろう」井端が首を傾げる。「見ない方が精神衛生上はいいと分かってても、どうしても見たくなるよな。怖いもの見たさというか。何も知らなかった、だと後で困るかもしれないし」

そういう状態の人をフォローしなければならないのか……自分には荷が重い、と怯《ひる》んでしまう。

かつて晶自身も同じような立場に置かれたことがあるとはいえ、加害者家族の苦悩はそれぞれに違うはずだ。「私なら分かります」とは、決して言えない。警察的にも、こういう事態に対処するノウハウはないのだ。いい弁護士ぐらいいくらでも知っているだろうが。もっとも前尾なら、いい弁護士を紹介して、ケアしてもらうのが一番いいのではないだろうか。

二人の間で、気まずいというか凍りついたような空気が流れる。こうやって話していても、解決策が見つかるわけでもない。家族と話して、精神状態を探るところから始めないといけないのだが、そもそも自分にはそんな力がない。

料理が運ばれてきたのでほっとする。普通盛りのナポリタンでも、相当な量だった。大盛りにした上で巨大なチキンカツを載せた井端のナポリタンは、フードファイター向けの料理という感じである。

量がすごいだけかと思ったら、味は確かだった。甘いケチャップ味がしっかり利いていて、大量の麺に紛れこんだ玉ねぎやピーマンの生っぽい歯触りが嬉しい。これは永遠に食べていけるやつだ、と頬が緩んでくる。

「まあ、俺もちょっと反省してるんだよ」井端が突然打ち明ける。

「何が？　井端って、反省とかと縁遠い感じじゃない」

「食い過ぎに関してだけは反省してるんだ。特捜になると、どうしても滅茶苦茶食べたくなってさ」

「精神的な問題かもね。カウンセリングでも受けてみたら？」

「そこまでじゃないけど、最近胃薬が手放せないんだよなあ」井端が暗い顔で打ち明ける。「いくらでも食えるんだけど、食べた後でちょっと胃が痛いことがある」

「あーあ、胃潰瘍一直線だ」からかって言ったが、晶は密かに心配になった。自分の父親も胃潰瘍で倒れて入院したことがある。その苦しみを目の当たりにしたから、どうしても敏感になってしまうのだ。「量と栄養バランスを考えて、体重もコントロールしないと」

「栄養バランスか……鳴沢《なるさわ》さんじゃあるまいし」井端が嫌そうな表情を浮かべる。

「鳴沢さんって？」

「知らないのか？」井端が目を見開く。「鳴沢了《りょう》さん。今どこにいるかな……どこかの所轄だと思うけど」

「刑事なの？」

「相当変わった人なんだ。俺が初任地で行った所轄に昔いてさ、古い人の間ではいろいろ語り継がれて伝説になってるんだ」

「知らないなあ」晶は首を傾げた。

「昔新潟《にいがた》県警にいて、その後警視庁に入り直したんだってさ」

「何でまた、そんなややこしいことを？」

「新潟県警で何かあったらしいんだけど、それは誰も知らないんだ。異常にストイックな人で、ハードなトレーニングも欠かさないし、栄養学も勉強しているらしい」

「栄養学って……」晶はまた首を傾げた。刑事をやりながら、そんなことを勉強している余裕、ある？「いったい何なの？」

「常にコンディションをきちんと保っておくのが刑事の基本だって考えてるらしい。酒も煙草もやらないし……言ってることは正しいんだけど、試合前のボクサーじゃないんだからさ。そんな人が近くにいたら、空気が重くなって鬱陶《うっとう》しくないか？」

「井端は、少し見習った方がいいんじゃないの？」

「そうかもしれないけど、鳴沢さんって、とにかく事態を大袈裟にしちゃうタイプらしいんだよ。普通の事件の捜査なのに、鳴沢さんが乗り出すと急に大事件になる――ただのボヤが山火事になるそうだ」

「それって、捜査が下手なだけなんじゃなくて？」

「隠れていた事実をほじくり出すのが得意らしいんだけどね。それで、とんでもない黒幕が出てきたりする――まあ、どっちにしても、かかわりたくないタイプだな。とにかくきっちりし過ぎた人で、他人にも厳しいらしいし」

「井端も一回ぐらい、その人の下で修業してみればいいのに」

「冗談じゃない」

警視庁には、四万六千人を超える職員がいる。当然、知らない人の方が多いわけだが、中には「伝説」としてよく噂に上る人がいて、鳴沢もそういう一人なのだろう。晶が情報をもらった大友にしてからがそうだ。本部で一番のイケメン、かつ取り調べの達人。ついでに言えば、変装の技術にさえ長けているという。その辺は、学生演劇をやっていた経験が生きているのだろう。

食事を終えて、六本木の駅で別れた。井端は門前仲町《もんぜんなかちょう》に住んでいるので、晶とは反対方向になる。大江戸線で新宿まで出て、小田急線に乗り換え……今日は何だか妙に疲れた。そう言えば、明日の朝食べるものもない。帰宅する途中のコンビニで食パンと野菜ジュース、バナナを買った。わびしい朝食になりそうだが、とりあえず午前中動くエネルギー源にはなるだろう。

家に帰り、ソファに座ってローテーブルにスマートフォンを置いた瞬間、急に何もする気がなくなった。このままソファで寝て、シャワーは明日の朝にしようか……いやいや、いくら薄化粧でもそのまま寝てしまうのは、人としてどうかと思う。何事もけじめだ。時間によってやることをきっちり決め、それを外さない。そうすることで、どんなに忙しくても生活と仕事のリズムを保てると思う。

スマートフォンを充電しようと取り上げた瞬間、ＬＩＮＥのメッセージが届いていたことに気づく。母親……面倒だな、という気持ちが先に働く。横浜《よこはま》に住む母は、最近とみに愚痴っぽくなっているのだ。愚痴っぽくなるのも当然だが、それを娘である自分にぶつけなくても、と思う。もっとも、他に喋る相手がいないのだから仕方がないのだが。

母も一人だ。

メッセージの内容は素っ気なく、「電話して」とだけあった。届いたのは十五分前、下北沢駅から家まで帰る途中だった。あまりにも疲れていて、気づかなかったのだろう。

無視しようかと思ったが、母親はしつこい。特に用事があるわけではないはずだが、こちらから連絡するまで、何回でもメッセージを送ってくるだろう。母親こそ、どこかでカウンセリングを受けるべきだったと思う。いや、今からでも間に合うのではないだろうか……。

「忙しいの？」電話をかけると、母親が唐突に切り出した。

「すごく忙しい」晶はつい、ぶっきらぼうに答えてしまって、反省した。母親が受けた精神的ダメージは、自分の比ではない。どんなに面倒臭くても、丁寧に対応しなければならないのだ。

「ちょっと時間作って、こっちへ戻って来られない？」

「しばらく無理……何かあるの？」

「会わせたい人がいるんだけど」

「まさか、またお見合い？」

毎度のやり取りだ、と晶は思わず溜息をついた。母は今、横浜にある家——晶が生まれ育った家だ——で一人で暮らしている。お見合いというのは言い訳なのだ。晶を結婚させて、何とか横浜に引き戻そうというのが本音である。だったらはっきりそう言えばいいのに、決して本当の気持ちは明かさず、横浜の人間とのお見合いを勧めてくる。

晶は、一度もその勧めに乗ったことはない。

「いい人よ。あなたと同い年で、県庁に勤務している人」

「母さん、いつも不思議なんだけど、そういう情報、どこから持ってくるわけ？」

「私はずっと横浜に住んでるんだから、地元にはいろいろ伝手があるのよ。あなたたち若い人は、マッチングアプリか何かの方が馴染みやすいかもしれないけど、ちゃんとした人の紹介で会うのが一番安心なのよ」

「マッチングアプリなんか使ってないけど」いきなり何を言い出すわけ？

「あなた、結婚する気、ないの？」

「ないわけじゃないけど」今じゃない。だったらいつだと聞かれると答えようがないのだが……ただ、今は捜査一課の仕事に集中したいという気持ちしかない。いつかは結婚したいし、すべきだとも思うが、母親世代とは違い、「二十代のうちに絶対結婚すべし」という感覚は、自分たちの世代にはない。

「あなたもね、何も東京で厳しい仕事をしなくてもいいのに。私は心配してるのよ」

「もう慣れてるから」

「危ないこと、ないの？」

「今まで一度もなかった」世間の人は、「警察の仕事は危ない」という印象を持ちがちなのだが、決してそんなことはない。勤務時の死亡率は、タクシー運転手の方がよほど高いという話だ。「母さん、心配し過ぎ」

「母親なんだから、当たり前でしょう。娘が警察官なんて、心配でしょうがないわ」

「そういう心配をやめれば、気持ちが楽になるのに」

「こっちで働くつもりなら、仕事はいくらでも紹介できるわよ。私も顔は広いから」

「警察を——警視庁を辞めるつもりはないから」晶はぴしりと言った。

結局母親は、自分を近くに置いておきたいだけなのだ。辛いのはよく分かる。自分が支えていかなければ、という義務感もある。だったら、母親が家を処分して東京に出てくればいい——そう考え、実際に誘ってみたこともあるのだが、思い切り強い拒絶に遭った。母親は横浜生まれの横浜育ち、中《なか》区から離れたことがないというのが、一種の自慢なのだ。確かに、横浜の中心で生きていくことに誇りを持っているのだろうが……。

話がまとまらないまま、電話を切った。ただ、もやもやした気持ちになっただけだった。こうなると、メイクを落とすのもシャワーを浴びるのも面倒臭い。結局家族の問題は一生ついて回るのよね、と覚悟した。母親のことは好きだし、将来的には自分が面倒をみなければならない、という意識もある。それでも今は、自分のためだけに生きたかった。

この仕事が天職だと思っているから。刑事でいる限り、自分らしくいられると思っているから。

気合いを入れて立ち上がり、寝る準備を始める。シャワーを浴びたら、缶ビールを一本だけ自分に許そう。面倒なことがいろいろあったし、少しは気持ちを緩めないと。緩急も大事だ。

先ほど初めて名前を知った鳴沢了という人には「緩」はないようだが。貴重な例外はいるものだ。

7

翌朝、メイクを終えたところで、スマートフォンにメッセージが入っているのに気づいた。井端。朝からいったい何事かと思って確認すると、「橋本さんの発言がニュースになってる」とあり、ＵＲＬが添付されていた。スポーツ紙のサイトらしい。クリックしてみると、確かに……見出しが仰々しい。

親の責任問うな　東テレ・橋本ＥＰ

元タレント、前尾弘大容疑者（24）の殺人事件に絡んで、父親の前尾昭彦氏（64）が司会を務める『ワイドモーニング』について、同番組の橋本新太《しんた》エグゼクティブプロデューサー（ＥＰ）が「将来的に復帰はあり得る」と言及した。同時に「子どもの事件に関して、親が責任を問われることが多いが、ケースバイケースで考えるべきではないか」と、今回の降板劇に疑念を呈している。

前尾弘大容疑者が逮捕されたのは、今月３日。以前交際していた女子大生（22）を殺害したと、警察に自首してきた。これを受け、前尾さんは同日緊急会見を開き、12年間にわたって司会を務めてきた『ワイドモーニング』からの降板を表明した。

橋本ＥＰは４日夜に取材に応じ、「日本では、子どもが事件を起こすと親が責任を問われる。もちろん、親に責任がある場合は仕方ないかもしれないが、直接関係ない場合、親が責任を負って仕事から離れるのは理不尽ではないか」と持論を展開。前尾さんの復帰に関しては「関係各所との調整が必要だが、このまま終わらせていいとは考えていない。『ワイドモーニング』の司会への復帰、あるいは別番組での起用を考えたい」とした。

放送評論家の柴《しば》田《た》一郎《いちろう》さんの話「橋本ＥＰの発言は大胆だが、日本の『家族主義』とも言うべき責任の取り方に一石を投じる意味はある。しかしコンプライアンスを重視するスポンサー、さらに視聴者のマインド的に、現実には復帰は相当難しいのではないか」

やっちゃったか……晶は思わず舌打ちした。橋本はいったいいつ、記者にこんなことを話したのだろう。昨夜、前尾の家の前では一切取材に応じない――応じたくない態度を見せていたのに。短い間に気が変わったのか、あるいはこのスポーツ紙と何か特別な関係があるのか。

ある、とすぐに気づいた。東日《とうにち》スポーツは東テレと同じ、東日新聞を軸にするメディアグループの一員だ。同じグループ企業相手だからこそ、敢えてこの記事をぶち上げた可能性もある。もちろん、発行部数の多い東日新聞に書かせる方がはるかに効果的だが、こういう話は一般紙には馴染まないのだろう。

橋本の意図は分からないが、これは間違いなく物議を醸《かも》す――いや、炎上間違いなしだ。すぐにでも確認したかったが、もう時間がない。仕方なく、小田急線に乗りこんでからＳＮＳを確認した。案の定、今度は東テレが槍玉に上がっている。

これだからテレビ局は。結局視聴率第一主義かよ。悪名は無名に勝る的考えなんだろうけど、これはひどい。このＰ、悪質だ

所詮ワイドショーだから。何でも話題作り

万が一前尾が司会に復帰するようなことになったら、東テレは視聴拒否だな

電凸開始
ワイドモーニングのスポンサーをリンク先に。ここは頑張ってスポンサーに圧力をかけるべき。
テレビには何を言ってもダメだよ。あいつら、常識ないから

元テレビマンだけど、これは間違いなく話題作りの仕込み。たぶん、前尾復帰に関して、何か特別な素材を用意してくる

そもそも、今回の事件の被害者や家族に対してどう思ってるんだろう。前尾がちゃんと謝罪すべきじゃない？　土下座しても許されないだろうけど。亡くなった子は帰ってこないのに、自分はさっさと復帰？

プラス評価の声はほとんどない。やはり今の視聴者感情――というよりＳＮＳユーザーの感情としては、前尾の復帰は許されないのだろう。

もちろん、ＳＮＳ上で騒がれているだけなら、テレビ局も前尾も痛くも痒《かゆ》くもないだろう。しかし最近は、「スポンサーに抗議」というやり方をよく見る。どんな企業もコンプライアンスを重視するから、ユーザー――たとえ実際にはユーザーではなくても――の声は無視できない。

そもそも橋本自身が、あまりにも軽率だったのではないか。大胆な発言をする前に、スポンサーへの根回しはしたのだろうか。こんな相談を持ちかけられたら、スポンサーサイドは当然「待った」をかけると思うが……これでは番組自体の存続も危うくなるかもしれない。

練馬中央署の特捜本部に入ると、井端はもう来ていた。

「記事、読んだ？」

そう言えば、メッセージは既読スルーしていた。うなずき、思い切り顔をしかめて、ＳＮＳに対する嫌悪感を表明してやる。

「ＳＮＳもひどいよね」

「ああ。何だかヤバイ感じがする。警察が首を突っこむ問題じゃないかもしれないけどさ」

「突っこまざるを得なくなるかもしれない。東テレがテロにあったりして」

「そこまで強攻策に出る人間はいないと思うけどね。所詮ネットの世界の話さ」井端が肩をすくめた。

「でも、橋本さんや前尾さんが狙われるかも。会社よりは、個人宅の方が狙いやすいでしょう。特に前尾さんの家の住所は、もう晒されてるし」

「警備でもつけるかね。いや、それは所轄の仕事だけど」

「うん……」曖昧に返事しながら、晶は亮子と交わした会話を思い出していた。加害者家族も守られるべきではないか……自分も誰かに守って欲しかった。兄が起こした事件の後で、悪意の攻撃に晒された嫌悪感と恐怖の記憶は、今も鮮明である。

自分は、前尾のために何かすべきではないだろうか。何ができるのか。今にも消えてしまいそうな由依の姿を思い出す。彼女とはできるだけ早く話をすべきかもしれない。その時、自分はどんな言葉をかけられるだろう。自分の立場を説明して、仲間意識を育《はぐく》めばいいのだろうか。

　捜査会議が終わると、晶はまず橋本に電話をかけた。呼び出しているが反応はない。今日も前尾一家からの事情聴取を命じられているので、その流れで橋本と会ってもいいのだが、向こうはもう、警察と話すのは願い下げと思っているのかもしれない。

「とりあえず、家まで行くか？」井端が切り出した。

「そうね……ちょっと待って」

　スマートフォンが鳴った。昨日番号を登録しておいた橋本の名前が浮かんでいる。晶は一呼吸置いて電話に出た。

「お電話いただきましたか」橋本の声は、どこかぼんやりしていた。

「朝からすみません」晶は壁の時計を見た。九時十分。朝は朝だが、警察官の感覚ではもう普通に仕事をしている時間だ。テレビ業界は、公務員とは仕事の時間が数時間ずれているのかもしれない。

「東日スポーツの記事、読みました。取材に応じたんですか？」

「ええ、まあ……」橋本が曖昧に認める。

「昨夜は取材拒否だったじゃないですか」

「系列紙ですから、いろいろあるんです」

「橋本さんのお考えは、昨夜聞いて分かってますけど、ちょっと刺激的過ぎませんか？　炎上してますよ」

「それは確認してます」

「何か実害は？」

「今のところはありません」

「何かあったら、こちらにも教えてもらえますか？　脅迫《きょうはく》してくる人間とか、いるかもしれませんから」

「それは想定しています。六本木署にも相談していますから」

「結構です」それなら一安心だ。「でも、十分用心して下さい。いろいろと不穏なことを考える人間もいますから」

「お気遣いいただいて……」丁寧に言う橋本の声には、やはり元気がなかった。

「やっぱり、大胆過ぎたんじゃないですか」晶はつい指摘した。

「そうかもしれませんけど、言ったことは否定しませんよ」橋本が急に強気になった。「いずれは言わなくてはいけない——私の長年の持論ですし、ＥＰという立場の見解だと思っていただいても構いません」

「それは、局の見解でもあるんですか」

「まあ……こういう状況になると、局内では否定する人間も出てくるでしょうけどね」

局の偉いさんと、何かの拍子にこういう話をすることもあるだろう。しかし実際に表に出て、ＳＮＳが炎上したりすると、上層部は途端に無責任に逃げたりするものだ。「そういう意図で言ったんじゃない」「橋本ちゃん、先走りし過ぎだよ」等々。

「警察としてお願いしたいのは、あまり刺激的な発言をしないで欲しい、ということです。世論が沸騰している時期ですから、わざわざ燃料投下する必要はないと思います」

「遅かれ早かれ、言うべきことだったんですよ」

「でも、今じゃない方がよかったですね」

忠告して電話を切っても、もやもやした気持ちは薄れない。橋本は決死の覚悟で、これまでのテレビ業界のあり方に一石を投じたのかもしれないが、このままでは前尾が犠牲になってしまう。

晶は座り直し、前尾の自宅に電話を入れた。反応なし。携帯に直接かけようとして、少し躊躇う。井端に、「奥さんの携帯に電話を入れて」と頼んでから、自分はマネージャーの五十嵐に連絡する。

さすがに五十嵐はすぐに反応した。

「警視庁の柿谷です」

「おはようございます」五十嵐の声は平静だった。まだ、今朝の騒ぎを知らないのかもしれない。

「五十嵐さんは今、どちらにいらっしゃいますか」

「私は自宅です。間もなく出ますが」

「前尾さんは？」

「家にいるはずですよ」

「電話に出ないんです」

「ああ……ナンバーディスプレイにしていますから、見覚えのない番号の電話には出ないんです。悪戯電話も多いので、普段からそうしているんですよ」

「無事ですよね？」

「――と思いますけど、どうしたんですか？」

晶は、今朝の東日スポーツの記事と、ＳＮＳの炎上について説明した。電話の向こうで、五十嵐がにわかに緊張するのが分かる。

「橋本さん、とうとうやったんだ」五十嵐が吐き捨てるように言った。

「とうとういうことは……前に何かあったんですか？」

「五年ぐらい前に、『ワイドモーニング』にレギュラー出演していたコメンテーターの人が、降板したんです。ベテラン俳優の根岸《ねぎし》要《かなめ》さん。ご存じないですか」

「知ってます」名前を認識すると同時に、かつての事件を思い出した。「確か、息子さんが覚醒剤所持で逮捕されたんですよね」

「ええ。その責任を取って降板したんです。その後は、テレビドラマにもほとんど呼ばれず、今は舞台の仕事が中心ですね」

　確かに言われてみれば、最近顔を見ない。今、六十歳ぐらいだろうか……以前は名脇役として、あらゆるドラマのあらゆる役をこなしていたような記憶がある。顎の長い独特の顔はなかなかインパクトが強く、一瞬画面に登場しただけでも確実に爪痕《つめあと》を残すタイプだ。

「根岸さん、初めてのコメンテーターの仕事で、結構人気があったんです。俳優としては穏やかな役柄が多いのに、結構毒舌でね。前尾が慌てて止めるような場面も多くて、そのやり取りが人気だったんです。でも、覚醒剤ですからね……『ワイドモーニング』でも取り上げざるを得なくて、その日に出演予定だったのをキャンセルして、そのまま降板です。書面で謝罪したんですけど、あの時も結構叩かれたな」

「息子さんも芸能人とか？」

「いや、全然違います。当時は、光星《こうせい》貿易の社員でした」

「一流企業じゃないですか」大学生の就職希望ランキングで常に上位にくる総合商社だ。父親と違って不安定な芸能界ではなく、堅実な道を選んだということか。

「そうなんですよ。東大から光星貿易で、将来の社長候補と言われていたぐらいです。それが覚醒剤で逮捕だから、大騒ぎでした。本人は、アメリカ赴任中に覚えたという話でしたけどね。テレビ業界よりも、光星貿易の方が大変だったかもしれない」

「今回と同じような状況だったんですね」晶は指摘した。「当然、根岸さんは何も関係なかったんでしょう?」

「根岸さんは、業界では珍しい、完全クリーンな人です。あの事件の後はずいぶん落ちこんでいたようですよ。前尾も何度も直接会って、復帰するように頼んでいたんですが、根岸さんは『けじめだから』って、受けませんでした。基本的にクソ真面目な人なんです。芸能人の事件に関して辛口のコメントをしていた人ですから、自分がそういうことに巻きこまれて、平然としているわけにはいかなかったんでしょう。筋は通ってましたよ」

「橋本さんは、当然降板反対派だったんですよね?」ここまでの流れからすると、そう考えるのが自然だ。

「降板は仕方なくても、いずれ復帰させようとしていたんです。ずいぶん粘り強く説得したんですけど、結局根岸さんは受けませんでした。その頃、橋本さんと呑んだんですけど、『子どもの責任をいつまでも親が持つのはおかしい』ってしきりに言ってましたよ。今回は、その持論を展開したんでしょう。しかし、参ったな……いくら何でもちょっと発言が早過ぎるでしょう」

「局には十分警戒するように言っておきましたけど、前尾さんも心配です」

「狙われるとか?」五十嵐が声を潜める。

「その可能性もあるということです。ですから、前尾さんご家族の動向は常に摑んでおきたいんです。奥さんと娘さんはどうしていますか?」

「まだホテルにいます」

「そうですか……」

その時、隣に座る井端が、親指と人差し指で「ＯＫ」のサインを作り、スマートフォンをテーブルに置いた。美紀とは連絡がついたのだろう。それでほっとして、晶は五十嵐との会話に意識を戻した。

「少し、逃げようかと思います」

「ホテルかどこかに籠りますか？　あるいは例の別宅に」自宅の近くなのだが、その存在はマスコミにも知られていないはずだ。家の近くなら、何かあっても何かと便利だろう。

「いえ、別荘に」

「別荘の住所も割れているんじゃないですか？　ネットで情報が流れたようですよ」

「ネットで晒されたのは、古い別荘の住所です。軽井沢《かるいざわ》のね……それは処分して、去年、箱根《はこね》に新しい物件を買ったんですよ。その別荘はまだ、マスコミにも知られていません」

「箱根ですか……」東京から一時間ぐらい。十分離れたとは言えないが、東京から出るのは悪いことではないだろう。こちらとしても、あの一家には安全な場所にいてもらった方がありがたい。

「準備が整えば、出かけようと思います。何か問題ありますか？」

「特に問題はないんですが、いつでも連絡は取れるようにしておいて下さい。急に東京に戻っていただくことがあるかもしれませんし」

「それは十分、気をつけます」

「今日は、もう一度ご家族に会うつもりです。五十嵐さんはこの後、どうしていますか？」

「私は前尾さんの家に行きます。いろいろとやることがありますので……しかし、橋本さんの件は参ったな。記事、読んでみますよ」

「それは構いませんが、ＳＮＳを見るのはお勧めできません」

「……でしょうね」

電話を切り、晶は井端にうなずきかけた。井端は準備万端という感じで、さっさと立ち上がった。晶も瞬時に気持ちにスウィッチを入れた。普段の捜査とは微妙にやり方が違うのだが、それでも「嫌だ」という感じはない。

ただ戸惑いがあるだけだった。

8

今日も前尾の自宅に入るのに一苦労した。事件発覚から三日目になるのだが、まだ報道陣が家の前で張っている。広報課の忠告の効果も一時的だったのか……仕事なんだと自分に言い聞かせ、晶は人の塊《かたまり》を割るようにして外門をくぐり玄関に向かった。

会った途端、前尾の態度が微妙に変わっているのに気づいた。橋本の発言の影響だろうか……妙に頑《かたく》なで愛想が悪い。

リビングルームは広大で、ともすると大きな窓から見える中庭の様子に目を奪われてしまう。真夏、背が伸びたハナミズキを中心に盛んな緑が、直射日光を遮《さえぎ》ってくれる。南麻布で庭のある家を持つのがどれほど大変か、とふと考えてしまった。

「朝、五十嵐さんと話をしました」晶は打ち明けた。

「彼は何と？」

今日の前尾は、白いＴシャツにジーンズという軽装だった。六十を過ぎた人にしてはまったく贅肉がなく、背筋もピンと伸びている。よく鍛えている——昨夜のエアロバイクの漕ぎ方を見れば、普段どれだけ体をいじめ抜いているかが分かる。

「箱根に別荘をお持ちだそうですね？　しばらくそこにいた方がいい、という話をしてました」

「冗談じゃない」前尾の顔がいきなり赤くなった。「そんな、逃げ出すようなことはできない」

「面倒な騒動から逃れるだけじゃないですか。それを逃げたと言う人はいません」

「世間は、逃げたと言うんだ」

口調さえ変わっている。初めて会った時は、きつい状況の最中にもかかわらず、非常に丁寧に対応してくれた。それが今は、心の中で沸騰《ふっとう》しつつある怒りを隠そうともしない——隠せなくなっている。

「橋本さんの発言が載った記事、ご覧になりました？」

「ああ」前尾が、目の前のテーブルに置いたスマートフォンを取り上げた。「さっき、五十嵐君が教えてくれた」

「昨夜も、橋本さんはここで同じような話をしていましたね」

「彼が何を言うのも、彼の自由だ。私には、コメントする資格はない」

「かえって前尾さんの立場を悪くしてしまう可能性もあるかと思います」晶は指摘した。

「私にはもう、立場などない」

「でも、これからの仕事のことを考えると……『ワイドモーニング』への復帰はないんですか？　橋本さんは期待していますよ」

「ない。百パーセント、ない」前尾があっさり言い切った。

「それでいいんですか？　これで芸能界から引退するんですか？」

「何も決めていない」前尾がスマートフォンをそっとテーブルに戻す。「この件については、ゆっくり考えます。もう芸能の仕事はしないかもしれないし、これまでとはまったく違う形でやるかもしれないし……ただし、『ワイドモーニング』に出ることは、もう絶対にありません」

「橋本さんは、そんなに簡単に諦めないと思いますよ」

「そうかもしれないが、それはあなたたちが心配することじゃない」前尾がぴしりと言った。「警察の仕事とは関係ないでしょう」

「橋本さんの発言に対する反発が大きいんです。今のところは、ＳＮＳで炎上が起きているぐらいですが、実際に前尾さんに危害を加えようとする人間が出てきてもおかしくありません」

「警察に面倒はかけない」前尾が頑なな口調で言った。「何のために警備会社と契約していると思ってるんだ」

晶はかちんときて、さらに言葉を重ねようと思ったが、井端から背中を軽く叩かれた。何？　ちらりと見ると、井端が素早く首を横に振る。ここは俺に任せろ、か……今まで、こういうことは何度もあった。二人の役回りは、大抵晶が「悪い警官」で井端が「いい警官」である。晶が相手を追い詰め、井端が「まあまあ」と宥めて、徐々に容疑者の逃げ場をつぶしていく。

ただし、前尾は容疑者ではない。普段と同じ対応でいいかどうかは分からなかった。

「前尾さん、今日はこれで失礼します。またご連絡させていただきますので、よろしくお願いします」井端が丁寧に言った。

「私に話を聴いても、何も出てこない。息子のことは……分からないことばかりなんだ」

「後で思い出すこともあると思います」

「保証はない」

「気長に待ちます。それより、この家、裏口はないんですか？　できれば、マスコミの人たちに囲まれないで、外に出たいんです」

「裏口はない」

「じゃあ、頑張ってみますね」井端が立ち上がった。

「堂々としていればいいんだ」前尾が井端、晶と順に視線を移した。「君たちは、二人とも見栄えがいいんだから」

「それとこれとは関係ないと思います」井端が肩をすくめる。「できれば、マスコミとは接触しないままでいたいですね」

　結局前尾は頑なな態度を崩すことなく、二人は自宅を去らざるを得なかった。井端が危惧《きぐ》した通り、マスコミの連中にまた囲まれたが、一切口を開かずに通る。正確に数えたわけではないが、昨夜よりも人は減っている。いずれは、報道陣の関心も他に向くだろう。前尾にとっては苦しい持久戦になりそうだが……態度の変化を見る限り、彼も「どんな事態にも耐えられる」ほど強い人とは思えない。


　母娘が籠っているホテルまでは、少し頑張れば歩いて行ける。経費削減のため、二人はそちらへ徒歩で向かった。途中、五十嵐と偶然会って、少し立ち話をしたが、互いに「情報交換」と言えるほど喋れる材料がない。二人は真夏の太陽に脳天を焼かれ、汗をかきながら先を急いだ。

　もう少しでホテルというところで、スマートフォンが鳴る。三国だった。どこかへ転戦しろ、という指示かもしれない。捜査は常に流動的なのだ。

「柿谷です」

「情報共有だ」

「はい」

答えて晶は立ち止まった。歩道の端に寄ると、先に行っていた井端が戻って来る。晶の前に立つと、「休め」の姿勢を取って左右の足に順番に体重をかけて体を揺らした。

「被害者の解剖結果なんだが」

「ええ」その話は、昨夜の捜査会議で既に聞いていた。「死因は脳挫傷《のうざしょう》ですよね」

突き飛ばされて倒れ、縁石で頭を打ってほぼ即死、と簡単な検査結果が出ていた。

「死因はその通りだ。ただしその他の検査で、覚醒剤反応が出た」

覚醒剤、と繰り返そうとして晶は言葉を呑んだ。昼前の六本木の路上で言っていい言葉ではない。

「それはつまり――」

「今のところ、どういうことかは分からない。事件に関係あるかどうかも不明だ。お前らも頭に入れておいてくれ」

「分かりました」

「詳細は、夜の捜査会議で説明する」

電話を切り、晶は井端に向かって、口の動きだけで「覚醒剤」と伝えた。

「誰が？　被害者？」

「そう」

「マジか」井端が天を仰ぐ。「そういう感じの子じゃなかったと思うけど」

「清純派の大学生だと思ってた？　でも私たち、まだ被害者のことを完全には知らないはずよ」

「興味はあるけど、俺たちが調べることじゃないな」井端が肩をすくめる。

「一から十まで自分たちでやれるわけじゃないしね」

「まあ……宮仕えってやつだ」井端が頬を掻いた。「一応、頭の片隅には入れておこうか」

「係長もそう言ってた」

捜査の過程でよく出てくる「小さな新しい事実」かもしれない。この問題は、どこかへつながっていくのだろうか。時折、どこかで生じた小さな謎が最後まで残り——捜査全体には支障がないにしても、嫌な記憶として固まってしまうことがある。

殺された古島萌は、どんな女性だったのだろうか。


美紀は、多少元気を取り戻していた。今日は濃紺のワンピース姿で、ウェストの細さが際立っている。もしかしたら自分より細いかもしれない。

「ご主人とは先ほどご自宅でお会いしました」晶は切り出した。

「私は家にいない方がいいと言ったんですが、主人は『絶対に逃げない』と言い張っています」

「家の前で、まだマスコミの連中が張ってます。逃げるも何も……」晶は首を横に振った。

「そうですよね」暗い表情で、美紀がうなずいた。

「五十嵐さんが、別荘へ退避した方がいい、と提案していました」

「聞きました。私もその方がいいと思います。でも、主人が……」

「五十嵐さんが説得すると思います。私も、一時的に東京を離れた方がベターだと思います」そうなれば、この家族にくっついて心配している必要はなくなる。捜査の本筋に戻りたい、と晶は思った。先ほど聞いた、古島萌の遺体から覚醒剤が検出された一件も気にかかっている。小さな刺かもしれないが、晶は自分の勘を信じたかった。この件は、事件の重要なポイントになる可能性がある。

「いずれにせよ、今日明日の話ではないと思います。こういう言い方は何ですが……大丈夫ですか？」

「私は何とか……それより、弘大は大丈夫なんでしょうか」

「取り調べに応じています。体調も悪くないようです」

「そうですか……ご迷惑をおかけして」美紀が頭を下げる。

「ご家族には責任はありません」今はそう言うしかない。実際そうなのだが、世間はそうは見ない。それにしても、加害者家族を叩いてストレス解消になるのだろうか、と晶は内心首を傾げた。

「それより、今日は由依さんとは話せますか？」

「大丈夫だと思います」美紀が立ち上がり、もう一つの部屋のドアを開けた。中に首を突っこみ、「由依」と声をかけた。

ほどなく、由依が出て来た。相変わらず幽霊——妖精のよう、と晶は思った。顔も白いのだが、ノースリーブのワンピースから見える腕も白い、というより透明だ。

「由依さん、昨日もお会いしましたけど、警視庁の柿谷です。柿谷晶」晶は敢えて「捜査一課」を名乗らなかった。捜査一課という部署名は、時に禍々《まがまが》しく聞こえてしまうことがある。

「はい」由依が体の前で手を揃《そろ》え、ゆっくりと頭を下げた。優雅とも言える動きで、この辺はさすがモデルというべきだろうか。あまりにもほっそりしているので小柄な女性だという印象を抱いていたのだが、実際には晶よりも背が高いかもしれない。

「少し伺いたいことがあります」そう告げてから、美紀に視線を向ける。「申し訳ないですが、由依さん一人に話を聴きたいんです。別室で待っていただいても構いませんか？」

「由依、一人で大丈夫？」美紀が心底心配そうに訊ねた。

「たぶん」消え入りそうな声で由依が言った。

「じゃあ、まずコーヒーでも淹《い》れましょうか」美紀は努めて明るい声を出しているようだった。

「エスプレッソならすぐに用意できます。どうですか？」

「由依さんは？」晶は由依に話を振った。

「あ、私は……飲んでもいいですか？」遠慮がちに由依が言った。

「もちろんよ。じゃあ、お願いします」晶は美紀に頼みこんだ。

部屋備えつけの専用のマシンで、エスプレッソはすぐにできあがる。美紀が小さなカップ三つをダイニングテーブルに置いたので、晶たちは自然にそこについた。立派なソファもあるのだが、楽に体を沈めるよりも、背中を伸ばして硬い椅子に座っている方が話はしやすい。

井端が小さなカップ――彼の手の中に隠れてしまいそうだった――を持ち上げ、顔をしかめる。由依に話を振った。

「由依さんは、エスプレッソは大丈夫なんだ」

「あ、はい……たまに飲みます」

「すごいなあ。僕は苦手なんだ」

「あら、それじゃあ、お茶でも淹れましょうか？」すかさず美紀が口を出す。何かやっていないと落ち着かないのかもしれない。

「いえ、眠気覚ましでいただきます」井端はカップを口に運んだ。猫舌のせいか、ほんの少しすすってまた顔をしかめたが、すぐに笑顔を浮かべる。大抵の女の子は、この笑顔を見て緊張感を解くだろう。それが晶には少し気にくわない。ここでもまた、いい警官の振りをするわけね……まあ、私よりも彼の方が、いい警官に見えるのは間違いないけど。

由依もカップを口に運んだが、井端と同じで舐《な》めるように飲む。晶は一口で半分飲んでしまった。エスプレッソは二口、せいぜい三口で飲むのが基本だ。量が少ないから、ちびちび啜《すす》っているとあっという間に冷めてしまう。

晶は、美紀に目配せした。美紀がはっと気づいたようにうなずき、寝室に姿を消す。ドアが閉まるかすかな音を聞いた後で、晶は改めて由依に向き直った。

「由依さん、体調は？」

「ちょっとぼうっとしてます」

「風邪でもひいた？」

「いえ……睡眠薬を呑んだんです。昨夜、眠れなくて」

「それがまだ残ってるのかな」

「だと思います。睡眠薬なんて、初めてです」

「今はどう？　普通に話せそう？」

「大丈夫です」由依が一瞬体を揺らした。「すみません、昨日は話ができなくて」

「こんな状態だし、私たちも焦ってないから」

晶は笑みを浮かべてみせたが、あまり効果はないようだった。こういう時は井端の出番ね……晶は隣に座る井端の二の腕を肘で突いた。井端が両手を組み合わせ、すっと身を乗り出す。

「由依さんは、弘大さんの昔のガールフレンド、知ってる？」

「……はい」

あっさり認めたので、晶はにわかに緊張した。親には言わなくても、妹には話していたのか。この家族の実際の関係はどんなものだろう、と晶は訝った。まあ、親よりも兄弟とよく話す、という家は珍しくもないだろう。

晶もそうだった。頼りになる兄。

「古島萌さん。会ったこと、ある？」

「一度だけ」

「いつですか？」

「一昨年の……四月ぐらいですね」

「弘大さんが会わせてくれたとか？」

「偶然なんです」由依が顔の前で手を振った。「友だちと渋谷に遊びに行った時に、兄が彼女と二人でいるところに出くわして、紹介してもらいました」

「お兄さん、隠したがっていたのかな」井端が声を潜める。「ご両親には話してなかったみたいなんだ」

「だと思います」由依が認める。「話したくなかったんです」

「どうして？」

井端が追及する。話は急速に深い部分に入りつつあるが、井端の喋り方が穏やかなので、あまりシビアな感じにはならない。この辺は見習わないといけない、と晶は反省した。自分は焦って、ついぶっきらぼうに突っこんでしまうことがある。

由依がちらりと、閉まったドアの方を向いた。

「お母さん？」

井端がすかさず言うと、由依が苦笑した。人間らしい表情を初めて見たな、と晶は思った。それでようやく、妖精っぽい感じと言うか、人形のような印象が薄れた。普通の子とは違うかもしれないけど、あくまで二十歳の女の子なんだから。子どもと大人の間の年齢で、悩むこともあるだろうし、人並みに好奇心だってあるはずだ。

「母は、ちょっと厳しいんです」由依がちらりと舌を出した。

「タレント活動してるから、やっぱりあまり大胆なことはさせられないと思ってるんじゃないかな」

「その前からですよ」由依が不満そうに言った。

「なるほど……弘大さんは、萌さんとはどんな感じだったんですか？」

「それが、ちょっと変な感じでした。ＮＨＫのドラマが始まったばかりの時期だったんですけど、兄はマスクにサングラスで、バレバレの変装をしてて。萌さんは普通に顔も出してましたから、何だか萌さんが危ない人に連れられてるみたいな感じだったんです」

「その時は？　立ち話だけ？」

「いえ、近くでお茶を飲みました」

「弘大さんが普通にお店に入って行ったら、騒ぎになったんじゃない？」

「渋谷じゃ、そんな騒ぎにはなりませんよ。タレントさんが普通に歩いているのもよく見ますし。それに兄は、知り合いの店に行ったので、個室を用意してもらってました」

「芸能人は、やっぱりそういうことに気を遣うんだねえ」井端が感心したように言った。

「ちょっと自意識過剰だったと思いますけど」由依が皮肉っぽく言った。

「お店ではどんな話をしたの？」

「萌さんの大学の話を聞きました」

「あ、そうか」晶は思わず声を上げた。「由依さん、萌さんと同じ大学なのよね。東法大」

「はい」由依がうなずく。

「その頃由依さんは……高三？」もう緊張は解れただろうと判断し、晶は事情聴取を引き継ぐことにした。井端に向かってさっとうなずきかける。イケメン、ご苦労様。

「高三でした。萌さんが行ってる東法大を受けるつもりで……だから兄も、話を聞かせようとしてくれたんだと思います。大学の話をいろいろ聞きました」

「会ったのは、その時だけ？」

「はい」

「萌さん、どんな感じの人だった？」

「可愛い人でした。普通な感じですけど……私の方が話をいろいろ聞かれました」

「タレント兄妹だもんね。その頃、もうモデルの活動は始めてたの？」

「雑誌に出始めた頃です」

「じゃあ、普通の人から見れば、雲の上の存在みたいじゃない」

「そんな……」由依が顔を伏せる。

「二人は、仲良さそうだった？」

「そう、ですね。そんなにくっついている感じじゃなかったですけど」

「別れた話は聞いたの？」

「聞きました」由依がうなずく。「そのちょっと後かな……また大学の話を聞きたくて、萌さんに会いたいって言ったら、『もう別れた』って」

「それはいつ頃？」

「六月頃だったと思います」

二ヵ月ぐらいの間に何があったのか……晶の疑問を先読みしたのか、由依が説明してくれた。

「兄は、すごく忙しくなったんです。ＮＨＫのドラマの撮影もあって、取材や仕事の打ち合わせなんかもどんどん入ってきたんです。大学へも行けない感じになってました」

「でも弘大さんは、あのＮＨＫのドラマが、最後のドラマ出演でしたよね」晶は念押しした。

「悩んでたんです。映画を作る方の仕事をしたいって、ずっと言ってて。中学生の頃から、映画オタクだったんです。父が近くに借りた部屋に籠って、よく映画を観てました」

「それで、実質的にタレントとしては引退——裏方に回ることにしたのね？　相当悩んだでしょうね」

「兄も父と同じで、基本的には真面目な人なんです。期待して、仕事を持ってきてくれる人がいるのに、それを断って自分の好きなことをしていていいのかって。でも兄は、そもそも演技についてはあまり自信がなかったみたいです。それより自分で作品を作りたいって……シナリオも書いてました。とにかく忙しくて、しかも悩んでいた時期だから、萌さんともあまり会えなくなって、それで別れたみたいです」

晶はうなずいた。忙しくなり過ぎて、それまでの人間関係をキープしていられなくなる——よくある話だ。

「その後は、全然接点がなかったのかな」

「だと思います」

「今回は……」

「ごめんなさい」由依が急に口元を手で押さえ、嗚咽を漏らし始めた。

「ゆっくりね」

うなずいたが、言葉は出てこない。井端が立ち上がり、冷蔵庫から勝手にミネラルウォーターを取ってきた。そっとテーブルに置くと、由依が掌で口を押さえたまま、何度もうなずく。

「由依さん、一回深呼吸しましょうか」

「……すみません」

「コーヒー、飲んで。水も」

言われるまま、由依がカップに手を伸ばす。残ったエスプレッソを一息で飲んで大きく深呼吸すると、ようやく緊張が解けたようだった。

「大丈夫？」

「まだ、全然現実味がないんです。兄は、人を殺すような人じゃありません。何でこんなことになっちゃったのか、全然分からないんです」

「由依さんも、仕事のこととか大変だと思うけど……」

「私はどうでもいいです！」由依が突然声を張り上げた。しかしその勢いがいきなり萎む。「私の仕事なんか……でも、もう駄目かもしれない」

「そんなに落ちこまないで」しかし由依の話を聞くと、落ちこむのも当然に思えた。

ネットで、「Ｙｕｉ」＝前尾由依だと断定する情報が流れてしまったというのだ。事務所側では、この状況を心配しているという。前尾の名前に頼らずやっていくという前向きの方針が、「隠していた」と曲解されてしまった……。

晶は由依の表情をじっくり観察した。動揺している。気持ちが揺れ、何を言っていいか、分からない様子だった。

「由依さんは、これからも芸能界で仕事をしていくつもりじゃないの？」晶は訊ねた。

「分かりません」由依がゆっくりと首を横に振った。「誘われて始めた仕事ですから、自分でどうしても……という感じじゃないんです。不真面目かもしれませんけど、私、自分が芸能界に向いているとは思ってません」

「そう……でも、由依さんの仕事とお兄さんの事件は関係ない」

「事務所が何て言うか、分かりません」

由依はＭＡフロントの所属ではなく、「ＡＧＢ」という大手事務所に登録しているのだが、大手だからといって、所属タレントを守り切れるとは限るまい。

「無理したくないです。事務所の人にも迷惑かけたくないですし」

「ごめんなさい、その件については私たちには何も言えないんだけど……一つ、聞かせてもらっていい？」

「はい」由依が背筋を伸ばし、溢れた涙を細い指先で拭った。

「分かればだけど……萌さんに、何かおかしな様子はなかった？」

「おかしいって、どういうことですか？」由依が警戒した口調で言った。

「普通の人とちょっと違うとか、話し方や動作に不自然なところがあったとか」

「それは……ないと思いますけど、一回会って話しただけだから、そんなにはっきりしたことは分かりません。萌さんに何か不審なところがあったんですか？」

「亡くなった萌さんがどんな人か知るためには、知り合いに話を聴くしかないのよ」

「私は――知り合いとは言えないんじゃないでしょうか」由依は引いていた。

「彼女、話していて妙にテンションが高いようなこと、なかった？」

「いえ、大人しい人でした」

晶は言葉を切り、一瞬悩んだ。萌の体から覚醒剤が検出された——すなわち、彼女が覚醒剤を使用していた事実を由依に告げるべきかどうか、悩む。この場で井端と相談を始めるわけにはいかないし。

話さないことにした。

話せば、由依はまたショックを受けるだろう。今はまだ、なるべく静かに話を聴いていたい。家族に衝撃を与えるのは本意ではないし、この家族は既に十分揺れ動いているのだ。


昼過ぎ、ホテルを辞した。六本木通りに面した歩道に出た瞬間、井端が切り出す。

「ヤクのこと、言わなかったな」

「うん……悩んだんだけど、そんな話を聴いたら、由依さん、ショックでしょう」

「お前、そんなに優しい奴だっけ？」井端は本気で驚いている様子だった。

「私のこと、何だと思ってるの？」

「もっとハードボイルドな人間だと」

「それは井端の勘違い。ハードボイルドの基本は優しさだから。チャンドラーを読めば分かる」

「誰？」

「チャンドラーって言って話が通じない人には、説明しても無駄かな」フィリップ・マーロウの話をしてピンとくる人も、今はそんなにいないだろうが。

「まあ、いいけど……聴くべきだったと思うよ。覚醒剤っていう言葉を聞けば、それがキーワードになって、何か思い出すかもしれない」

「それはちょっと、誘導尋問っぽくなるかな」晶が首を傾《かし》げた。「今、由依ちゃんは弱っている。私たちが少しでも方向性を示したら、話を合わせるために、そっちの方向で認めちゃうかもしれないわ。それだと、ちゃんとした証言とは言えない」

「ま、仰る通りかな」井端が肩をすくめる。「とりあえず、飯にするか？」

「昨日とまったく同じパターン」晶はうんざりして言った。井端と一緒に動いていると、仕事の面では特に大きな問題は生じないのだが、食事では毎回困る。井端の好みで同じものを食べていたら、特捜本部の仕事が終わった後に、一週間ぐらいファスティングしなければならなくなる。

とはいえ、六本木付近は詳しくないので、井端のグルメ情報に頼るしかないだろう。

呑気にしていられたのはそこまでだった。その日の夜、晶の仕事は新しいフェーズに入ることになる。

第二部

悪意の拡大

1

横になればいつでも眠れるのが晶の特技だ。今日も一瞬で意識が薄れた——そしてスマートフォンが鳴り、中途半端な眠りから引きずり出される。画面を確認すると午前三時。かけてきたのは三国だった。

「緊急ですか」第一声で晶は訊ねた。

「第二種」

微妙な指示だ。三国は細かいこだわりのある人間で、深夜など勤務時間外の呼び出しに関しては「一種」「二種」「三種」と分けている。必ず係全員に連絡はするが、「一種」は全員がすぐに出動、「二種」では都内の近場にいる人間だけが向かう。「三種」は、朝になってから現場に集合、となっている。「一種」「二種」と「三種」の間には、越えがたい壁がある。つまり「三種」はそれほど緊急ではないという判断だが、「一種」「二種」は、連絡がきたら一刻も早く動く必要がある。これまでにも何度か晶には「二種」の指示が出て、夜中に現場に向かったことがある。八係の刑事九人のうち、都内に住んでいるのは四人しかいないから仕方がない。

「事案は何ですか」

「放火」

「それ、うちの仕事じゃないですよね」晶は思わず反論した。放火事件も捜査一課の担当なのだが、係が違い、第七強行犯捜査の二つの係が専門に扱っている。放火事件の捜査には、専門家の特殊なノウハウが必要なのだ。

「放火されたのは、前尾さんの家なんだ」

一気に目が覚めた。ベッドから抜け出し、急いでクローゼットへ向かう。

「被害は？」

「ガソリンを含んだタオルが、塀越しに庭に投げ入れられた。家には直接被害はないが、庭の木が燃えた」

「怪我人はいないんですか？」訊ねながら、晶は顔面から血の気が引くのを感じた。一歩間違えば家に火が燃え移って、大事になっていた。

「ああ。ただし――」

「分かってます。この状況ですから、うちが家族に話を聴く方が自然ですよね」

「そういうことだ」

「現場に向かいます」

「今、所轄の連中が現場を処理している。捜査自体についても、火災犯係の連中がしっかりやるはずだ。お前の仕事は――」

「前尾さんと話すことですね」話すというか、宥める。それが刑事の仕事と言っていいかどうかは分からないが、誰かがやらねばならないのは間違いない。普通は所轄の人間の担当になるが、今回は被害者が被害者だから、やはり自分がやった方がいいだろう。

「とにかく一刻も早く話をして、状況を把握してくれ」

「分かりました」

「とりあえず、お前一人で頼む」

「井端は出さないんですか？」井端も都内――門前仲町に住んでいるし、六本木まではそんなに遠いわけではない。二人とも下っ端だから、「二種」の時には真っ先に出動命令が出るのが普通だ。「何人もでかかるような仕事じゃねえよ」三国が嫌そうに言った。「俺にも労務管理の責任があるんだから」

「……分かりました」

何だか自分だけが超過勤務を強いられているようだが、一方で、これはやはり自分の仕事なのだ、という気持ちは強い。やれるかやれないか、やりたいかやりたくないか——そういうこととは関係ない。

本当はシャワーを浴びたかったが、時間がもったいないので省略し、茶沢《ちゃざわ》通りに出てタクシーを摑まえる。深夜で車が一番少ない時間なので、前尾の家までの実質的な移動時間は二十分ほどだった。

自宅の前にはパトカーが二台停まっていたが、パトランプは点けていない。マスコミの姿がなかったのでほっとする。この件は発表しないわけにはいかないだろうが、広報課はタイミングを見ているのかもしれない。こんな時間に報道陣が大挙して集まったら、近所迷惑にもなる。もっともマスコミの方では、消防車の出動を聞きつけ、問い合わせて状況を割り出すかもしれない。消防では、基本的にマスコミから問い合わせがあれば答えてしまうと聞いている。

パトカーに乗っていた所轄の制服警官に話を聞き、簡単に状況を把握する。今は、所轄の刑事が家に入り、事情聴取しているという。

晶は庭に入り、燃えた場所を確認した。庭に植えられたハナミズキの根本の方が黒焦げになっている。倒れてはいないが、この木はもう駄目だろう。軒先までの距離は二メートルほど。燃えながら倒れでもしたら、家に燃え移っていたかもしれない。木の近くに、消火器が転がっていて、泡がまだ残っている。前尾が自ら火を消したのか……犯人は本気だったのだろうか？　火炎瓶なら、もっと激しい炎が上がったはずだが、これはあくまで嫌がらせ、あるいは警告と受け取るべきかもしれない。いずれにせよ、犯人はすぐに捕まるだろう、と晶は楽観視した。ガレージの上部に設置された防犯カメラは、家の前がほぼ撮影できるようだ。民家の防犯カメラはダミーであることも多いのだが、このカメラは本物だ。映像を手がかりに犯人に近づくのは、難しくはない。

そっとドアを開け、玄関に足を踏み入れた。履き古した黒いビジネスシューズが二足。二人組が事情聴取中だ、と判断する。

リビングルームの方から声が聞こえてくる。晶は廊下から通じるドアを開け、顔を出した。前尾は庭に向いた窓に背を向けてソファに座り、向かいに二人の刑事が陣取っていた。ドアが開いたかすかな音に気づいた二人の刑事が、同時に振り向く。晶は声を張り上げ過ぎないように気をつけながら、「本部捜査一課の柿谷です」と名乗った。前尾は眠そうだったものの、晶の顔を見た瞬間にさっと頭を下げる。最低限の礼儀は失っていないようだが、それでも怒りは抑えきれていない。顔は真っ赤で、目は充血していた。

「だから、すぐに火は消したんだ！　私が！」苛ついた口調で前尾が吐き捨てた。

「燃えた跡を見た限り、かなり激しく炎が上がったようですよ」刑事の一人が遠慮がちに指摘する。

「大したことはなかった」

「しかし、危険だった」

この刑事は、前尾の自作自演を疑っているのかもしれない。自ら火を消しに行ったことが信じられないとでも言いたげなのだ。先ほど車に乗っていた制服警官に聞いた限りでは、警備会社も火災に気づき、一一九番通報したのだという。消防車は出動したのだが、到着した時には前尾によって火は消されていて、放水の必要もなかった。

「具体的に脅迫はなかったんですか」

「ない」

「ネットでは炎上していましたが……」

「あんなのは、現実世界とは何も関係ない！」

二人の刑事は、犯人の手がかりを欲しがっているようだが、前尾は何も知らないだろう。火を付けるのは極めて悪質な行為だが、それでも悪戯、嫌がらせの延長線上ではないか、と晶は読んだ。

結局二人の刑事は、重要な情報を手に入れられないまま、事情聴取を打ち切った。年長の方の刑事が、リビングルームを出る時に、晶に向かって顎をしゃくる。外に出ろ、か――廊下に出てドアを閉めると、晶はすぐに嚙みついた。

「人に顎で指示しないで下さい」

「ああ？」年長の刑事が目を見開く。

「誰に対しても、そんな風にするんですか？」

「あんた、面倒臭い人なのか？」

「そちらの出方によっては、死にたくなるほど面倒臭くなります」

「ああ、分かった、分かった」年長の刑事が顔の前で手を振った。「寝入り端《ばな》に叩き起こされたこっちの身にもなってくれ」

「それは私も同じです」晶は平静を装った。

「……それで、この件はおたくらが引き取るのか？」

「火災犯担当が主力で捜査しますが、うちの係もフォローするようです」

「じゃあ、後は任せるよ」刑事が、すりガラスの入ったドアに目を向けた。「苛々するのは分かるけど、あの人も警察に文句が言えた立場じゃないだろう」

「加害者の家族だからですか？　自作自演とでも考えてるんじゃないでしょうね」

　言ってしまって、晶は一瞬で頭に血が昇るのを意識した。刑事は何も言わなかったが、晶は一歩詰め寄った。手を伸ばせば胸ぐらを摑める。「考えるのは勝手ですけど、口に出した瞬間に人間のクズになりますよ」と警告した。

「おい――」

「ただの偏見、思いこみ、前例踏襲です。状況は日々変わります。少しは勉強して下さい」

「あんた、ふざけてるのか？」刑事の顔面が蒼白になった。

「いえ」そこで晶は思い切り大きな笑みを浮かべた。「真面目です。大真面目です。あなたが反省しなければ、後悔させせます」

　呆れてしまったのか、年長の刑事が首を横に振り、踵《きびす》を返して大股で玄関に向かう。若い方の刑事は、多少は晶の心情が理解できたのか、肩をすくめてニヤリと笑った。

　晶は肩を二度上下させて深呼吸し、リビングルームに通じるドアを開けた。前尾は先ほどと同じソファに腰かけており、目の前の広いテーブルには、いつの間にか小さなグラスとバーボンのボトルが置いてある。

「失礼します」

　晶が前に座ると、前尾はグラスを持ち上げ、中身をぐっと呑んだ。色からしてストレート……えらく乱暴な呑み方で、さすがに心配になる。

「あなたは？　いらない？」前尾がつまらなそうな表情で言った。

「勤務中ですから」

「働き過ぎだよ」呆れたように肩をすくめる。

「働くつもりはなかったです。寝てました」

「寝てるところを叩き起こされると、一日が辛い」

「司会の仕事でも、そういうことはあるんですか」

「ない」前尾があっさり否定した。「毎日決まった時間に局に入って、決まった時間に終わる。仕事をしている時間が普通の人とずれているだけで、まさにサラリーマン生活ですよ。昔は、よく夜中に叩き起こされたけど」

「NHK時代ですか？」何となく、自分とはまともに話してくれそうだと思い、晶はしばらく雑談を続けることにした。

「アナウンサーは泊まり勤務があるんです。夜中に臨時ニュースを流さなくちゃいけない時は、当然叩き起こされる。私も何度か経験したけど、あれはきつい。まともな顔で映っているかどうか心配だけど、どうしようもないね。とにかく、きちんと喋ることだけを意識していた」

「寝ぼけた声でニュースを読まれたら、それだけで観ている方は不安ですよね」

「かといって、いつあるか分からない臨時ニュースに備えて徹夜するわけにもいかない……まあ、昔の話です」

「今夜は……」ここから本筋の話だ、と晶は気を引き締めた。

「窓の外が赤くなっていて気づいたんだ。慌てて消火器を摑んで……消防には、警備会社の方から連絡がいったようだ。しかし犯人は、本気で火を付けようとしたわけじゃないだろう。燃えたタオルを投げこんで、それがたまたまハナミズキに延焼したらしい」

「そうだと思われます」晶は一応同意した。「まだ捜査は始まったばかりですから、はっきりしたことは言えませんが」

「そうですか……」前尾がグラスを持ち上げ、中身を一気に干した。咳きこむこともないが、それが逆に気になる。これだけの量を一気に呑んで平然としているのは、普段から同じようなペースで呑んでいるから——アルコール依存症の疑いもある。すぐにグラスに注ぎ足す様も、依存症を想像させた。

「ショックじゃないですか」

前尾が「意外だ」とでも言うように目を見開き、「あなたは、そういう当たり前のことは言わないタイプだと思ってた」と言った。

「こういう状況では、気の利いた台詞も、すぐに人を安心させる台詞も出てきません。すみません、経験不足で」

「そうだね……あなたのように若い人が刑事をやっているのも意外な感じだ」

「若くないですよ。来年、三十です」

「三十？　若く見える」

自分は特に童顔だとは思っていないが、「刑事は老け顔の方がいい」と昔先輩に言われたことが、ずっと頭に引っかかっている。二十代の若者から見て「お父さん」「お母さん」ぐらいの方が、頼り甲斐があるというのだ。そんなことを言われても、自分ではどうしようもないのだが。老けメイクをするわけにもいかないし。

前尾がグラスにバーボンを注ぎ足した。指二本分よりかなり多い。

「そういう呑み方はやめて下さい」晶は忠告した。

「何が？」

「喉に悪いですよ」

「今後、喉を使う仕事があるかどうか分からない」自棄になったように言って、前尾がまたバーボンをぐっと呑んだ。

「復帰して欲しいと希望している人もいます。そういう人たちのことを考えて下さい」

「説教か？」

「いえ、ただ事実を伝えているだけです」

「それも刑事の仕事だと？」

問われても何も言えない。自分でも、刑事の仕事ではないと思っている。犯人逮捕のために聞き込みをし、容疑者を尾行し、推理する——それこそが刑事の仕事だ。事件の関係者を慰めたりケアしたりするのは本筋ではない。亮子が何と言おうと、やっぱり自分にはできない。向いていない。

だったら今は、事件の本筋について聴くだけだ。

「少し、被害者の女性について話を聴かせていただいていいですか。弘大さんが動機について何も言わないので」

「前にも言った。知らないんだ。弘大がどんな女性とつき合っていたか、まったく知らなかった」

「覚醒剤を使っていた疑いが出ています」晶は明かした。

「覚醒剤？」前尾が、口元まで持っていったグラスを宙に浮かしたまま止めた。見ると、手が微かに震えている。「初耳だ」

「昨日、検査で分かったんです。体内から覚醒剤が検出されました」

「つまり、弘大が殺した女性が覚醒剤を使っていたというのか？」

「覚醒剤は、勝手に体に入ることはありません」誰かが押さえつけて、無理矢理摂取させたら別だが。

「まさか、弘大が……」前尾が、ゆっくりとグラスを下ろした。テーブルに置く時、グラスの底が不安定に揺れ、カタカタと硬い音を立てる。

「弘大さんが薬物を使用していなかったことは、はっきりしています」この事件では、逮捕直後に弘大の尿検査が行われていた。シロ。ただし、被害者の遺体から覚醒剤反応が出たから、今後、弘大の部屋の再捜索が行われる可能性はある。事件直後の家宅捜索《ガサ》では何も出てこなかったのだが……基本的に、一度捜索して見つからなかった場合、二度目の捜索で見つかる可能性はゼロと言っていい。警察は、こういうことは見逃さないものだ。

「しかし、被害者の方がそういう事情なら……」前尾が顎に拳を当てる。

「疑う人間は出てくるかもしれません。何か、心当たりはありませんか？」今はクリーンでも、過去に薬物を使っていたことがあるとか。

晶は疑問を具体的には口に出さなかったが、前尾は晶が言いたいことを素早く察したようだった。

「弘大は、薬物に手を出したことはない」

「断言できますか」

「そういうことがあれば、必ず分かる」

「でも、今は家を出て一人暮らしじゃないですか」

「仕事で頻繁に顔を合わせるんだ。様子がおかしければすぐに分かる。私は以前、夜の番組で、薬物中毒の取材をしたことがあるんだ。実際に使って、中毒症状で苦しんだ経験のある人から話を聞いたこともある。どんな症状が出てくるか、普段どんな様子かも取材した。弘大には、そういう症状が一切ない」

「そうですか」薬物の影響は、人によって様々だ。必ず同じ反応、症状が出るとは限らないが、晶は話を合わせた。今のところ、晶自身も、弘大が薬物を使っていたとは考えていない。

ただし、特捜本部の中で、薬物絡みの事件だと疑う声が出ているのは事実だ。薬物が媒介になって起きた殺人事件はいくらでもある。二人が今もつき合っていたら、弘大はもっと厳しく、薬物関連で追及されていたはずだ。弘大自身は使っていなくても、萌に薬物を横流ししていたとか……。

それは考え過ぎだろう。やはり、弘大の動機はまだ分からない。

「弘大も、変な女性と絡んでいたわけか。運が悪い、とは言えないが……」

「二人の関係については、まだほとんど分かっていません。二年前に、短期間交際していたのは間違いないようですが、その後は完全に切れていたようです。弘大さんが、芸能活動からは身を引いて、裏方に回るべきかどうか悩んでいた時期です」

「二年前か……確かに、弘大は悩んでいた。私も散々話をした」

「前尾さんとしては、どちらを勧めたんですか」

「私は何も勧めなかった」前尾が再びグラスを取り上げた。今度は手は震えていない。「演者には演者の、制作側には制作側の苦労もやりがいもある。メリット・デメリットは一長一短です。だから、それぞれの事情を詳しく説明して、後の判断は本人に任せた。あくまで彼の人生だからね」

「それで弘大さんは、やはり裏方の道を選んだ……裏方、あるいは制作側ですね」

「そういうことです。とにかく、この件は二年前にはすっかり片づいていた。本人は相当悩んだでしょうが、悩むのは若さ故の特権みたいなものだから。あなたもそうでしょう」

「私は、悩むのはやめました」

「やめた？」

「悩んでいる暇もありません」

「それはそれで、あまり幸せな人生ではないな」

「あなたに言われることではないです」本当は「あんたに言われたくない」と反発したかったが、何とか言葉を抑えた。

「……失礼」前尾はまだ、辛うじて礼儀を失っていなかった。

「いえ——今日は、家にはお一人なんですか」

「ああ」

「奥さんと娘さんはまだホテルですね？」

「しばらく家には戻せない。この状況だと、またうるさくなりそうだから」

「警視庁の方でも、マスコミには自制するように要請しているんですが、また押しかけてくると思います。どうするんですか？」

「無視する」

「取材に応じるつもりは……」

「ない」前尾がぶっきらぼうに断言した。「一つ餌《えさ》を投げれば、もっと欲しがるのがマスコミというものだ。私はよく知っている」

　そうか、彼はインサイダーなのだ、と改めて思う。だからこそ、厄介な立場に追いこまれているわけだが。

「このままでは収まらないかもしれません」

「明日、弁護士に相談します」

「ええ……」晶はうなずいた。「それがいいかもしれません。弁護士なら、こういう事態でどうすべきか、ノウハウもよく知っていると思います」

「自分の身は自分で守ります」前尾がうなずく。

亮子が指示した「ケア」はできないことになるが、自分はやはり、そういうことの専門家ではない。マスコミ対策に詳しい弁護士に任せてしまえば、後は関係ない……そう考えると、逆に物足りなくなってくる。自分は既に、前尾家に深く関わってしまっている。中途半端に引き返すのは、前尾たちに対しても失礼ではないだろうか。

何より、由依のことが気になる。昨日話した限りでは何とか立ち直りつつあるようだが、それでも大きなダメージを受けたことは間違いない。今後、徐々に立ち直るかもしれないが、些細なことでまた落ちこみ、立ち直れなくなる可能性もある。

自分にやれることはないだろうか、と晶は考え始めた。

2

前尾が美紀に連絡を入れて事情を説明した。前尾は「家は大丈夫だから」と何度も繰り返したのだが、美紀はどうしても心配なようで、結局戻って来ることになった。こうなると、晶も彼女を待って待機せざるを得ない。結局そのまま夜明かしになってしまった。

美紀がやって来たのは午前五時過ぎ。一人かと思ったら、由依も一緒だった。由依は寝かせておいた方がいいのではと晶は心配になったが、彼女も心配なのだろう。不安気な顔を見て、晶はかける言葉を失った。

まだマスコミは集まっていなかったので、家族は庭で放火された場所を確認した。美紀は早く片づけたがっていたが、この後鑑識が詳しく調べることになるので、それはまだできない。前尾は「確認したんだから、ホテルに戻っていてくれ」と妻に頼んだが、美紀は「あなたと家にいる」と譲らなかった。妻としては当然の感覚だ、と晶も思った。

晶は、由依に「大丈夫？」と声をかけたが、彼女はぼんやりした口調で、目も虚《うつ》ろなまま「はい」と言ったきり、口を閉ざしてしまった。

結局、自分は何の役にも立っていないわけか。しかしとにかく今は、家族を放置してはおけない。間もなく外で鑑識活動が始まり、火災犯係の刑事が事情聴取に入るだろうが、それまでは自分がここで踏ん張るしかないだろう。何ができるわけでもない――何をしたらいいか思いつかないのが情けない――が、とにかくここにいて、不測の事態に備えるしかない。

前尾と由依は自室に引っこんだ。当然、晶には止める権利はない。一方美紀はキッチンに入った。すぐに、薬缶で湯が沸く音が聞こえてくる。

「柿谷さん、お茶はどうですか？　コーヒーでも？　エスプレッソ、お好きなんですよね」

「いえ、お気遣いなく。仕事中なので」昨日はホテルでエスプレッソを飲ませてもらったのだが、あの時は、彼女たちをリラックスさせるために合わせた、ということもある。それに井端も一緒だったし……そう言えば、あいつ、まだ顔を出す気配がないけど、まだ呑気に寝ているのだろうか。全員に無理をさせないという三国の方針は理解できるが、何だか釈然としない。

美紀は自分の分の緑茶を淹れ、リビングとの境になっているカウンターの前で、立ったまま飲み始めた。

「オバさん臭いかもしれないけど、家のお茶が一番ね」美紀が硬い笑みを浮かべて言った。

「お茶にこだわりがあるんですか？」

「いえ、スーパーで売っている普通のお茶です。それでも美味しい」

美紀が意外に落ち着いた様子なので、安心した。これなら普通に話もできるだろう。

「今回は、大変でしたね」

「犯人はどんな人なんでしょう」美紀が頰に手を当てる。

「分かりませんが、今回の件はネットで炎上していましたから、そういうことに悪影響を受けた人かもしれません」

「ＳＮＳで悪口を言っているだけでは満足できない人もいるんですね。こういうことが犯罪だって分かってるのかしら」

「そういう意識は低いのかもしれません」捕まえてみないと分からないが、犯人は「前尾を罰した」と誇らしい感覚でいるのかもしれない。だったら、死ぬほど反省してもらわないと。日本の法律では、私人が他人を罰することは許されていないのだ。そんなことは当たり前——考えるまでもないことのはずなのだが、最近は「法律が間違っている」「自分の考えこそ常識だ」と強弁する人間も少なくない。そうやって突っ張っている人ほど、逮捕されて自由を奪われると、一気にしょげかえってしまうものだが。

「柿谷さん、朝ご飯は食べてないですよね」

「午前三時に電話がかかってきましたから」

「刑事さんも大変ですね」本当に同情した様子で美紀が言った。「やることないし、朝ごはんでも作ろうと思いますけど、一緒に食べませんか？」

「いえ、勤務中ですから」食事の誘いは魅力的だったが、被害者家族——そう、今や加害者家族ではなく被害者家族でもあるのだ——の家で呑気にご飯を食べさせてもらうのは、あまりにも図々しい。夜中から動いて腹は減っていたが、バッグの中にいつも忍ばせているシリアルバーがあるから、どこかでそれを食べよう。あとは水さえあれば、朝食としては十分だ。

「でも、手伝います」

「あら」美紀が「意外だ」とでも言いたげに目を見開く。

「一応、料理ぐらいはできます。一人暮らしも長いですから」

「ご実家は？」

「横浜です」

「横浜なら、東京へ通えるでしょう」

「通勤時間が無駄ですから。近くにいれば、その分眠れます」

「親御さん、心配してないんですか？」

晶は一瞬言葉を呑んだ。プライベートな事情を自分から明かしてしまって、失敗だと悔いる。自分の事情は、同僚や友人にも知られたくないのだ。ましてや、仕事で出会ったばかりの人に対しては。

「仕事第一です」

「そう……でも、こういう仕事をしていると、いろいろ心配でしょうね」

「あまりにもうるさいので、最近は仕事の話はしないようにしています」

美紀が微笑む——少し寂しそうに。彼女の立場や考え方は、当然晶よりも晶の母親に近い。自分の母親に比べれば、美紀は見た目も考え方もずっと若いのだが……ただ、これからは一気に年老いてしまうのかもしれない。晶の母親も、あの事件が起きてから一気に老けこんでしまったのだ。昔は——晶が大学生の頃までは、同級生の母親に比べても若い感じだったのだが。

美紀が米を研ぎ始めた。手慣れた様子で、リズミカルな音が聞こえてくる。晶は、シンクを借りて手をしっかり洗った。

「和食なんですね」

「基本、朝は和食です」

「毎朝早くて大変じゃないですか？」

「でも、十年以上こういう暮らしをしていますから」美紀が静かに笑う。「今日は……どうしようかしら」

冷蔵庫を開け、食材を確認する。しばらく家を空けていたのに、冷蔵庫の中は一杯だった。放置しておいて食材が腐ってしまったのではないかと心配になったが、もしかしたら晶が知らないだけで、定期的に食材を補給してくれる人がいるのかもしれない。

「ほうれん草のお浸《ひた》しと卵焼き……かな」言いながら、野菜庫からほうれん草を取り出す。見た限り、まだ新しく元気なほうれん草だった。

「お浸しをやります」晶は手を伸ばしてほうれん草を受け取った。

「卵焼きは？」

「卵焼きは、家によって味が全然違うじゃないですか。急に私の味になったら、皆さん、困りません？」

「砂糖派？　出汁派？」

「メープルシロップです」

「メープルシロップ？　変わったものを使うのね」

「砂糖よりは体にいいかなって……でも、砂糖よりも焦げやすいですけどね」

「残念ながら、うちにはメープルシロップはないわね」

「砂糖で大丈夫です」

鍋にたっぷり湯を沸かし、洗ったほうれん草の葉先を持って、根本を湯に入れる。そのまま一分待ってから、全体を湯に沈めた。さらに一分経ってお湯から引き上げ、水で締める。

「本当に料理をする人なのね。ほうれん草の茹《ゆ》で方、ちゃんとしてる」

「これぐらい、家庭科の授業でも教わりますよ……でも、難しいものはできませんけど」

「仕事をしていると、凝った料理を作ってる暇はないわよね」

誰かと一緒に料理を作るなど、いつ以来だろう。嬉しいような恥ずかしいような、複雑な気分だった。

ほうれん草を絞り、包丁で四等分する。味つけはどうするのだろう。鰹節に醤油が多数派だろうが、晶の実家ではポン酢で食べることが多かった。

「味つけはどうするんですか」晶は訊ねた。

「うちは、それぞれなの。取り分けて、自分で勝手に味付けするのよ。私と由依は醤油。主人はイタリアンドレッシング。弘大は――」普通に喋ってきたのに、そこでいきなり言葉に詰まる。しかし一つ咳払いすると、「あの子はマヨネーズなのよ。お浸しには絡みにくいのにね」とわざとらしく明るい口調で話を完結させた。

「じゃあ、とりあえず大きなお皿に入れておきますね」

美紀が出してくれた深めの器にほうれん草を盛りつけた。こういうことにも、美的感覚を要求されるかもしれない……ほうれん草のお浸しに美的感覚も何もないかもしれないが。料亭じゃないんだから。そもそも料亭ではほうれん草のお浸しは出てこないだろうが。

美紀が作る卵焼きは、焼いている香りで甘さが分かるぐらいだった。空腹を強く意識したが、やはりここで食事を一緒にするわけにはいかない。

美紀は豆腐の味噌汁も作り、それで朝食の用意は終わりになった。案外地味……晶は思わず「普通の朝ごはんなんですね」と言ってしまった。

「そう？」美紀が困ったように笑う。

「もっと豪華な感じかと思ってました。芸能界の人って……いいものを食べてる感じがします」

「主人も、何でも好き勝手に食べられるような年齢じゃないから。栄養バランスを考えたら、普通の和食がいいんです。子どもたちにはちょっと物足りないかもしれないけど……それに私、料理はそんなに得意じゃないのよ。昔は、料理番組のアシスタントもしてたんですけどね」

「そうなんですか？」

「初めて出演したのが、ＱＣ――『クイック・クッキング』っていう五分番組なんです。でも、あなたの年齢だと分からないわよね。もう三十年も前だから」

「すみません。観たことないです」謝ることではないが、つい頭を下げてしまった。

「昔の話です」美紀がどこか寂しそうに笑った。

今のところ、話は上手く転がっている。しかし、ここであまり突っこんだ話をすべきではないと判断した。美紀は久しぶりに家に帰って来たので、今はリラックスできているのだろうが、彼女たちはまだ事件の真っただ中にいる。午前中には本格的な事情聴取が始まり、精神的に追いこまれていくはずだ。今のところは、できるだけリラックスしてその時に備えて欲しい。

　こういう無駄話は、今はいいかもしれないが、そのうち眠気が勝ってダメージになるだろう。少しでも休んで欲しかった。自分がいるより、一人の方がいいだろう。

「ちょっと外へ出てきます。仕事が――連絡などの仕事がありますので」

「それなら、ここでも」

「静かに話したいんです」

　晶が言うと、美紀が一瞬怪訝そうな表情を浮かべたものの、うなずいた。

「三十分ほどで戻れると思います。それまで、休んでいて下さい。朝食にはまだ早いですよね」

「戻ってきたら、呼んで下さい」

　それでは彼女に休んでもらうことにならないのだが……鍵を借りるわけにもいかない。

　外へ出て、ドアを確認する。閉まると同時に、ホテルのドアのようにロックがかかった。これもセキュリティの一環なのだろう。よく見ると、インタフォンの横に小さな金属製の箱が取りつけてある。蓋《ふた》を開けてみると、数字を書いたボタンが並んでいた。鍵ではなく、これでもロックを解除できるのだろう。

　午前六時過ぎ。まだ早朝だが、早くも暑くなりそうな予感がしている。それでもまだ空気はひんやりしていて、準徹夜とでも言うべき後の疲れがすっと抜けていくようだった。

　家を出たのは、美紀に休んでもらうためと、早めの朝食をどこかで済ませるためだった。空腹の状態で一家の朝食を見守るのは地獄だろうし、この後いつ食べられるか分からない。食べられる時に食べておけ、というのは刑事の基本だ。さすがにシリアルバーでは味気ない。

しかし、南麻布でこんな朝早い時間に食べられる場所があるだろうか。スマートフォンで検索しても、近くにはファストフードの店もファミレスもなかった。となると、コンビニ頼りか……明治通り沿いにコンビニエンスストアがあるのを思い出し、かなり急な坂を急いで降りた。

不幸中の幸いと言うべきか、店内には狭いもののイートインスペースがあった。あと一時間ほどすると、通勤の途中で立ち寄る人たちで賑わうはずだが、今は晶以外に客はいない。サンドウィッチとアイスコーヒーを買い、イートインスペースのカウンターにつく。こんな早朝に一人で食事している女は、店員にはどう見えるだろう。もう少し遅いと、出勤前の栄養補給という感じだろうが。

誰かに見られているわけではないのだが、何となく、ゆっくり朝食を楽しむことには罪悪感がある。それにしても、何と味気ないことか。警察官になった時に、「忙しいと、ファミレスとファストフードとコンビニでしか飯が食えなくなる」と先輩から言われていたのだが、その時は、そこまで忙しいことにはならないだろう、先輩は大袈裟《おおげさ》なんだと思っていた。

甘かった。

コーヒーも飲み干し、エネルギーチャージは完了。いつもより少し早い朝食だが、昼まではこれで持つだろう。もう少し時間を潰《つぶ》して戻ろうか、と思った。気温が上がらないうちに散歩して、頭と体をしゃきっとさせたい……しかし南麻布は、坂の多い街である。歩いているだけで、食べた分のエネルギーを消費してしまうかもしれない。

ゆっくり戻ろうと店を出た瞬間、スマートフォンが鳴った。三国だろう。またこんな朝早くから……と思ったが、見覚えのない携帯の番号が表示されていた。こんな時間に登録していない番号から電話がかかってきたということは、間違い電話ではないかと思ったが、反射的に電話に出てしまう。

「柿谷さん？」涼しげな男の声だった。

「失礼ですが」相手が先に名乗らないので、晶は声を低くした。

「犯罪被害者支援課の村野《むらの》秋生《あきお》です。朝早くから申し訳ない」

「いえ……あの、前尾さんの件ですか？」だとしたら、情報が伝わるのが早い。早過ぎる。

「そう。さっき情報を聞いたんだ。あなたが家族に会っているというから、どんな具合か知りたくて」

「これ、仕事の電話ですよね？」

「もちろん」

「支援課としてケア……ということですか？」支援課の存在はもちろん晶も知っている。その仕事にも意味はあるのだろうと考えてはいるが、捜査一課では何かと評判が悪い。被害者や被害者家族の事情聴取の際に立ち会い、少しでも厳しい質問が飛ぶと「待った」をかけるというのだ。幸い、晶自身はまだそういう場面には遭遇していない。

「まだ正式に決まってないけど、今回は相当難しい案件でしょう？　被害者が有名人だ。しかも加害者家族でもあり、マスコミの攻勢に遭っていた。ネットは炎上し続けている」

「そちらは被害者支援課、じゃないんですか」

「今は犯罪被害者になったわけだから」

「こうなること、予想してたんですか」村野というこの男は、弘大が逮捕されてからずっと、状況をチェックしていたのかもしれない。

「まさか」村野が軽く笑った。「次にどんなボールがくるかは読めるけど、事件については読めない」

「野球の話ですか？　喩《たと》えがよく分かりません」何だか捉えどころのない人だ、と苛立ちが募《つの》ってくる。

「失礼」村野が咳払いした。「俺が野球の話をしても、気にしないで」

「はあ」緊迫した状況なのに、何だか気が抜けてしまった。

「とにかく、できるだけ早い時間に前尾さんの家に行きますから。あなたはまだ、家で待機中？」

「ええ」実際には外で朝食を終えたばかりなのだが。

「そこで状況を詳しく聴きます。近くまで来たら電話しますよ」

「分かりました」

　何だか訳の分からない話になってしまったが、これも仕事だ。噂を聞くだけで、その実態を知らなかった支援課の仕事ぶりを見てみるのもいいだろう。それが自分に関係あるかどうかは別にして。

　前尾の家まで戻って来たが、まだ報道陣はいない。広報課は、ギリギリまで発表を遅らせるつもりだろう。後で文句を言われそうだが、広報課はマスコミの抗議をいなすことにも慣れているはずだ。さて、気持ちを引き締めて——と思った瞬間、またスマートフォンが鳴った。村野だろうかと訝って取り上げると、今度は三国だった。

「この件、うちも捜査することにした」

「放火事件を、ですか？」

「他に何がある？」早朝だからというわけではないだろうが、三国はひどく機嫌が悪い。

「火災犯係の担当じゃないですか」

「向こうと共同でやるんだ」

「一緒にですか？」晶は思わず否定的に言った。「そこまで大変な火事じゃないですよ。どうしてそんな大袈裟な話になるんですか」

「特殊事案に鑑《かんが》み、だ」三国があっさり言った。

「さっき、支援課の人から電話がかかってきました」

「村野か？」

「ええ」

「村野ね……奴は何と？」

「支援課もサポートに入るそうです。こっちへ来るので、状況だけ説明しようと思いますが……私も放火事件の捜査に入った方がいいですよね？」

「いや、お前はしばらくそこで待機だ」

「いい加減にしてくれませんか」晶は軽く切れた。「こういうことの専門の支援課が入ってくるんですよ？　何で私だけ、家族のケアを続けないといけないんですか」女だからですか、とつい口に出しそうになった。これを言うと負けになる気がしているので、普段は絶対に言葉にしないのだが。

「そう言われただろうが」

思わず黙りこんでしまった。刑事総務課に呼ばれ、亮子と何を話したか——それは表には出ていないはずだ。いや、亮子が一課に話を通していたのだろうか。

「あの指示だって、意味不明でしょう」

「お前が分かってないなら、意味不明だな」

「係長は分かってるんですか？　だいたい、捜査の最中に他の課に呼ばれたんですよ？　邪魔するなって抗議するのが係長の仕事じゃないんですか」

「はいはい」三国が面倒臭そうに言った。「お前は一々理屈っぽいんだよ。警察の仕事は、常に縦割りだ。自分の足下だけ見てればいいんだよ」

「意味が分かりません。私、何に巻きこまれているんですか」

「自分で考えろ。とにかく、お前はしばらく前尾さんの家で待機。しっかりやっておけよ」

「何をですか」亮子は「ケア」と言っていたが、その意味ややり方は、未だに分からない。真面目に考え、取り組んでいたとも言えないのだが。

「それを自分で考えるのが、お前の仕事だろう」

「係長——」

なおも抗議しようとしたが、既に電話は切れていた。まるで自分だけ隔離されたようなものではないか。何か問題を起こした？　それで「反省」の意味で外された？　頭の中で時間を巻き戻してみたが、思い当たる節はない。

さすがに釈然とせず、井端に電話を入れた。井端はやけにばたばたした様子で、この電話を嫌がっているのは明らかだった。

「遅刻しそうなんだよ」

「放火の件、聞いたでしょう？」

「今聞いた。今日は六本木署に行く」

「私、三時に叩き起こされて、それからずっと前尾さんの家にいるんだけど」のんびりしやがって、と晶はつい舌打ちした。

「ああ、そう」

「何、それ」素っ気ない言い方にカチンとくる。「井端は何も聞いてないの？」

「うちが捜査する話だろう？　流れってやつじゃない？」

「だけどこんなの、異例」

「俺に文句言われたって、どうしようもないよ」井端が本当に困ったように言った。

「何も聞いてないの？」

「俺は、六本木署に出頭するように言われただけだから」

「頼りにならないね」

「お前は頼りになる——自分で何でもできる人間だから、いいじゃないか。俺なんかに頼ったって、メリットはないぜ」

「何、それ」あまりに素っ気ない言い方に、怒るのを通り越して呆れてしまう。

「遅刻しそうなんだよ。じゃあな」

　切れた電話をじっと見る。井端とは、この二年間、ずっとコンビを組んでやってきた。完全に気心が知れた間柄でもないが、仕事に関しては互いに遠慮せずに言葉をぶつけ合って、意見を交わしてきた。それが今は、軽くすかされてしまった感じ……これは本当に、私は外されるかもしれないと心配になってきた。ミスした記憶は一切ないが、三国には今までも散々逆らってきたから、疎《うと》ましく思われていても不思議ではない。しかし、個人的な感情で動かれたらたまったものではない。

　もしもそうだったら、本気で戦うだけだ。

3

前尾家へ戻り、ロックを解除してもらって家に入る。美紀はリビングルームの窓から庭を見ていた。丹念に手入れしてきた庭だろうが、ハナミズキが焼けたせいで、今は無惨に見える。晶が入って来たのに気づいて振り向いた美紀は、寂しそうな表情を浮かべた。先ほど別れた時よりもはるかに疲れて見える。しかし彼女には、もう少し踏ん張ってもらわないといけない。

「そろそろ前尾さんと由依ちゃんを起こして、朝ごはんを食べてもらった方がいいと思います」晶は提案した。

「でも、寝たばかりですよ……」美紀が右手を頰に当てる。

「これから忙しくなります。人もたくさん来ますから、いろいろと準備が必要です」

「また何か聴かれるんですか?」美紀の顔が一気に暗くなる。

「はい。でも、専門の部署の人間もフォローに参りますので」

「専門って……」

「警視庁には、犯罪被害者支援課という部署があります。文字通り、被害者をケアする、フォローするのが役割の部署です」言ってはみたものの、自分でもちゃんと理解できているとは言えない。

「何か、いろいろな人が入って来て、訳が分からないんですけど……」美紀が不安を漏らした。

「お気持ちは分かります。でも、事件が起きた直後は、どうしてもたくさんの人が関わってくるものですから」

「分かりました……」暗い顔で言ったものの、美紀がすぐに顔を綻ばせた。「柿谷さん、お腹が減ってたなら、うちでご飯にすればよかったのに」

「はい？」

「ここ」自分の唇の脇を指差す。「卵？」

慌てて擦ると、指先に卵の食べかすがついてくる。先ほど食べたサンドウィッチの名残りだ。耳が赤くなるのを感じたが、ここはちゃんと言っておかないと。

「ご迷惑をおかけするわけにはいきませんので」晶は急いで言い訳した。

「私は全然、迷惑じゃないのよ」

「警察官にはケジメが必要なんです」

結局美紀は、それ以上何も言わず、前尾と由依を起こしに行った。由依はちゃんと起きてくるだろうか……いかにも血圧が低そうで、朝、しゃんとするまで相当時間がかかりそうな感じがする。しかし意外なことに、十分もしないうちにちゃんと着替えて階下へ降りてきた。ノースリーブで足首まである白いワンピース……部屋着なのだろうが、このまま撮影に入っても、いい写真が撮れそうな感じだ。

「おはようございます」由依の声ははっきりしていた。

「大丈夫？」あまり「大丈夫」と言うと、かえって気を悪くする人もいるのだが、頼りなく見える由依に対すると、反射的に「大丈夫？」と確認したくなってしまう。

「あ、大丈夫です」

由依がふっと微笑む。この子は大笑いすることがあるのだろうかと晶は訝った。顔にはまだ幼さが残っているのだが、無邪気な子ども時代が想像できない。

「あまり寝てないでしょう」

「元々、そんなに寝ないんです」

「美容に悪い」

「そうですよねえ。八時間睡眠、守らないといけないんですけど」

言った後、由依の表情が歪む。大学生とはいえ、モデルとして仕事をしているから、撮影現場の騒がしさには慣れているだろうが、今回の騒ぎは、そういうのとはまったく異質のはずだ。いい加減うんざりしているだろうし、精神的にダメージを受けているのも間違いない。

それからしばらくして、前尾も二階から降りて来た。こちらは見ただけで不機嫌なのが分かる。マックスを百としたら、既に九十五ぐらいだろうか。美紀が朝食の準備をする間、前尾はむっつりした表情を崩さないまま、晶の説明を聞いた。言葉はなし。

家族の食事が始まったので、晶はリビングルームから出た。玄関から、外の様子を窺う。予想通り、報道陣が集まって来ていた。ざわついた雰囲気が流れ、揉《も》めているのが分かる。どうやら所轄の連中も来ていて、鑑識活動の準備をしているらしい。それを撮影しようとして、一悶着起きているようだ。介入しようかと思ったが、自分が何か言っても役に立たないだろう。今日は「現場」があるので規制線が張られているが、それもあまり役に立っている感じではない。

すぐに、見知らぬ男女の二人組が玄関に入って来る。晶を見て、男性の方がかすかに笑みを浮かべて「柿谷さん?」と声をかけてきた。

「はい」

「被害者支援課の村野です。こっちは、同僚の安藤《あんどう》梓《あずさ》。通称ダブルA」

「ダブルAはやめて下さい」梓が抗議する。

「了解」村野が軽く言って、「ご家族は?」と晶に訊ねた。

「今、食事中です」

「じゃあ、少しここで待ってた方がいいかな。朝ごはんぐらい、ゆっくり食べてもらわないと」

「外はどうですか？　もう、マスコミの連中が集まっているみたいですけど」

「例によって例のごとし」村野が肩をすくめる。「まあ、大きなトラブルにはならないだろう」

「前尾さんは、弁護士に相談すると言ってました」

「それはいい手だ。何かあってから慌てて相談しても、バタバタするだけだから」

「ネットの炎上は、もう問題になってますよ」晶は指摘した。「今回の犯行も、そういうことと関係あるんじゃないですか」

「前尾さんは、反発を食らってるからね」村野が同意した。「ネットで騒いでるだけじゃ満足できなくて、実際に手を出す馬鹿野郎がいてもおかしくはない」

　晶は、状況を説明しながら、二人を観察した。村野は四十過ぎぐらいで、中肉中背、あまり特徴のない顔立ちだった。先ほど野球の例え話をしていたが、本人は野球をやっていたようなタイプには見えない。そう言えば、ここへ来る途中で、かすかに足を引きずっていた。どこか怪我でもしているのだろうか。一方梓は小柄な女性で、年齢が読みにくい。若く見える――本部勤務ということは、少なくとも二十代後半、三十代前半のはずだが、実年齢は分からない。丸顔で、人に警戒心を抱かせないタイプだった。

「状況は分かった。ご家族の精神状態は、あまりよくないんだね」

「特に前尾さんがまずいです」

「直接攻撃を受けているのは前尾さんだからね。奥さんと娘さんは？」

「二人とも気丈に振る舞っていますけど、やっぱりダメージは大きいと思います。特に娘さん――

由依さんは、かなり脆《もろ》い感じです」

「妖精っぽいわね」梓がふいに口を開いた。

「あ、はい。そうですね」晶はつい応じた。

「草原で白いワンピースを着て、頭に花飾りを載せたりしてるイメージ？　雑誌で、そういうカットもあったでしょう。よく似合ってる」

「ええ」支援課は、この家族のことをいつから調べていたのだろう。画像検索すればすぐに掘り出せるかもしれないが、とにかく対応が早い。

「要するに、芸能一家でしょう」梓が確認する。

「そうなりますね。弘大さんは、今は裏方という感じですけど」

「でも、奥さんも元タレント……家族全員が、何らかの形で芸能の仕事にかかわっていたか、今もかかわっているのは間違いない」

「ええ」

「俺たちも、そういう人間の相手に慣れているわけじゃない。不手際があるかもしれないけど、見逃してくれよ」村野が愛想よく言ったが、これはあくまで冗談だろう。

「私は別に……」支援課の仕事を監視しているわけではない。そんなことをする権利も義務もない。

「君は、ここで待機なんだね？」

「そう言われました。係で、私一人だけ」

「だったら、君は八係で一番仕事ができる人間なんだ」

「はい？」

「少なくとも、一番人間力が高い」

「人間力？　何ですか、それ」

「俺も昔、捜査一課にいたんだけど、支援課の仕事の方がよほど難しい。総合的な人間力が要求されるから」

「まさか」

「うちの仕事をやってみれば分かるさ」

「そういうつもりはないですから」晶は慌てて言った。まさか「スカウト」なのか？　そう考えると、亮子の指示にも何となく合点がいく。しかし、「スカウト」って何だろう？　ここは警察だ。人を動かそうとしたら、一言「異動だ」と命じればいい。

「皆そう言うんだよね」

「当然だと思います」

「俺もそう思ってた――捜査一課にいた頃は」

「安藤さんはどうなんですか？」何だか丸めこまれそうになったので、晶は梓に話を振った。

「私は所轄の刑事課から直接支援課に行ったから」梓が戸惑いの表情を浮かべる。

「スカウトですか？」

「リクルート、かな」村野が微妙に訂正した。「でも、あくまで通常の異動だよ……じゃあ、こっちも仕事を始めようか」

　支援課の仕事って何なの、と晶は混乱した。前尾一家に丁寧に挨拶したものの、その後は何も言わない。何もしない。前尾は、「弁護士と話す」と言い残して、トレーニングルームに籠ってしまった。電話は長引いて、なかなか戻って来ない。母娘はダイニングテーブルについている。音を消した状態でテレビがついていて、見るともなく大きな画面を眺めた晶は、まさに『ワイドモーニング』が放送中だと気づいた。司会進行しているのは、見覚えのある東テレの局アナ。音声が消してあるので内容ははっきりしないが、番組は普通に進んでいる様子だ。司会が替わると、番組のカラー自体が変わってしまうはずだが……このまま前尾が戻らなくても、司会者を替えて、何事もなかったように放送は続くのかもしれない。

世の中に「絶対代わりがいない」人はいないのかもしれない。

梓が、巨大なトートバッグからお茶のペットボトルを二本、それに飴を取り出した。「よかったらどうぞ」と言いながらテーブルに置く。美紀が困惑した表情を浮かべた。

「暑いですし、緊張している時は水分補給が大事です。それと、糖分は疲労回復に効きますから」

こんなことにまで気を遣っているのか、と驚いた。しかし母娘は、二人とも手を出そうとしない。警察官がこんなことをするのが意外で、どうしていいか分からないのかもしれない。

村野は何も言わない。部屋の片隅に立ったままで、完全に気配を消している。まるで等身大の置物だ。

ほどなく、刑事たちが次々にやって来た。顔が分からないのは、六本木署の刑事だろう。取り調べ担当の岡田——弘大の取り調べは放っておいていいのだろうか——と井端もいる。早朝、関係各所が緊急に話し合いを持ったのだろう。岡田が代表として話すことになったようで、所轄の刑事も井端も黙っている。

「今回の事件捜査を担当することになりました、捜査一課の岡田です。まず、状況についてお話を伺います。個別にお話ししたいんですが、どこか適当な場所はありますか」

「それでしたら、トレーニングルームが」美紀が提案した。

そこへちょうど、前尾が戻って来る。スマートフォンを苛立たしげに振っていた。弁護士との話し合いが上手くいかなかったのだろうか……美紀が事情を説明し、前尾は岡田と井端を連れてトレーニングルームに戻った。村野が後から続く。それに気づいた岡田が、「支援課は外してくれないか」と嫌そうに言った。

「こういう場に同席するのが支援課の仕事ですので」村野が静かに反論した。「これは、各部との間で話がついていることです。岡田さんは経験ないんですか？」

「ないね——幸いなことにな」岡田が皮肉な笑みを浮かべた。

村野は皮肉にもまったく動じず、三人の後について行った。リビングルームの緊張した雰囲気が少しだけ緩む。

「この後、どうなるんですか？」美紀が不安そうに疑問を発する。誰に向けたわけでもないようなので、仕方なく晶が答えた。

「順番にお話を聴くことになると思います」

「どうして別々なんですか？」

「三人一緒だと、話が混乱しますから」晶はできるだけ柔らかい口調で答えた。実際には、口裏合わせをさせないためである。一緒にいると、一人が言い出したことに話を合わせて真実を隠せる。別々に話を聴けば、後から話の矛盾点を指摘して追及していけるのだ。

何となくその場にいるのが辛くなり、晶は廊下に出た。リビングルームのドアもトレーニングルームのドアも開いているので、何かあればすぐに分かるだろう。

前尾の事情聴取はどれぐらいかかるだろう。基本的に、ボヤに気付くまでは寝ていたはずだから、詳しいことは何も分からないはずだ。三十分かそれぐらいだろうか……しかし、十分もしないうちに、トレーニングルームから「ちょっと待って下さい！」と叫ぶ村野の声が聞こえてきた。慌ててそちらに向かい、開いたドアの隙間から中を観察する。

「今のは誘導尋問です」村野が厳しく詰め寄った。

「あんたは黙っててくれないか」岡田が苛々した口調で言う。

「相手の精神状態を考慮して下さい」村野も引かない。

「こっちは今までずっと、こういうやり方でやってきた。それで何の問題もなかったんだぞ」

「被害者は声を上げにくいんです」

「冗談じゃない！　捜査を妨害するのか？」

たまらず、晶はトレーニングルームに入った。奇妙な光景……基本的に座る場所がない部屋なので、前尾一人が腹筋用のベンチに腰かけ、他の三人は立ったままだ。井端は一歩引いて、困ったような表情を浮かべている。前尾も同様だ。二人の前で、岡田と村野が対峙している。

これは、普通に事情聴取を続けられる状況ではない。何かトラブルがあって村野がストップをかけたのだろうが、あまりにも雰囲気が険悪過ぎる。一触即発の状態……被害者の前で、刑事同士が殴り合いを始めたら洒落《しゃれ》にならない。

「一度、休憩しませんか」晶は思わず声を上げた。

「柿谷は黙ってろ」岡田が唸るように言った。

「殴り合いをしても構いませんけど、外でして下さい。私がレフリーをしてもいいですよ……マスコミの連中の目の前で」

「クソ！　お前、どっちの味方なんだ」岡田が吐き捨て、晶を睨みつけた。

「静かに話ができる人の味方です」

岡田がふいに体の力を抜くと、前尾に向かって「少し休憩します」と宣言した。それから井端に「行くぞ！」と乱暴に声をかけ、部屋を出て行く。

「何があったんですか？」晶は思わず前尾に訊ねた。

「いや……ネットの炎上の話になったんですけど、私は別に……」

「ここでする必要がない話だったんだ。炎上の内容について一々確認していたら、キリがない。前尾さんは全部見ているわけじゃないし」村野が説明した。「今は、事実関係を確かめるだけでいいはずだ。余計な話をすると、前尾さんに負担をかける」

「警察はいったい、何がしたいんですか？　いろいろな担当の人がいろいろなことを言ってきて、正直困っている」前尾は戸惑っていた。

「その件は申し訳ありません。でも今回は、支援課の内規でストップをかけました」村野が頭を下げる。「少し、リビングルームで休んで下さい」

「疲れてません」

「いえ……ご家族と一緒にいて下さい」

結局前尾は、村野の言葉に従った。トレーニングルームに残された晶は、思わず村野に訊ねた。

「こんな風に、いきなり事情聴取をストップさせるんですか」

「よくあるよ」村野が認めた。それから、何を思ったのか、突然トレーニングマシンに腰を下ろす。体の各部位を鍛えられる万能マシンだということは見れば分かるが、村野はレッグプレスを始めた。とはいえ、重いウェイトをかけているわけではなく、単に動きを確認しているだけ……晶の方を向くと、突然「こういうマシン、高いのかな」と訊ねる。

「それは……高いんじゃないですか」いきなり何を言い出すんだと思いながら、晶は応じた。

「一台欲しいと思ってるんだけど、床の補強も必要だよな。賃貸のマンションだと無理か」

「はあ」

話すと長くなりそうなので、晶は適当に話を誤魔化した。村野がマシンから降り、「君も事情聴取に立ち会えばいいのに」といきなり言った。

「それ、私の仕事じゃないみたいです」

「外された?」

「よく分かりません」晶は肩をすくめるしかなかった。

「そうか……じゃあ、とりあえず次、いくかな。でも、奥さんと娘さんは、全然事情が分からないんじゃないかな」

「ですね。昨夜もホテルに泊まってましたから」

「具体的な脅迫をされていたかどうかとか、そういう話を聴くことになるんだろうな」

「でしょうね」

「じゃあ、また一課の皆さんに頑張ってもらうか」

揶揄するような言い方にカチンときたが、もしかしたら村野は私の沸点がどの程度か探っているだけかもしれないと思い直し、晶は冷静を装《よそお》った。敢えて彼の反対を行く——事情聴取には同席しないことにした。

次は美紀が呼ばれた。何となく順番通り、という感じ。晶はトレーニングルームから退室して、リビングルームに戻った。前尾はむっつりした表情でダイニングテーブルにつき——まずい。彼の目の前にはグラスとバーボンのボトルがある。まだグラスは空だったので、晶は思わず声をかけた。

「この時間からお酒はやめませんか？　まだ話も続きますから」

「置いておくだけだ」前尾がボトルのキャップに掌を置いた。

「絶対に呑まないで下さい」晶ははっきり忠告した。「きついと思いますが、意識をはっきりさせておくのも大事です」

「君に忠告されるいわれはない」これまでにないきつい調子で前尾が言った。

　ソファに座る由依に視線を向ける。二人のやりとりを、困ったような表情で見ていた。話をするためにそちらへ近づこうとしたところで、由依が立ち上がった。

「ちょっといいですか？」遠慮がちに晶に訊ねる。

「いいけど……」

　由依が先に立って歩き出す。体重を感じさせないというか、足裏が床から浮いているのではないかと思えるほど軽やかな動きだった。

　階段を上がり、二階に出る。自分の部屋へ行くつもりかと思ったが、廊下の端にあるドアを開けた。ベランダだ、と分かる。外からは家の様子はよく窺えず、この家の構造がまだしっかり把握できていなかったが、二階にはかなり大きなベランダがあった。外へ出て大丈夫かと心配になったが、マスコミの連中が張っているのとは反対側である。

　そちら側は隣の家なのだが、壁が高く、屋根も大きく張り出しているので、外から見られる心配はない。ベランダというより、外気が常に触れるもう一つの部屋、という感じだった。ゆったりと座れる寝椅子が一脚、三人がけの大きなソファが一つ。夏場に日光浴をしたりするのにちょうどいい場所だ。由依は寝椅子に座って足を伸ばすと、庭を見て溜息をつき、額に手を当てた。

「あのハナミズキ、兄が小学校に上がった記念に植えたそうです」

「残念ね……それより、ここだと日焼けするでしょう」

「大丈夫です。焼けにくいんですよ」

「そんなに白いのに?」

「自分でもよく分かりません……柿谷さん、座りませんか」

促され、晶はソファに浅く腰を下ろした。由依の斜めの位置。いったい何の用かと思ったが、特に話がある様子ではなかった。

「呼ばれるまで、ここにいていいですよね」

「もちろん」

うなずき、また溜息をつく。あの場所の緊張感から逃れたかっただけなのだな、と晶は察した。

「居辛《いづら》いのね?」

「分かります?」由依が不安げに言った。「家の中に知らない人がたくさんいて……怖いです」

「そう」

「自由に動けないし、私、この後どうなっちゃうんでしょう」

「日常は、帰ってくるから」いつかは。しかし明日ではない。一週間後でもないだろう。

「そんなこと、分からないじゃないですか」由依が元気なく首を横に振った。「兄があんなことをしたんだから……刑務所に入りますよね」

「それは、私には分からない。警察が判断することじゃないから」とはいえ、弘大は人を一人殺している。今のところは情状酌量の余地もない感じで、実刑判決を受けそうだ。しかし晶は、自分からは言いたくなかった。

「兄が刑務所に入って、父が仕事を辞めて……私も、同じでしょうね」

「モデルの仕事？」

「だって、こんな状況になったら、新しい仕事なんて来ないでしょう。私が前尾由依だって分かっちゃって、ネットで叩かれてるし」

「確かに、ネットで騒いで喜ぶ人はいるかもしれないね」これは否定しても仕方がない。由依も自分でチェックしているのだし。

「大学へも、もう行けないかも……行けば、何か言われるでしょうね」

「面と向かって悪口を言う人はいないでしょう。ネットは見なければいいよ」

「でも、実際に放火されたじゃないですか」

「こういうのはレアケースだと思うよ」

「でも……」

　こういう時、何と言えばいいのだろう。私も同じ、あなたの立場はよく分かる。時間が全てを解決するし、いつかは普通に暮らせるようになるから——そういう説明が偽善だということは自分でも意識していた。あれから十年近くが経つのに、何も解決していない。表面上、晶は普通に刑事の仕事をしているが、平静なのは表面だけで、一皮むけば中ではマグマがたぎっている。

「由依ちゃん、彼氏とかは？」少し距離を縮めようと、晶は「さん」から「ちゃん」に変えた。

「うーん」由依が首を捻る。どこか照れたような表情だった。

「由依ちゃんみたいに可愛いと、逆に声をかけにくいのかな」

「そんなんじゃないですよ」

　由依の耳が赤くなる。それで晶は、彼女にはつき合っている人がいると察した。

「別に、隠すことじゃないと思うけど。業界の人？　それとも同じ大学の人？」

「やめましょうよ」由依は苦笑する。「恋バナするような気分じゃないです」

「ごめん」晶はすかさず謝った。これじゃ、まるでフォローになっていない。

「いいです。そのうち――ちょっとすみません」

椅子の横のテーブルの上で、由依のスマートフォンが震動した。由依が取り上げ、画面を見てわずかに顔をしかめる。耳に押し当てると、寝椅子の上で上半身を起こした。寝ながら喋る相手ではない、ということだろう。

「はい、由依です。ええ……今日ですか？　ええと……ちょっとまだ予定が分からないんですけど、折り返していいですか？　はい、すみません」

すぐに電話を切り、由依が晶の顔を見た。

「何かあった？」

「事務所です。ちょっと話があるって言うんですけど……どうしましょう」

「それは由依ちゃんが決めることだけど――向こうがこっちへ来るの？」

「それで困っているんです。向こうからこっちへ来るにしても、私が行くにしても、あれじゃ……」マスコミのことを気にしているのだとすぐに分かった。

「あなたがここから出る方が、リスクは少ないと思う。何時ぐらいに？」

「こっちは何時に終わるんですか？」

「午前中には終わるでしょう」事情聴取がスムーズに進めば、だが。しかし由依への事情聴取はさほど時間はかからないだろう。彼女の方でも、喋ることはあまり――ほとんどないはずだ。

「じゃあ、昼過ぎに行くって連絡していいですか？」

「もちろん」

由依がスマートフォンの画面に視線を向けたが、すぐに「あ」と言った。

「どうかした？」

「どうやって家を出たらいいですかね」

「それは私が考えるから」

ようやくまともな仕事か、と少しだけ気分が上向いた……いや、モデル兼女子大生を家から無事に出すことがまともな仕事？

4

晶は、五十嵐の協力を仰いだ。「専務」の五十嵐を運転手代わりに使うのは申し訳ない感じがしたが、快く引き受けてくれた。自分と前尾家は一心同体と思っているのかもしれない。

十二時少し前、晶と由依は家から直接入れるガレージにいた。中にはベンツのEクラスセダンと、プジョーのコンパクトなハッチバックが停まっている。二台とも綺麗に洗車されている——普段、車にはあまり乗らない一家なのかもしれない。前尾には専用の移動車もあるわけだし。

薄暗い中で、晶は腕時計を睨んでいた。井端たちも、同じ時間に玄関から出ることになっている。一種の陽動作戦だ。

約束の時間になると、シャッターが上がり始める。真夏の強烈な陽射しが足元から射しこんできて、晶は思わず目を細めた。しかしそれは一瞬のことだった。シャッターの前に、前尾の移動車が横づけされて、ガレージに直接陽が入りこむのを防ぐ。車のスライドドアは既に開いており、シャッターが半分ほど上がったところで、晶は由依に「行きましょう」と声をかけた。シャッターは、二人が屈めば通り抜けられるぐらいの位置で停まる。由依が先に車に飛びこみ、晶が後に続いた。すぐにドアを閉めると、運転席に座る五十嵐に「行きましょう」と声をかける。スモークガラスになっている窓から外を見ると、やはり報道陣に囲まれてしまっていた。それでも、さほど大人数ではないようで、五十嵐はゆっくりと車を発進させることができた。脱出成功。晶はゆっくりと息を吐いた。隣を見ると、由依も同じように溜息をついている。しかし晶の顔を見ると、珍しく笑顔を浮かべた。

「外へ出るの、久しぶりな感じです」

「そうね」明け方、ホテルから家までは移動したのだが、あれは別だろう。

「事務所は、どこ？」

「新宿です」由依が答える。

「場所は分かってますから」運転席から五十嵐が答えた。

「五十嵐さん、よく運転するんですか？」

「普段はないですよ。前尾には専属の運転手がいますしね」

「私も、車移動なんかしませんよ」由依が反論した。「現場入りも電車やバスです」

「前尾は厳しいんです」五十嵐が補足した。

芸能人特有の「甘やかし」はしないということか……もちろん、由依が売れっ子になったら、そんなことは言っていられないだろうが。リスクを減らすためにも、車移動は必須になる。ただし、彼女が今まで通りに活動を続けられるかどうかは定かではない。

金曜日なので、道路は少し混んでいる。晶は「時間、大丈夫？」と由依に訊ねた。

「大丈夫だと思います」

「抜け道、行きますよ」五十嵐が、突然住宅街の中の細い道に入っていった。図体の大きなミニヴァンだから大変そうだが、あまり気にする様子もなく運転している。

十二時を回ったところで、現場に着いた。ＪＲ新宿駅の東口からは少し離れた、靖国《やすくに》通り沿いのオフィスビル。ここからどうするか、晶は少し迷った。さすがにここまで尾行してくる記者はいないはずだが——何度も振り返って後ろを確認した——一人で行かせるのは気が引ける。

「由依ちゃん、一緒に行こうか」

「ええ？　平気ですよ」

「念のために」

「何か、まずいことがあるんですか？」

「尾行されてたら困るでしょう」

「私なんか尾行したってしょうがないのに」困ったように由依が言った。「喋ることもないです」

「向こうはそうは思わないから——やっぱり一緒に行く。事務所はどんな感じ？」

「普通の事務所です。ビルの五階の」

晶は先に車を降りて、周囲を警戒した。それっぽい——マスコミの人間に見えるような人はいない。歩道を忙しなく歩いているのは、どう見ても普通のサラリーマンたちだ。ドアを押さえたまま、由依にうなずきかける。由依が姿勢を低くして外に出ると、「こっちです」と晶を先導した。

懸念していた張り込みや尾行はなく、無事にビルに入れた。五階の廊下にはドアがいくつも並んでいる。小さな「ＡＧＢ」という看板は、大手事務所のイメージにはそぐわない感じがする。由依はすぐにインタフォンを鳴らした。「由依です」と名乗ると、ロックが解除されるかちりという音が聞こえる。ドアを開けた由依が、「柿谷さんはどうするんですか？」と訊ねた。

「ここで待ってる」晶は顔の前で小さく手を振った。「無事に来られたし、私はマネージャーじゃないしね」

「でも……」ここに来て、由依はひどく不安になったようだ。何が起きるか、本気で心配している様子である。

「入ってもいいけど、名乗ると面倒なことになりそうだから」

「分かりました。ちょっと頑張ってきます」

「何かあったら呼んで。ここにいるから」

　由依が事務所の中に消え、ドアが閉まった。ほっと息を吐き、向かいの壁のところまで下がって壁に背中を預ける。疲れと眠気がどっと襲ってきたので、両手で頬を二回叩いて気合いを入れた。エネルギーが切れかけているのを意識したが、のんびり食事をしている暇もないだろう。

　待つ時間を利用して、井端に電話を入れようかとも思った。今頃はまだ移動中だろうか。しかし、今回の事情聴取は不発……犯人の手がかりになりそうな証言はまったく得られなかった。どう考えても、ネットの炎上に触発された愉快犯の犯行としか思えない。一度取り出したスマートフォンをバッグに戻した。井端も、何となくこちらを避けている感じがする。自分を除《の》け者にして、何か大きな動きが生まれているかもしれないと考えると、さすがに不安になった。でも、こんな話は電話では上手く転がらないだろう。今夜にでも、首根っこを掴まえて話を聞き出してやろうと決めた。

　待つのは刑事の仕事の基本と言っていい。張り込みなどでは、相手が帰って来るのを、一時間、二時間と待つのも珍しくないのだ。ただしそういう時は、二人一組が基本だから、時間潰しはできる。そう言えば、一人で誰かを待つということを、久しく経験していなかった。

さほど待たなかった。ドアが開いたので、反射的に腕時計を見ると、由依が事務所に入ってから十分も経っていない。彼女一人ではなく、中年の女性が一緒に出て来てエレベーターに向かった。由依は呆然とした様子で、晶に気づいている様子すらない。一緒に来たことさえ忘れているようだった。中年の女性は、由依の背中に手を当てている。そうやって支えないと、由依がふっとかき消えてしまうとでもいうように。

中年の女性がエレベーターのボタンを押し、静かな声で由依に話しかける。聞くべきではないと分かっているが、気になった。しかし晶がいるところからだと、話の内容はまったく聞こえない。由依が一歩を踏み出したので、ちょうどエレベーターが到着したと分かる。晶は慌ててダッシュし、「乗ります」と声を上げた。

エレベーターの扉が閉まる。由依と二人きり。由依が突然はっと顔を上げ、「柿谷さん」と言った。声はふわふわと揺れるようで、まるで何か薬物でも使っているようだった。

「どうしたの？」

「馘《くび》になっちゃいました」

「馘」は大袈裟だとすぐに分かった。レギュラーでモデルをしている女性誌の撮影、それにイベントをいくつか休むことになったというのだ。

車に乗ってから、ようやくそれだけ聞き出したのだが、さすがに由依は落ちこんでいた。このまま家に帰るのも何だか可哀想……このタイミングでは間抜けに聞こえるかもしれないが、思い切って誘ってみた。

「由依ちゃん、ご飯食べようか」

「え？」

「奢るから。ハンバーガー、好き？」

「好きですけど……」

「食欲、ない？」

「食べる気はしないです」

「こういう時こそ食べないと。食べれば力が出るから」

晶には目当ての店があった。由依は「イエス」とは言わなかったが、強引に話を進めることにした。五十嵐に道順を説明すると、また迷わず車を走らせる。場所は、東京メトロ新宿御苑《ぎょえん》前駅近く。晶は、最初に配属された所轄がこの近くで、管内の店の情報は一通り頭に入っている。目指すは、いわゆるグルメバーガーの店。こういうところなら、由依が入っても目立たないはずだ。もちろん、人目を引く圧倒的な美少女なのは間違いないのだが、女性誌のモデルをやっている「Ｙｕｉ」だと気づく人はいないのではないだろうか。気づかれたら、それこそマネージャーの振りをして追い払ってもいい。もしかしたらボディガードだと思われるかもしれないが。

ビルの一階にある店で、入り口だけを見ると狭いようだが、中はそこそこ広い。晶は五十嵐にも声をかけたが「済ませました」とあっさり言われた。由依の様子がおかしいことは当然分かっているはずだが、自分は口を出さずに晶に任せた方がいいと判断したのだろう。

ランチタイムの最中だったが、空いているテーブル席があったので、そこに陣取る。由依は溜息をつくばかりで、メニューに手を伸ばそうとしない。

「何にする？」晶はわざと軽い調子で問いかけた。

「お任せします」

「でも、自分で食べるんだから……」

「そこまで考える余力、ないです」

「じゃあ、本当にお任せでいい？」晶は念押ししてメニューを手に取った。晶はもともとハンバーガーが好きだったのだが、学生時代は、一個千円もするような高級品には手を出せなかった。その反動かもしれないが、給料をもらうようになってからは、こういう店を探して一人で食べ歩くのが趣味になっている。自分で作ったリストの中でも、ここは「ボリューム10、味8、コスパ8」で評価はかなり高い。

「あ」由依が急に声を上げた。

「何か食べたいもの、あった？」

「ここのハンバーガー、大きいみたいですね」視線は、写真つきのメニューに注がれている。

「うん。都内でも五本の指に入るかもしれないわ」

「サンドウィッチとか、ありますか？」

　大口を開けて食べるのが恥ずかしいのだろうか？　晶は「あるよ」と言ってメニューを渡した。ここはサンドウィッチもかなり過激なのだが……具材がはみ出さんばかりに詰めこんであり、崩さずに食べるにはかなりの工夫が必要だ。ざっとメニューを眺め渡した由依が、「ベジーサンドにします」と小声で言った。

「もしかして、ベジタリアン？」

「そうじゃないけど、体型は保たないといけないので……あ、もういいんだ。仕事もないし」急に投げやりに言った。

「由依ちゃん、体型はともかく、たまには食べてストレス解消しないと」

「そうですね」明らかに開き直った由依は、結局アボカドチーズバーガーを頼んだ。

「何だったら、ビールでも呑む？　もう呑んでいい年でしょう？」

「柿谷さん、勤務中じゃないですか」

「そうだった」晶は舌を出した。

「柿谷さん……怖いのか怖くないのか分かりませんね」

「私、怖いかな」

「最初は怖いと思いました。女性でも……こういう仕事をしていると、やっぱり大変ですよね」

「女性だからこそ、大変かもしれないけど」

「そういう仕事、私には無理だなあ」由依が頬杖をついた。

「由依ちゃんには由依ちゃんにしかできない仕事があるでしょう」

「もうできないかもしれませんけど」

「ちょっとお休みするだけでしょう」晶は訂正した。「大人の事情。余計な話で炎上するよりは、ちょっと頭を引っこめている方がいいっていう判断じゃないかな」

「ネットって怖いですね。普通にインスタとかやってると、楽しいんですけど……」

「本来は、楽しいし役に立つものね」晶はうなずいた。「でも、プラスの面もあればマイナスの面もある」

「自分が炎上するなんて思わなかった」

「見なければいいじゃない」萎れた由依に、これぐらいしか言えないのが情けない。

「家族もバラバラになっちゃいます」

「家族仲がいいからね」言って、わびしい気分になる。自分の家族は崩壊してしまった。二度と元には戻らないだろう。しかし前尾家には、まだ立ち直るチャンスがあるのではないだろうか。何より、金の問題がないであろうことが大きい。前尾は不動産などに相当の金をかけているが、民放のワイドショーの司会を十年以上も続けて来たのだから、蓄《たくわ》えがないわけではあるまい。いざとなったら、すぐ近くにある仕事場や別荘を処分すればいいのだし。

　金さえあれば、人は何とかなる。

　ぎりぎりまで追いこまれたら、愛ではなく金が人を救う。晶もそうだった。あの時、家に金がなかったら、と考えるとぞっとする。

「とにかく、ちょっとお休みするだけだと思って。それに、あなたがしっかりしないと駄目よ」きつい言い方かな、と思ったが、口にしてしまった以上取り消せない。「お父さんもお母さんも大変なの。あなたが支えてあげないと」

「私にできるかどうか……自信、全然ないです」

「これからは面会もできるし、お兄さんと話してみたら？」逮捕後三日過ぎれば、弁護士以外の人間も面会はできる。それが今日だと気づいた。

「私が、ですか？」

「お父さんは家から出にくいでしょう？　お母さんも、会ったら取り乱すかもしれない。あなたが一番、冷静でいられるんじゃないかしら」

「私……無理です」由依が唇を噛んだ。

「何でもやってみないと」

「私、柿谷さんほど強くないです」

「私も強くない」本当は、自分の過去を明かしてもいい——そうすべきだと思った。昔、先輩刑事から取り調べの極意を教えられたことがある。「自分と容疑者の全人格の戦いだ」と。時にはこちらの生い立ち、経験、考えなどを打ち明け、相手の心を揺さぶるのだ。

私にはできない。

非常に似た立場ではあるのだが、自分の過去を由依に晒す勇気が出なかった。これまで誰にも話さなかったのだから、今更誰かに打ち明けることなどできない。

「でもね、二十九年生きてきて言えるのは、人間、自分の問題じゃなければ何とかなるってことよ」

「家族の問題は自分の問題ですよ」

「分かる。でも今は考えないで。正直言うと、この件はまだまだ続くの。裁判もそれなりに時間がかかるし……最初からあまりのめりこみ過ぎると、気持ちが持たない。もっと緊張する状態がくることもあるから、その時のために気持ちの余裕を取っておいて」

「そんな器用なこと、できない……と思います。私だって、他に悩みもあるんですよ」

「だったら、言ってみたら？　お姉さんが聞いてあげる」晶はわざとらしく明るく、ひょうきんに言った。「あなたより十年近く長く生きてるから、少しはアドバイスできるかもしれないし」

「……大丈夫です」

その時晶は初めて、由依の中に暗い部分があるのに気づいた。しっかりしているように見えて、何か闇がある。それが仕事に関したことか、家族の問題かは分からないが、いずれは掘り下げねばならないかもしれない。前尾家は不安定に揺れており、誰かが不幸な選択をしないとも限らない。

「じゃあ、あなたとお母さんで行ってみたら？」晶は提案した。

「警察に、ですか？」由依がびくりと身を震わせる。

「警察官には何人も会ったでしょう。そんなに怖かった？」

「いえ――でも、警察署には行ったことないですから」

彼女が怯えるのも分かる。留置場の近くにある面会場所で会うことになるのだが、あそこの独特の湿った暗い雰囲気は、慣れない人間には耐えがたいだろう。練馬中央署の庁舎はまだそれほど古くないが、だからと言って留置場独特の雰囲気が減じるわけではない。

ハンバーガーがやってきた。覚えていたよりも高さがある。これは由依にはきついかもしれないと思ったが、彼女は紙袋に器用にハンバーガーを入れ、上から思い切り押し潰して食べ始めた。何だか自棄になっているようでもあり、全然美味しそうではない。

どんなに元気がなくても、食べれば復活できるのは高校生までだ。

晶は大学の終わり頃から、そんなことはなくなった。やけ食いしても、胸焼けするだけ。今の由依の気持ちは、晶にはよく分かる。

まさに自分のことのように。


自宅へ戻ると、報道陣は消えていた。何かあったのかと逆に心配になったが、いなければいない方がいいのだから、と自分に言い聞かせる。支援課の村野たちも引き揚げ、家には夫婦二人だけだった。いや、もう一人、八月なのにしっかりネクタイを締めてスーツを着た中年の男がいる。前尾と話しているのを見て、家族の弁護士だろうと見当をつけた。

「由依ちゃん、事務所でのことは、自分で話して」

「はい」由依は妙に素直だった。何となく、自分の意思を失ってしまったようにも見える。

前尾が立ち上がり、晶に男を紹介した。想像した通り、弁護士だった。警察——それも捜査一課の人間がいるのが意外だったのか、一瞬右の眉をくっと上げたが、すぐに無表情に戻る。

「家族が面会に行けるようになったと、練馬中央署から連絡がありました」前尾が言った。少しだけ声が弾《はず》んでいる。

「その件なんですが、前尾さんは行かない方がいいかと」

「どうして」前尾の顔が一気に怒りで赤くなる。

「現段階では、まだ人前に顔を出さない方がいいと思います。奥さんなら、あるいは娘さんなら目立ちません」

「いや、私が会う」前尾が言い張った。

「控えて下さい」

「警察にそんなことを言う権利はないだろう！」前尾が声を張り上げた。

「まあまあ」篠田《しのだ》と名乗った弁護士が割って入った。「こちらの方が言う通りです。何かのきっかけで炎上する恐れがありますから、できるだけ穏便にした方がいい」

「だから、その件についてもお願いしたじゃないか」前尾が篠田に嚙みついた。「名誉毀損に当たるツイートを割り出して、情報開示請求の手続きをしてくれ、と。このまま黙っているわけにはいかない」

「それとこれとは別です。こちらから、阿呆なユーザーにわざわざ餌を投げてやる必要はないですよ」

「同意します」晶は言って、篠田に目配せした。

結局前尾が折れた。すぐに美紀が荷物をまとめ始める。着替えや暇潰し用の本など……持って行くものをアドバイスしながら、晶は由依の様子を観察した。ぼうっとしている。もしかしたら、先ほどのハンバーガーでお腹でも壊したのではないかと心配になったが、そういう様子でもない。食事している間に、自分の言葉が何かショックを与えてしまったかと考えたものの、何も思い浮かばない。由依にも練馬中央署へ行くように勧めようかと思ったが、とてもそんなことを言い出せる気配ではなかった。

　晶は、美紀につき添って練馬中央署へ行くことにした。逮捕後初めて面会するから、彼女の精神状態も心配だ。前尾と由依を二人きりにするのも不安ではあったが、二人は別に喧嘩しているわけではない。由依に「ちゃんと寝てね」と声をかけて、晶は家を出た。自分が車に乗ってきていれば使うのだが……。電車に乗せるのも心配なので、結局途中でタクシーを拾った。

　弁護士と美紀が弘大に面会したが、許可された時間は十五分だけだった。留置中の面会時間はそれぐらいが限界なのだが、戻って来た美紀は憔悴《しょうすい》して、一気に歳を取ってしまったようだった。

「どうでしたか」聞いてしまってから、間抜けな質問だと思った。

「ほとんど話せませんでした」かすれた声で美紀が言った。「弘大も疲れていて……事件のことは何も聞けませんでした」

「差し入れはできましたよね？」

「はい」

「お疲れ様でした。家までお送りします」

「ちょっといいですか」弁護士の篠田が割りこんできた。

「何ですか」

「ちょっと」篠田が目配せし、美紀から離れる。交通課の前にあるベンチに一人取り残された美紀は、何だかいつもよりもずっと小さく見えた。

「今回、ずいぶん警察の人が介入してますけど、どういうことなんですか」篠田は非難しているわけではなく、純粋に疑問に感じているようだった。

「前尾さん一家は、今は犯罪被害者家族でもあるじゃないですか。犯罪被害者なら、警察はフォローします」

「監視では？」

「監視する必要があるんですか？」

晶は篠田を睨んだ。篠田はびくともしない。かなり鍛えられているようだ。

「今回の事件は、単なる殺人事件じゃない。世間の注目度も高いし、ネットでも炎上している。警察には、何か別の狙いがあるんじゃないですか」

「何もないですよ」晶は強調した。「あくまで通常の範囲での捜査です。それに今のところ、弘大さんの事件に家族は関係ありません。それより、弘大さんはどう言ってるんですか」

「それは、弁護士の守秘義務の範囲に入ることなので、話せませんね。特に警察の方には」

篠田が素っ気なく言った。この反応では、晶としては何も言えなくなってしまう。事件に関わるのは警察だけではないし、容疑者の権利は重視されなくてはならない。

「まだご家族にくっつくんですか」

「それは状況次第です。放火事件の捜査もありますから。それより篠田さんは、一連の炎上についてはどうするんですか？　前尾さんは、情報開示請求をするって言ってましたよね？」

「時間がかかりますからねえ」篠田が面倒臭そうに言った。「今までも、何回かやったことがありますけど、手間と時間がかかる。まあ、前尾さんには資金もあるから、問題ないでしょうけどね。

ただ、開示請求をして、それが認められたりすると、忘れられた頃にまた炎上する恐れがある」

「その火消しをするのも、弁護士の役目じゃないんですか」腰の引けた篠田の態度に、晶はかすかに苛ついた。たっぷり金をもらっているんだから、もうちょっと意識して仕事するのが普通じゃない？

「火消しのつもりが、さらにガソリンを注いでしまうこともあるんです。ネット上の世論は、なかなか読めないんですよ」

「あんなもの、世論とは言えません」晶は反発した。「一部の意見が拡大されているだけです」

「それなりに広がりのある世界の中での大きな意見は、一種の世論と言っていいんじゃないですか？　もしも弁護士のやり方が信用できないなら、警察の方で捜査すればいいでしょう。名誉毀損なり何なり、容疑はあるはずだ」

「前尾さんが、告訴すると思いますか？　それこそ叩かれます」

「こんなのは、不毛な会話だ」篠田が溜息をつく。

「不毛、は失礼ですよ」

「いや、ここで弁護士と刑事が話していても、何の解決にもならないという意味では不毛でしょう……本当に、ネットは匿名で使えないようにすべきですよね。そうすれば、阿呆な書き込みをする人間もいなくなるし、何かあっても特定が楽だ」

「人を落とすような使い方をする人間の心理が理解できません」晶は率直に打ち明けた。

「私も分かりませんけど、大抵の人は、自分のツイートとかが大きく取り上げられるなんて、思ってもいないんですよ。単なる独り言みたいなものだと考えている。それがたまたま誰かの目に止まって拡散してしまう——フォロワーの多い人の中には、意図的に挑発的な発言をする人もいますけどね。それも、自分の主張を広めたいというより、単に『いいね』をたくさんもらいたいからだ」

「ネットの使い方、何か間違ってませんか？」

「私に言われても……」篠田が肩をすくめる。「いや、同感ですね。私もネット歴は二十年以上になりますけど、こういう議論は昔から何度も繰り返されてきました。個人のホームページ、匿名掲示板、ＳＮＳ……様々なサービスが出る度に、予想もできないトラブルや犯罪が起きました。昔から『ＩＴリテラシーやマナーの教育を』という声はあるんですけど、学校でもそういうことはほとんど教えない。教えようとしても先生たちには分からない。子どもは柔軟ですから、どんどん勝手に使って、トラブルに巻きこまれていく……正直、ネットがない時代の方が、ずっと生きやすかったですね」

晶はデジタルネイティブの世代だ。物心ついた頃には身の回りにネット環境があるのが普通だったし、スマートフォンもいち早く手に入れていた。それで何かトラブルに巻きこまれたことはないが、面倒な事態に巻きこまれた友人は何人も知っている。しかしそういう人ほど、ネットの世界と距離を置くことができないようだ。

二人は同時に溜息を漏らした。弁護士と刑事の垣根を越えて、気持ちが通じ合ったわけではないのだが。

5

篠田が美紀を家まで送ると言うので、任せることにした。あの家族にどこまで深く関与していいか、晶は未だに迷っている。長く一緒にいて、愚痴や怒りの言葉を聞いてはいるのだが、何の役にも立っていない気がしていた。この辺で一度、冷静になって考えよう。

それなら一人になって、静かなカフェでエスプレッソでも飲めばいいのだが、そういう気にもなれない。結局、練馬中央署の特捜本部に顔を出した。まだ夕方で、刑事たちが戻って来る時間帯ではない——いや、そもそも今は全員、放火事件の捜査のために、六本木署に詰めているはずだ。係全体の動きが見えていないのも、不安になる理由の一つだった。

特捜本部には三国しかいなかった。晶に気づくと、一瞬見咎《みとが》めるような表情を浮かべる。まるで、「ここはお前の仕事場じゃない」とでも言いたげだった。

三国の目の前の電話が鳴る。三国が奪い取るように受話器を摑むと、黙って相手の言葉に耳を傾け、最後に一言、「分かった」と告げる。電話を切るといきなり立ち上がり、晶に「行くぞ」と声をかけた。

「どこへですか」

「被疑者《タマ》が割れた」

「放火事件の？　まさか」晶は思わず目を見開いた。

「何がまさか、だ」三国が睨みつける。

「いや、だって発生したばかりじゃないですか」

「ばかり、じゃない」三国が腕時計に視線を落とした。「もう十五時間ぐらい経ってる」

それでも、異例——異常と言っていい早さだ。晶が黙っていると、三国がさっさと特捜本部を出て行く。会議室のドアのところで立ち止まって振り返り、「行くのか、行かないのか」と急かした。

むかついて、何も言わずに三国の後に続く。三国は、自分で覆面パトカーのハンドルを握った。先ほどからの態度が気に食わないので、後部座席に乗って運転手代わりに使ってやろうかと思ったが、さすがにそれはできない。助手席に乗りこんだ晶がシートベルトを引っ張っている間に、三国が車をスタートさせる。

「大島黎人《おおしまれいと》」三国がぼそりと言った。

「それが犯人なんですね」

「ああ。これから家まで引きに行く」

「現場はどこですか？」

「川崎《かわさき》だ。小田急の登戸《のぼりと》駅の近くだな」

「何者ですか？」

「それはまだ分からない。年齢は二十一歳だが」

若い……しかし、若さが情状酌量の材料になるわけではない。逆に、二十一歳になってまだ馬鹿をやっているのか、とマイナスの印象を持たれてしまう。

三国は山手《やまて》通りに出て、西池袋《にしいけぶくろ》インターチェンジから首都高中央環状線に乗った。これができてから、山手通りや環七などの慢性的な渋滞はかなり解消され、都心部の道路事情はずいぶんよくなったという。大橋《おおはし》ジャンクションで首都高三号線に乗ると、三国はさらにスピードを上げた。首都高は、この辺ではほぼ国道二四六号線の上を走っていて、両脇には高架よりも高いビルが建ち並んでいる。そのためか、高いところを走っている感じがあまりしない。

三国は、東名川崎インターチェンジで高速を降りた。登戸駅を目指すなら、東京インターチェンジで降りてしまった方が早いような気がするのだが……そちらから世田谷《せたがや》通り経由で向かうと、ちょうど夕方の渋滞に巻きこまれると踏んだのかもしれない。世田谷通りの渋滞は、晶もよく知っている。東京と神奈川をつなぐ動脈なのに、片側一車線の箇所も多いので、慢性的に車が連なってしまうのだ。

ナビの指示に従って車を走らせる三国の顔は真剣で、質問をぶつけても答えてくれそうな気配がない。しかし突然、口を開いた。

「今回は、ＳＳＢＣ《捜査支援分析センター》がフル回転したんだ」

「あそこがすごいのは知ってますけど、こんなに早く割り出せるんですか？」

ＳＳＢＣの仕事の大きな柱が、防犯カメラの映像分析だ。特に「リレー方式」と呼ばれる犯人追跡のやり方は、すっかり定着している。現場近隣の防犯カメラの画像を次々にチェックし、怪しい人間がどういう動きをしていたかを割り出すのだ。例えば犯行現場から逃げた犯人が、どの駅から電車に乗り、どこで乗り換えて、最終的にどこで降りたかまで追跡できることがある。上手くいけば、そのまま犯人の自宅までたどりつける。

いかにも二十一世紀のハイテク捜査という感じだが、実際には、映像を確認する人間の「目」頼りだ。それ故、はっきりした結果を出すには相当の時間がかかる。発生から十五時間で犯人にたどり着いたのは、やはり早過ぎるのではないか？

「がっかりするなよ」三国が皮肉っぽく言った。

「はい？」

「犯人は間抜け野郎だ」

「あんなことをする人間は、間抜けに決まってますよ」

「防犯カメラの存在をまったく意識していないんだ。前尾さんの自宅には、警備会社の防犯カメラがあるだろう？」

「ええ」

「あれ、最新のカメラなんだそうだ。解像度が高くて、犯人がくっきり映ってたよ。しかも犯人は、防犯カメラがあるのに気づいていたのかいないのか、火を付けた後にそっちをもろに見てる。だから顔がしっかり映っていた。カラーでね」

「でも、それだけじゃ身元を特定できないじゃないですか」

「ＳＳＢＣは、その映像をベースに、近くの防犯カメラの映像を集めて追跡調査を始めた。あの辺は高級住宅地だから、防犯カメラを設置している家も多いんだ。その結果、犯人が薬園坂《やくえんざか》を降りて明治通りの方へ向かっていたことがすぐに分かった」

まさに今朝、コンビニで朝食を食べるために歩いた坂だ、と思い出す。港区は起伏に富んだ地形で、あちこちに味わい深い名前のついた坂がある。

「で、明治通りに出る手前のところに停めていたバイクに乗った」

「そのナンバーも映っていたんですか？」この犯人は間違いなく馬鹿だ、と晶は呆れた。バイクで来るにしても、現場から遠くに停めておくとか、ナンバーを隠しておくとか、身元がバレないようにする方法はいくらでもあったはずだ。

「ああ」

「それにしても、仕事、早くないですか」

ＳＳＢＣは捜査の最前線ではなく、あくまでサポート部署のようなもので、物証から証拠を固めていく科学捜査研究所と似た存在と言っていいだろう。あちこちから分析の依頼が殺到していて、基本的には発生順に処理していくのだろうが、重要な案件は優先することもあるはずだ。ただしこの件はどうか……被害者が有名なテレビ司会者とはいえ、実質的な被害はなかった放火事件である。他に、優先度の高い事件はいくらでもあるはずだ。

「然るべき人間が言えば、こういうのはいくらでも優先してもらえるんだよ」

「そんなものなんですか？」警察には、自分が知らないことがまだいくらでもあるようだ。

「ああ」

「それで、どうしてこんなにこの放火事件を重視するんですか」

「そんなことは、考えればすぐに分かるだろうが。もう警察だけの話じゃなくなってきてる。いや、前尾弘大が自首してきた時点で、話は十分大きくなってるんだよ」

「それを抑えるためですか？」

「一刻も早く犯人を捕まえて、淡々と処理しないとな」三国が左手でハンドルを握ったまま、右手で顎を撫でた。

「つまり火消し、ですか」

「ああ。もっと積極的に行くかもしれないが」

「積極的？」

「加害者家族に対してなら、どんなことをやってもいいってわけじゃない。嫌がらせをすれば、それなりの罰を受ける——こうやっていち早く犯人を捕まえるのが、一番抑止効果があるじゃないか」

「はあ」

「それより、パクったら、一発目の取り調べはお前に任せるからな」

「私ですか？」晶はにわかに緊張した。逮捕した犯人と、取調室で対峙したことはない。先日、自首してきた弘大と取調室で話しただけで——あれは逮捕前だ——経験したことのない疲れを感じた。「取り調べなら、専門家の岡田さんがいるじゃないですか」

「うちはもう、被疑者《タマ》を一人抱えてるんだぞ。岡田も二人の面倒は見きれない。放火の方は、とりあえずお前がやれ。後で火災犯担当に引き継ぐ」

「はあ」気の抜けた返事を繰り返してしまう。こんなやり方、無駄だ。最初から火災犯係がやればいいのに。

「何だ、自信ないのか」馬鹿にしたように三国が言った。

「自信はあります。経験がないだけで」

「やらなきゃ、いつまでも経験ゼロだ」

「分かりました」ここで弱音を吐いても何にもならない。

当該住所にたどり着く前に、三国は車を停めた。相手に気づかせないためだろう。五分ほど歩くと、古びた二階建てのアパートの前に出た。ここには品川ナンバーの覆面パトカーが一台停まっているだけ——素人なら、これが覆面パトカーだとは分からないだろう。中を覗きこめば、様々な装備が見えるので、普通の車ではないと気づくはずだが。

パトカーには井端と岡田が乗っていた。何となく井端に対してはむかついているので、声はかけない。向こうも晶に気づいたが、何も言わなかった。これは本当にコンビ解消かもしれない、と晶は思った。

「どうするんですか」晶は三国に訊ねた。

「待ち、だ。家にいないことは、もう確認している。現場近くで映っていたバイクは、そこにある」

アパート前には、車五台分の駐車場と、バイクや自転車数台が停められるスペースがあった。晶はそこまで行って、バイクを確認した。ナンバーは、防犯カメラに映ったそれと一致している。ヤマハのアクシスＺ、百二十五ｃｃ。高速に乗らない限り、都内やその近郊で乗り回すには便利なサイズだろう。戻って、三国に訊ねる。

「マル被、何者なんですかね？　年齢からいったら大学生とか？」

「それは分からない。周辺捜査をしている暇はなかったからな」

　夏休み中の大学生なら、いつ家に帰って来るか分からない。今夜も長くなるだろうと、晶は覚悟を決めた。

「散開して待つ。免許証の写真が手に入ったから、今から共有する」三国がスマートフォンを操作した。送られてきた画像を確認すると、つるんとした大人しそうな顔で、やんちゃなことをしそうには見えない。ごく普通の、その辺にいる若者という感じだった。

　晶は、アパート全体を見渡せる電柱の陰に隠れた。夜中だと、こういう場所に立っていると人目につくのだが、まだ明るい。暗くなる前には何とかしたいと思ったが、こればかりはどうしようもない。相手の動き次第だ。

　長期戦を覚悟したが、三十分ほどで動きがあった。登戸駅の方から、大島黎人が歩いて来たのだ。身長百七十五センチぐらい。痩せ型で、Ｔシャツの袖から出た二の腕はほっそりしている。膝丈の短パンにサンダルというラフな格好で、デイパックを背負《しょ》っていた。

　出るか——一歩を踏み出した瞬間、大島はいきなり十人ほどの警察官に囲まれた。晶は唖然として、その場に近づくこともできなかった。いったいどこに、これだけの人数が隠れていた？　そもそも、二十一歳の男一人を逮捕するだけで、どうしてこんなに大人数が必要なわけ？　訳が分からず固まっているうちに、怒声が飛び始めた。

「大島だな！」「今日の午前二時頃、どこにいた？」「放火犯はお前だろう！」

滅茶苦茶だ、と晶は頭を抱えたくなった。こんな風に一斉に質問を浴びせかけたら、大島だって答えられるわけがない。ただパニックになるだけだ。ただし、この作戦はある意味で成功している。刑事たちの輪の中にいる大島は完全にビビって顔を引きつらせ、身動きが取れなくなってしまっていた。

その場では逮捕はされず、井端たちが乗ってきた覆面パトカーに押しこまれた。これから六本木署に連行され、本格的な取り調べが始まる——いや、自分が調べるのだと思うと、急に緊張してきた。

「何でこんなに人がいたんですか？　十人も？」晶は思わず三国に訊ねた。

「神奈川県警の所轄にも応援を頼んだんだ」

「応援が必要な相手じゃないでしょう。明らかにオーバーキルですよ」

「それだけ重要な事件なんだよ——行くぞ。これからがお前の本番の仕事だからな。取り調べは任せる」

何が何やら、だ。晶は首を横に振って、大股で歩き出した三国の背中を追った。取り調べは任されたものの、自分だけが取り残されている感覚は消えない。

「名前と住所を確認します」晶は丁寧に取り調べに入った。取調室という狭い空間で、刑事と対峙しているだけで、大島は威圧感に負けそうになっているはずである。顔面は蒼白で、唇は震えている。

「大島黎人……住所は川崎市多摩《たま》区……」

晶は、大島がボソボソと話す情報を頭にインプットした。井端が記録係で同席しているから、全ての供述は記録されるのだが、後で彼にあれこれ確認するのも何だか悔しい。声を張り上げ、わざともう一度聞いた。

「名前と住所は！」

「大島黎人……住所は川崎市多摩区……」依然として声はかすれていて、脅しが利いた感じはしない。

「職業は？」

「大学生です」

「どの大学？」

「礼北《れいほく》大学」

「学部は？」

「経済学部」

大学の名前を言われてもピンとこなかった。もちろん晶は、首都圏の大学全てを知っているわけではないが、大抵は分かる。記憶にないということは、新設の大学かもしれない。これは後で調べよう。

大島は素直に取り調べに応じた。すっかり萎れて、肩を丸めている。そのうち落ちこんで、話ができなくなってしまうかもしれない。

「今日の午前二時頃、どこにいましたか？」

「それは……」

「自宅ですか」

大島は急に黙りこんだ。話がいきなり核心に入ったと分かり、怯えているのだろう。自宅から六本木署に連れて来られるまでの一時間弱で、気持ちの整理がついたとも思えない。素直に話すかどうか、まだ迷っているのではないか。

「自宅じゃないんですか」

晶は繰り返したが、やはり返事はない。こんな感じでだらだら続けていくわけにはいかないと、晶は決定的な証拠を出した。

「これに見覚えがありますか」

前尾の自宅の防犯カメラ映像から切り出した写真だった。大島がカメラの方を向いて、驚いたような表情を浮かべている。パーカーのフードを被ってはいるものの、顔はほぼ見えていて、大島だと分かる。いくら何でもこれは用心が足りないと、写真を見た晶は思っていた。せめて顔を隠す努力ぐらいはするのではないだろうか。マスクとサングラスがあれば、顔はほとんど隠れてしまうのだし。

「これはあなたですね」

指摘すると、大島の喉仏が大きく上下する。晶は写真の向きを変え、大島の方に向けて人差し指で押し出した。

「あなたが写っている他に、写真の左隅で炎が上がっているのが見えます。あなたが前尾さんの家に放火したんじゃないですか」

「そんなつもりはなかったです」消え入りそうな声で大島が答える。

「だったら何をしたんですか」

沈黙。エアコンが冷気を噴き出す音が、やけに大きく聞こえる。大島の喉仏がまた上下した。顔色は蒼白になっている。

「何をしたか、あなたの口から説明して下さい」誘導尋問は避けたい。あくまで「自供」を得たかった。

「タオルを……」

「タオルを？」晶は、途中で消えた大島の言葉をすくい取った。「タオルをどうしたんですか？」

「オイルを染みこませて……」

「それで？」

「火を点け……」

「はっきり言いなさい！」

　晶は声を張り上げた。大島がびくりと身を震わせる。

「火のついたタオルをどうしたんですか！」

　落ちた。苦労しないだろうとは思っていたが、それでもほっとする。後は詳細を詰めていけばいい。

「火を点けてからは？」

「塀越しに庭に投げ入れました。でも、放火なんか……」

「それを放火と言います！」この男は、と晶は呆れた。自分が何をしたか、理解できないのだろうか。ゆっくりと首を横に振り、冷静に、と自分に言い聞かせる。一呼吸おいて続けた。「そのオイルは、どんなオイルでしたか？」

「ジッポーのオイルです」

「火を点けるのに使ったのは？」

「ライターです」

「あなたは、喫煙者？」

「はい」

ということは、手元にある材料で、人が死ぬ可能性もある重大犯罪に気軽に着手したわけだ。あまりにもお手軽なやり方に、晶は啞然とした。常習の放火犯もいるのだが、そうでない人間が人の家に火を付けようとしたら、それなりの準備と心構えが必要だろう。この男の犯行は……あまりにもカジュアル過ぎる。

「その時使ったライター、今持ってる？」

「はい」

大島が、床に置いたデイパックに手を突っこむ。刃物でも飛び出してくるのではないかと、晶は一瞬警戒した。まだ任意の事情聴取なので、強制的に荷物を取り上げていなかったのだ。しかし大島は、素直にジッポーを取り出してテーブルに置く。晶はラテックスの手袋をはめて、ジッポーを取り上げた。何か特別なものなのか、立体的な彫刻が全面に施《ほどこ》されている。ジッポーと言えばライターの定番で、晶が知っているのは、表面が銀色でつるつるしたものだが、デザイン的には多種多様だろう。

「処分しなかったのね」

「高いので……たぶん」

「自分で買ったんじゃないの？」

「就職が決まったお祝いに、彼女からもらいました」

百円の使い捨てライターだったら、すぐに処分できたのに。この男の愚かさ加減を直接見て、晶はかすかに頭痛がしてきた。犯行の稚拙《ちせつ》さもそうだし、就職が決まっているのにこんなことをする軽率さには呆れるばかりだ。当然、この件は就職先の企業も知ることになるだろう。彼が起訴されるかどうか——前科がつくかどうかは晶には判断できないが、放火で逮捕されたという事実だけで、会社が内定を取り消す十分な理由になるだろう。社会に出る直前に、自分で人生を投げてしまったようなものだ。バレないと考えていたなら、あまりにも考えが浅過ぎる。こういう人間は、就職してもろくに仕事を覚えず、すぐにお荷物になってしまうものだから、会社にとっても内定を取り消す理由ができるのはいいことかもしれない。

「オイルは？」

「家にあります」

「これからあなたの家を調べます。このライターも、証拠として押収します」

井端が立ち上がり、ライターを取り上げて、ビニール製の証拠品袋に入れた。流れるように無駄のない動き——その間も、晶と目を合わせようとしない。もしかしたら、本気で喧嘩するつもり？　もちろん、いつでも受けて立つけど、今はそんなことをしている時間はない。

「あの、俺、どうなるんですか」

「逮捕されます」防犯カメラの映像、本人の自供、犯行に使ったライターも出てきた。これで逮捕状の発行を躊躇《ためら》う裁判官はいないだろう。

「逮捕……」大島が、がっくりと肩を落とす。ようやく、自分がやったことの重大さを理解した様子だった。

「逮捕後、あなたをどうするかは警察には決められない。でも、起訴されても保釈は許されず、裁判まで拘置所で孤独な暮らしを送ることになるかもしれない。そうなったら内定取り消し、大学からは除籍、彼女とも別れることになる——それが、あなたのしたことの意味です」

「まさか」

「そうならないためには、全て素直に喋って謝罪することです。その前に。一つ、聴かせてもらっていい？」

「何ですか」怯えた様子で大島が椅子に背中を押しつけ、晶と距離を置こうとした。

「何でこんなことをしたの？　放火は重罪よ」今回は、現住建造物等放火罪に問われる可能性が高い。死刑・無期、もしくは五年以上の懲役だ。未遂でも罰せられる。今回は執行猶予がつくかどうか、微妙なラインではないだろうか。

「それは……」大島が舌を出して唇を舐めた。「前尾さんは、悪い人じゃないですか」

「前尾さんが？　どうして」

「息子が人を殺したのに、説明責任を果たしていない。有名人なら、それでも許されるんですか？」

「そういう風に自分で考えたの？」

「え？」

「だから、自分でゼロからそんな風に考えて、放火しようと思ったの？　個人で罰を与えようとした？」

「いや、ＳＮＳで皆がそう言ってるから……」

「だから、自分が代表してやってやろうと思った？」

「すみません！」大島がいきなり声を張り、テーブルにぶつけそうな勢いで頭を下げた。「呑んでたんです。それで、どうしても許せなくて……」

　これで飲酒運転も容疑に追加だ。今日未明の飲酒運転を、後から立件できる可能性は極めて薄いが。

　大島は途中で泣き出し、事情聴取は何度も中断した。ようやく自分がやったことの重さが分かってきたようだ。晶は怒るよりも呆れてしまった。そもそも、こんなことをすればどうなるか、想像できないものだろうか。「ネットで見て感化された」「酔っ払っていたから」というのは、一切言い訳にならない。しかし何というか、この男は幼い。ツイッターで前尾に対する批判的なつぶやきを読んでいるうちに、前尾を「大悪人」と思いこんだようだ。前尾は以前——NHKを辞めた直後だから二十年以上前だ——自分で車を運転していて、軽い物損事故を起こしたことがあるのだが、その件まで蒸し返されていて、「説明しないで逃げる人間」という印象を強くしたのだという。怪我人もいない軽微な事故だったが、スポーツ紙でベタ記事になっただけのこの一件について、「あの時も謝罪会見がなかった」と非難する声も上がっているのだという。いくら芸能人とはいえ、物損事故程度では会見するわけもないが……晶がすくい取れたことよりも、はるかに多くの非難が前尾には浴びせかけられたようだ。その時会見しなかったことが今になって批判の対象になっており、「逃げ回っている」という声が多く上がっているらしい。

「芸能人は、公的な存在じゃないですか」大島が急に、言い訳するように話し出した。

「だから?」

「公的な立場の人は、何か起きた時にはちゃんと説明する義務があるでしょう」

「前尾さんはもう、会見したじゃない」

「一方的に喋っただけじゃないですか」大島が唇を尖らせた。「質問する方も、ほとんど何も聞いてないし。あれってやっぱり、忖度《そんたく》なんですよね。アリバイ作りって言うか」

「忖度なんていう言葉は、世の中の事情をもう少し理解できるようになってから使って」晶はピシャリと言った。また怒りが頭をもたげてくる。「今日の取り調べはこれで終わります」

宣言して、晶は立ち上がった。既に逮捕状は出ているはずだ。これから留置場に入り、明日には送検。彼にとっては長い週末になるだろう。

6

土曜日の晶の仕事は、殺しではなく放火事件だった。

晶にとっては初めての送検作業になる。もちろん、一人でやったわけではないが、さすがに慣れない仕事は疲れる……午後になって解放されたが、そのまま真っ直ぐ家に帰る気にはなれなかった。

六本木署の近くにあるコンビニで弁当を仕入れ、会議室で一人、空腹を満たす。三国が最初に言っていた通り、今後は大島の取り調べからは外れる。だいたいこの事件は、本来は六本木署や火災犯係が捜査すべき事案で、殺しの特捜本部とは関係ない。中途半端に梯子《はしご》を外された気がしてならないが、いつまでも関わるわけにはいくまい、と晶は自分を納得させた。自分たちには自分たちの仕事があるのだ。

それにしても、味気ない昼食だ。ミッドタウンまで行ってゆったりと昼食を摂ってもよかったが、あそこに入っている飲食店はどこも価格高めで、そういう店で一人で食べていると、心はともかく財布の中身が寂しくなるだろう。

食事を終えて、何となくスマートフォンを取り出す。見る気はなかったが、ツイッターで前尾の名前を検索してしまった。放火犯の大島が逮捕されたニュースは既に流れているのだが、それでも前尾を責める声は後を絶たない。しかも悪いことに、攻撃の手は由依にまで向いていた。

前尾の娘までモデルやってたって知らなかった

芸能一家なんだから、ちゃんと前に出て説明しろよ

これ、やらせの可能性ない？　娘を売り出すために、頼んで放火させたとか。実害はなかったし、これでまた話題作り完了

放火なら同情も引くし、やらせの可能性大

いい加減、表に出てきて説明しろよ。息子がやったこと、親が分かってないわけないし

モデルハウスに抗議だ。娘も下ろさないと

「モデルハウス」は、由依がレギュラーで出ているファッション誌を出版している会社だ。既にそこでの仕事を一時的に下りることは決まっているのだが、来月の雑誌に由依が登場していないことが分かったら、一家を非難していた連中は、「抗議成功」と自分の手柄に酔うのだろうか。

馬鹿馬鹿しい……晶は、スマートフォンを壁に投げつけたくなった。そこへ井端が入って来て、「あれ」と決まり悪そうな声を上げる。

「一人か」

「見ての通りよ」

「飯、食った?」

コンビニの袋を掲げて見せると、井端が呆れたように首を横に振った。

「何だ、侘しい物食ってるんだな」

「大きなお世話……井端は、今日は何やってるの?」相棒の動向も分からない――もう、「元相棒」と言うべきだろうか。

「元の仕事に戻った」

「じゃあ、この件は完全に火災犯係と六本木署に引き渡しなのね?」

「だな」

「だったら、何でここへ来てるの?」元の仕事に戻ったなら、練馬中央署にいるべきだ。

「いや、まあ……」井端が急に言葉を濁す。「それより、飯、つき合えよ」

「だから、私は食べたって」

「飲み物ぐらいいいだろう」

振り切ってさっさと帰ってしまってもよかった。しかし、放火事件が起きてからの井端の態度の変化が気になっていたので、結局つき合うことにした。

井端は、署の近くにあるイギリス風のパブへ晶を連れて行った。

「お酒の店?」

「昼は食事だけでも大丈夫だよ。お前は、呑んでもいいけど」

「遠慮しておく」

イギリス風のパブだから、晶好みのエスプレッソはない。代わりに、ライムが入った炭酸水を頼んだ。今日も最高気温が三十五度まで上がっていたから、冷たく刺激の強いものが欲しかったのだ。井端はバターチキンカレーをオーダーした。こういうパブならフィッシュ＆チップス――そういうランチもあった――ではないかと思ったが、それだけで井端の腹が膨れるはずもない。

井端は猫舌にもかかわらず、バターチキンカレーを流しこむような勢いで食べてしまう。ああ、こういうサラリーマンはどこにでもいる、と晶は思わず苦笑した。駅の構内にあるカレースタンドなどで、三分で食べ終えて出て行く人をよく見かける。東京の勤め人には、ゆったりと昼飯を食べている余裕もない。

しかし井端は途中からペースを落とし、五分ほどかけてカレーを食べ終えた。スプーンを皿に放り出すように置くと、別に頼んでおいたジンジャーエールを一気に半分ほど空にする。

「辛かった？」

「全然」涼しい顔で言って、井端が店内を見回した。午後遅い中途半端な時間のせいか、客は自分たちだけ。もう少しすると、土曜日でも人は集まってくるだろうが。

「送検の仕事、どうだった？」

「無事に終わったわ。手続き的なものだけだし、もう完全に六本木署に引き渡した」

「じゃあ、明日――いや月曜からこっちに戻るんだ」

「それは分からない。三国さんからは何も聞かされていないし」

「明日は非番？」

「一応ね」

他愛もない会話……普段は、こういう会話がストレス解消になるのだが、今日は駄目だった。相変わらず、梯子を外されて、自分だけ宙ぶらりんの状態に変わりはない。

「ねえ、昨日の件、何であんなにネジを巻いてやったの？　普通、ＳＳＢＣもあんなに早く分析してくれないじゃない。係長は、上が圧力をかけたみたいなことを言ってたけど」

「それだけ重要事案ってことじゃないのかな」井端がさらりと言った。

「分かるけど……私、外されてる？」

「まさか」井端が声を上げて笑った。「外されてたら、大島の取り調べなんか任せられないだろう」

「でも、取り調べは今日まででしょう。何か、一々様子がおかしいと思う」晶は頬杖をつき、グラスに刺さった紙ストローをいじった。紙ストローもすっかり普通の存在になったけど、未だに慣れない。「私、刑事総務課に呼び出されたのよ」

「それはお前から聞いたよ」

「それで、前尾さん一家をケアしろって言われて……それって、私たちの仕事じゃないよね？　加害者一家がいろいろ大変なのも分かるし、特に今回は有名人だから気を遣うってことかもしれないけど、そういうのは弁護士がやればいいんじゃない？　実際、弁護士が入ってるし」篠田の顔を思い出しながら晶は言った。

「それだけ、特殊事案ってことじゃないの？」井端がさらりと言った。

「だけど、私には無理」晶はつい弱音を吐いた。「昨日、支援課の人たちが家に来てたでしょう？　昨日からは被害者になったわけだから、もう任せればいいのに」

「しかし、支援課のやり方はひどいな」井端が顔をしかめる。「あれじゃ、まるで捜査妨害だよ」

「井端たちが、気を遣わないで厳しいことを聞いたからでしょう？」

「そんなわけでもないけど……」井端の声に元気がなくなる。

「取り調べに介入するのはどうかと思うけど、支援課の人たちの気遣いは、私にはできない」昨日、すかさず飲み物と飴を用意した梓の準備の良さを思い出す。自分にあれができるとは、とうてい思えない。あんなことを仕事にしたくないとも思う。犯人を逮捕して正義を実現するために、警察官になろうと思ったのだから。

「まあ、ああいう部署もあるってことだよ。でも、やり過ぎるとどうかと思うな」井端が顔をしかめる。「昨日の放火の件だって、俺たちが批判されるとは思わなかった」

「私たちが？」

「見てないのか？　ＳＮＳではそういう声が目立つんだ。有名人だから、警察も普段よりネジを巻いて捜査したとか、特別扱いだとか。大島を擁護する声も出てる」

「まさか」

「見てみろよ」

晶は一応スマートフォンを取り出したが、もう確認する気にもなれなかった。ああいうつぶやきを見る度に、こっちの精神も磨耗してしまう気がする。

「私は見ない」

「シャットアウト？」

「その方が、精神衛生上、いいから」

「まあな」

「それより、三国さんから何か聞いてない？　上の方は、私をどうするつもりなのかな」

「さあ」

否定の言葉でなかったことに、晶は引っかかった。「聞いていない」と言えばそれで終わるのに、いかにも「言えない」雰囲気を出している。突っこみたいところだが、今日はそんな元気もなかった。何だか、事件にエネルギーを吸い取られてしまった気がする。

「まあ、気にすることないんじゃね？」井端が気楽な調子で言った。「三国さんって、意固地なところがあるし、ちょっとハラスメント気味だし」

「そういうのだって、許せない」

「だったら抗議すればいいだけの話で……お前なら、平気で言うだろう？」

「私だって、そこまで図々しいわけじゃないわよ。リスクは考える」

「まあ、いざという時には駆け込み寺もあるから」

厚生課の職員相談室のことか……あそこはまさに駆け込み寺で、セクハラ・パワハラの相談も極秘で受けつけている。ただし、どれぐらい効果があるかは分からない。民間企業では、ハラスメント関係のフォローをする部署の存在感が大きくなっているという話は聞くが、ここは警察だ。公務員の中でも仕事はハードで、女性が活躍できる場はまだ少ない。あくまで「少数派」であり、少数派がどれだけ声を張り上げても、「大きな意見」とはみなされないものだ。

井端と話しても、全然釈然としない。二年間コンビを組んできたこの男は、やはり急に遠い存在になってしまったようだった。

仕事は、仕事場で済ませたい。狭い家だが、晶にとっては貴重なプライベート空間である。仕事の連絡を受けるのは仕方ないが、それ以外には何もしたくない。

結局、六本木署に戻って、会議室に籠る。土曜日で、当直の署員が出勤しているだけだから、今日は誰にも邪魔されない。

ちゃんとやろう、と自分に気合いを入れて、スマートフォンを取り出す。まずは、前尾ときちんと話をしないと。被害者には、必ずしも捜査の状況を逐一伝える必要はないのだが、今回は特殊事案だからちゃんと伝えておこうと、個人的に決めていた。もちろん、大島を逮捕したことは、昨日の夜連絡しておいたのだが。

　今回は、前尾とはごく短時間しか話せなかった。大島が容疑を全面的に認めていること、送検して、今後さらに取り調べを進め、事件の全容を確定させること――前尾は、どこかぼうっとした様子で相槌を打つだけだった。興味がないわけではなく、疲れているのだろうと判断し、早々に電話を切る。

　これで、今日の仕事は終了。家に帰って、少し冷蔵庫の中身を補給しておかないと。このままだと、毎日朝食抜きで家を出ることになってしまう。帰ろうと思って立ち上がった瞬間、スマートフォンが鳴った。由依。かかってくるとは思っていなかったので、出るかどうか、一瞬迷う。しかし、無視するわけにはいかないと思い直し、スマートフォンを取り上げた。

「柿谷さんですか?」

「由依ちゃん?　どうかした?」

「今、父に電話してくれましたよね」

「うん」

「放火の方、もう大丈夫ですよね」

「犯人は逮捕したから」心配で電話してきたのかと判断する。彼女も不安なのは間違いないのだ。

「でも、あれだけで終わりますか?　他にも同じようなことを考える人、いそうじゃないですか」

「ああいうことをすれば逮捕される、ということは分かったはず」

言いながら、これは典型的な一罰百戒なのだと思い至る。ふざけたことをすれば、警察は本気で捜査する――ネットで好き勝手なことをつぶやいて、憎悪の雰囲気をエスカレートさせている人間たちには、今回の件は教訓になるはずだ。自分たちの正義は、法律で決まった正義、一般の人が考える正義とズレていると気づけば、一線を越えた行動には出なくなるだろう。

それが三国たちの真意なのかもしれないが、依然として釈然としない。

「今日、兄に面会に行こうと思って、電話したら断られました」

「ああ……土日は面会できない署も多いから。週末は勤務している人が少ないから、対応しきれない。月曜まで待って、もう一度連絡してみて」感情抜き、事務的に説明した。

「兄は大丈夫なんでしょうか。母は、昨日会ってきてから、かえって心配してしまって」

「体調面は問題ないから、由依ちゃんは何も心配しないで」精神面までは分からないが。晶は弘大が出頭してきた時に話したきりなので、現段階でどれだけ反省し、落ちこんでいるかは分からない。

「会ったら何を言えばいいか、分からないんです」

「普通に話せばいいと思う」

「普通じゃない状態でも?」

それを言われると痛い。留置場での面会は、だいたい言葉少なになりがちだ。現代日本において、人が行動の自由を奪われることは少ない。それ故、実際に逮捕されて自由を奪われた人に会うと、面会する人は大きなショックを受けて言葉を失う。逮捕されている人間も同様だ。

「それは、会ってみないと分からないでしょう」晶は敢えて元気な声で言った。「会って、話して……でも、ごめんね、私は規則で立ち会えないから」

「そうなんですよね。柿谷さんがいてくれたら安心なんですけど」

「警察って、決まりばかりの世界なの。これをやらなくちゃいけない、これはやっちゃいけないって決まっていて、そこから少しでもはみ出すと怒られる」

「窮屈じゃないですか？」

「もちろん窮屈」晶は認めた。前に、井端に言われたことがある。「お前は、規則をちゃんと守るようにすれば、すごく楽になるのに」。指摘されて、そんなに規則破りをしているのかと驚いたものだが、冷静に考えてみれば確かに彼の言う通りだ。主に上司や先輩に対する反発、という形での「規則破り」だが。最終的には命令に従うにしても、理不尽だと思えば一言言わずにいられない。

「大変ですよね」

「どんな仕事でも大変じゃない」

「仕事、したいな……」由依がぽつりと言った。

「モデルの仕事、好きなんだ」

「最初は、何が何だか分からなかったんです。兄がモデルの仕事をしていたから、話は聞いていたんですけど、自分には関係ない世界だな、と思ってました。でも、実際にやってみたら、やっぱりやりがいがあるんですよね」

「撮影されるのって、どんな感じ？」

「うーん……魂を抜かれるような感じ？」

冗談なのかどうか、晶には判断できなかった。そんな、明治時代の人のようなことを言われても。

「基本的に女性誌のモデルって、自分じゃなくて服を見せるんです。だから、自分らしさを消していくというか……柿谷さんも分かりますよね？」

「ごめん、私、女性誌はほとんど読まないの。仕事ではお洒落なんてできないし、いつも同じようなブラウスとジャケットとジーンズの着回しばかり」

「着回しコーデの特集、よくやってますよ」

「どれを着ても似たようなものだから。家にいる時は、大体ジャージだし」

「柿谷さん、お洒落したらいいと思いますけどね。背も高いし、映《ば》えると思います」

「私が映えても、誰も得しないから」晶は笑った。「実際、プライベートの服なんか、見せる相手もいないし」

「彼氏とか、いないんですか？」

「もうずいぶん長い間、いないなあ。そういうのに慣れちゃった」

「いない方が楽かもしれませんよね」由依が溜息をついた。

「何か、困ってるの？」

「ちょっと疲れちゃって」

「考え過ぎ」晶は気楽な調子を意識して言った。「もっと楽にいかないと」

「そうもいかないんですよ。何もしないでいると、いろいろ考えちゃって」

何かあるな、と晶は想像した。彼氏との交際を事務所に止められているとか。いや、アイドルではないのだから、恋愛禁止のルールなどないだろう。

「私は、刑事だから常に秘密厳守。話して気が楽になるようなら、いつでも話して」

「ありがとうございます。いろいろお世話になって……柿谷さんには本当に感謝しています」

由依が丁寧に言った。その言い方が、ひどく他人行儀に感じられる。自分は、余計なことに首を突っこんでいるのだろうか……。

自分の過去を話してしまおうか、と一瞬思った。数年前は、由依と同じような立場にいたのだ。いや、今もそうかもしれない。しかしやはり、打ち明ける勇気がない。それに、自分の本音を曝け出しても、由依の助けになるとは限らない。勇気を振り絞って明かしても、互いに気まずい思いをするだけなのではないか。ここはあくまで、彼女のボーイフレンド問題に絞るべきではないだろうか。たとえこの方面で、自分の言葉にはあまり説得力がないにしても。

「本当に、話して気が楽になるなら……」

「大丈夫です。ごめんなさい、図々しく電話して」

「私は大丈夫だから」

亮子なら、「まさにこういう仕事を頼んだのだ」とうなずくかもしれない。しかしまだ、晶の中ではもやもやしたものが残っている。この事件が、自分にとって大きな転機になりそうな予感がしていたが、それがどんな変化になるのか、まだまったく分からないのだった。

7

月曜日、晶は独自の判断で練馬中央署に出勤した。前尾一家の面倒を見なければならないとは思うが、放火犯は既に逮捕されているし、弁護士の篠田がついている。五十嵐も変わらずサポートしているはずだから、自分の出番があるとは思えない。気にはなるが……捜査会議が終わってから支援課に電話してみよう。前尾家を被害者一家と考えれば、支援課の判断を仰ぐのがベストだろう。

しかし朝の捜査会議終了後、晶はすぐに三国から弘大の取り調べの記録係を命じられた。

「藤山《ふじやま》さんはどうしたんですか」この係で容疑者を逮捕すると、必ず岡田が容疑者を調べるのだが、一緒に取調室に入ってサポートする記録係はその都度替わる。今回は、晶の二年先輩の藤山がその任を負っていた。

「熱を出しやがったんだ。このクソ忙しい時に……」

「夏風邪ですか」

「だと思うが、三十八度あるそうだから無理はさせられない。お前、頼む」

考えてみれば、晶は記録係をやったことがない。岡田に煙たがられているのは意識しているが……。

「岡田さん、私の事嫌ってますよね」

「はあ？」三国が眉を釣り上げた。「何言ってるんだ、お前」

「一目瞭然じゃないですか」

「好きとか嫌いとか、そういうことで仕事のやり方は決まらないんだよ。さっさと取調室に行って、岡田の手伝いをしてこい。いや、勉強してこい」取り調べのノウハウはマニュアル化が難しい。先輩を身近で見て学ぶしかないのだ。

「……分かりました」もしかしたら三国は、岡田の後釜に自分を据えようとしているのだろうか。岡田に関しては、異動の噂も聞かないのだが。

「前尾弘大は、まだ動機について話してないんですか？」

「ああ」三国の表情は渋い。「相変わらず、そこで取り調べは止まってしまっている」

「じゃあ、岡田さん、不機嫌ですね」

「そりゃそうだ」

「せいぜい、私は怒らせないように気をつけます」

「いい心がけじゃないか」三国が皮肉っぽく言った。

岡田は既に取調室に入っていた。晶は、取り調べ用のテーブルの斜め後ろにあるデスクについて、自分のノートパソコンを起動した。記録用のエディターを立ち上げ、準備完了。その直後、留置担当に連れられて弘大が入って来る。

久しぶりに弘大を見たのだが、そのやつれぶりに晶は動揺した。着ているのは白いポロシャツとジーンズ——見た目は清潔だ。家族が差し入れた服に着替えているのだろうが、それでも顔色の悪さ、元気のなさは隠せない。しかも短い間に急激に体重が落ちてしまったようだった。目に力はなく、座っていてもすぐにずり落ちてしまいそうな感じがする。まるで体中の骨を抜かれたようだった。岡田が目の前に座ると、深々と頭を下げる。恭順の意を示すためにやっているわけではなく、本気で反省しているように見える。

「おはよう」岡田が低く響く声で挨拶した。

「おはようございます」弘大が丁寧に言って、ゆっくりと頭を下げる。そのまましばらく、テーブルに頭をくっつけるほど低く位置を保った。自分の頭の重さに耐えかねているようにも見える。

「体調はどうだ？」岡田はまず、取り調べと関係ないところから入った。時間はたっぷりある——犯罪の事実に関してはまったく疑問はなく、今問題になっているのは動機だけである。岡田には落とせる自信があるのだろう。

「大丈夫です」顔を上げて、弘大が小さな声で言った。これは気をつけないと……芸能人は声が大きいとよく言われる。「声を張る」のが基本だから、私生活でもつい大声を出す癖がついているのだという。しかしこの声の小ささは、聞き取りに支障をきたすかもしれない。しっかり調書を取れば、本人に読ませて確認させるから、間違いが起きるとは思えないが。

「あんたの実家に火を付けようとした人間は、無事に逮捕したから」

「本当ですか」弘大の声が少しだけ明るくなる。よほど心配していたのだろう。

「ふざけた野郎だったよ。あんたの一家を非難する声をネットで見て、感化されたんだ。正義の味方気取りだったんだろうが、とんだ勘違いだ。きっちり調べて厳しく処分するから、安心してくれ」

「ありがとうございます」また頭を下げる。

奇妙な光景だ、と晶は首を捻った。取調室の中で、被疑者が取り調べ担当に向かって頭を下げている……。

「これでネットでの誹謗中傷も少しは落ち着くんじゃないかな。マスコミに対しても、犯人の動機面を強調して書くように誘導したから。ネットであんたの一家を非難するのは悪、みたいな世論を作れればいいんだけどな」

「すみません……」

「世の中には、ネットの世界と現実の見分けがつかない人間もいるんだな。俺も今回は勉強になったよ」

「でも……原因は俺ですから」

「まあ、そう言うなよ」岡田が慰める。「あんたがやったことについては、法でしっかり裁かれる。だから、関係ない人間がとやかく言うのは筋違いなんだよ。非難する自由はあるかもしれないけど、実際に自分で罰を与えようなんてのは、とんでもない勘違いだ。そんなことがまかり通ったら、法治国家は成り立たない」

「ありがとうございます」二度目の礼。

昨日は取り調べが行われなかったのだ、と晶は気づいた。逮捕した容疑者への取り調べは、必ずしも毎日行われるわけではない。一つの逮捕容疑に関して勾留は十日間、それが二回まで認められる。被疑者が頑強に否認していたり、物証が見つからないような難しい事件の場合は、土日もなく取り調べが行われるが、今回は比較的簡単な事件である。残った謎は動機だけ——そのため、岡田も「途中で休みを入れてもいい」と判断したのだろう。もっとも今回は、係全員が一時放火事件の捜査にシフトしたから、取り調べは中断せざるを得なかったのだが。

「話の続きなんだけどね」岡田がゆったりとした口調で切り出す。「どうして古島萌さんを殺したのか、あんたはその理由をどうしても言ってくれない。もちろん、言わなくてもこっちは困らない。事件としてはきっちり仕上がるから、裁判に持っていける。でも、この件は裁判員裁判になるんだよ」

「はい」

「つまり、無罪か有罪か、そして量刑を決めるのは、法律の素人である一般人なんだ。もちろん、今までの裁判員裁判で、常識外れのとんでもない判決が出たことはない。ただし裁判員は一般人だから、情緒的な影響を受ける可能性は否定できない。特に問題になるのは動機なんだ。動機に同情すべき点があるかないかで、量刑がかなり変わってくる。あんたはまだ若いから、先の人生は長いんだぞ。何年で社会復帰できるかで、今後の人生が決まってくるんだよ。あんただって、できるだけ早く社会復帰したいだろう？　それでちゃんと生活を立て直して、社会に貢献できるように生きていくのが、亡くなった萌さんに対する供養にもなるんじゃないのか」

取り調べ担当には、二種類いるという。徹底して理屈で攻めて相手をギブアップさせるタイプと、情を絡めて落とすタイプ。岡田はそのハイブリッド型のようだ。裁判員裁判の仕組みをきっちり説明しながら、「俺はお前の将来までちゃんと心配している」と情けを見せる。

　しかしそのやり方は、弘大には通用していない。

「あんたは十分反省している。萌さんに対して申し訳ないと思う気持ちもあるだろう？」

「もちろんです」

「その気持ちは大事だよ。そういう気持ちを抱きながら、今度は自分のことを考えよう。将来をどうするか、どうしたいか……それは、あんたがどうしてこんな事件を起こしたかを、きっちり喋ってくれるかどうかで決まるんだよ」

　弘大が口をつぐむ。否定するわけでもなく、何か言い訳するでもなく、ただの黙秘。少しでも動機に関することを喋れば、とんでもないことが起きると恐れているようでもあった。実際、弘大の肩や背中は緊張で盛り上がり、何とか沈黙を続けようという強い意志が見えている。

　そこまで強硬に？　何故？　自分だったらどう攻めるだろう、と晶は考え始めた。理詰めでも、感情的に揺さぶっても動じない相手に対して、どんな手があるのか。

　家族だ、と思い至った。弘大は、放火事件の顛末を聞いた時、心の底から安堵した声を漏らした。彼の中で、家族が今でも大きな存在なのは間違いない。

「ご家族とは会われただろう？　面会に来たよね」同じようなことを考えていたのか、岡田が攻め手を変えた。

「はい」急に弘大の背筋がすっと伸びる。緊張感は変わらないままだったが。

「心配してただろう？」

「……はい」声が小さくなる。

「ご家族は、あんたがやったことを正面から受け止めている。お父上も責任を取って、長く続いている番組を降板された。家族全員で責任を取るつもりなんだよ。そしてご家族が今一番心配しているのは、あんたの将来のことだ。何年で出てくるか、どうやって社会復帰させるか、そういうことに心を砕いているんだ。あんただって、できるだけ早く、また家族と暮らしたいだろう。そのためには、まず動機を正直に話してくれないとな」

弘大は明らかに心を動かされている様子だったが、喋る気配はない。

「まあ、そういうことも頭に入れておいてくれないか」この時点では、岡田はあまり深掘りするつもりはないようだった。おそらく、こういうことは既に何回も話していて、あまり効果がなかったと分かっているのだろう。波状攻撃的に話題を出して、たまに揺さぶろう、という判断ではないか。

「さて、それで萌さんのことだが……この前も話したが、新しい事実が出てきた。彼女は覚醒剤を使っていたんだ。あんたは、そういう事実を知ってたのか？」

「彼女とは二年間、会ってません」

「二年前はどうだった？」

「分かりませんでした」

「ちょっとテンションがおかしいとか、生活のリズムが乱れていたとか、そういうことはなかった？」

「なかったです」

「あんたが気づいてなかっただけでは？」

「いえ……覚醒剤を使っている人がどんな風なのか、知らないので」

「あんたも芸能界にいたんだろう？　芸能界では、よく薬物関係で逮捕される人がいる。知り合いでそういう問題を抱えている人はいなかったか？」

「一人もいませんでした」

「そうか……今回、あんたは事件を起こす直前に、萌さんと話しているだろう？　いきなり襲ったわけじゃない。それは、防犯カメラの映像からも明らかだ」

　弘大の犯行は、確かに現場近くの防犯カメラに捉えられていた。犯行そのもの——被害者を突き飛ばした瞬間は撮影されていなかったが、その前に数分間、二人が話していた場面の映像はある。晶もその映像は見たが、揉めている感じではなかった。ただ静かに立ち話をしている雰囲気……しかし急に揉み合いが始まり、萌が倒れこんだ。映像と合わせて考えると、二人が話し合っているうちに険悪な雰囲気になり、最終的には摑みかかってきた萌を弘大が突き飛ばしたという、弘大の証言通りの構図が浮かび上がる。

「どうだ？　何を話した」岡田が迫った。

「言えません」

　明確な否定。晶は岡田の顔をちらりと見た。戸惑いの表情が浮かんでいる。こういうのは初めてなのかもしれない。

「どうして言えない？」

「言えないことは言えないんです」弘大が、言い訳にもならない言い訳を口にする。

「そんなにヤバいことを話していたのか？」

「言えません」

「話していたのは間違いないんだろう？　近くの防犯カメラの映像を見ても、あんたたちが話しこんでいたのは分かっているんだ」

「言えません」弘大が繰り返す。

「そうか。あのな、これは俺の想像なんだけど、聞いてくれるか？」

弘大がかすかにうなずく。それで晶は、彼の気持ちが揺れていることに気づいた。絶対に話さないと決めこんでしまえば、一切反応しないだろう。しかし岡田の言葉の一つ一つが、弘大に微妙な刺激を与えているのは間違いない。

「あんたは、何らかの形で、昔の恋人が覚醒剤を使っているのを知った。別れたとはいえ、彼女がそんなことに巻きこまれていると分かったら、心穏やかではいられないだろうな。だから『やめるように』と彼女を説得しようと会いに行った。しかし彼女があんたの説得を受け入れなかったので、揉めて投げ飛ばした――そういうところじゃないのか」

岡田の推理の前半には、晶も同意できる。しかし後半には無理がある、と思った。話し合いで揉めることはあるだろう。その結果、殺意を抱いてもおかしくはない。しかし弘大は、最初から刃物を用意していったのだ。つまり、殺すつもりで会ったと考えるのが自然で、そうなると「話しているうちに殺意を抱いた」という推理は破綻する。

岡田は手を替え品を替え、質問をぶつけ続けた。弘大は「言えません」と言うか、完全に黙りこむか――取り調べはまったく進まない。そのまま午前中が虚《むな》しく過ぎ、晶は異常に肩が凝ってくるのを感じた。

岡田が昼の休憩を宣する。弘大はほっとした様子を見せるでもなく、ただ黙って頭を下げた。ある意味強靭《きょうじん》な精神力だと思う。岡田の方が、よほど疲れた様子だった。

留置担当が迎えに来るまでの短い時間を利用して、晶は岡田に声をかけた。

「ちょっと彼と話してもいいですか」

岡田が疑わし気な視線を向けてきたが、特にＮＧを出す理由はないと思ったのか、黙ってうなずく。晶は立ち上がり、弘大の横に立った。

「一つ、聴かせて下さい」

「……何ですか？」

「妹さん——由依ちゃんとは仲がいいんですか？」

「そうですね」弘大がうなずく。「よくうちに泊まりに来てました。撮影が遅くなった時なんか、実家の方が近いのに……一人暮らししたいってずっと言ってたんですけど、親の許可が出なかったんです。うちに泊まりに来ることで、一人暮らしっぽい雰囲気を味わいたかったんじゃないかな。第二の部屋っていうか。自分の服とかも、置いてましたからね」

　晶はうなずいたが、不安になった。兄妹仲がいいのは間違いない。それだけに、由依と会って弘大がどんなふうに変わるかが心配でもある。

「今日、たぶん妹さんが面会に来ます」

　弘大がびくりと身を震わせた。今まで見せなかった態度——取り調べの時とは別種の緊張感が見られる。

「由依ちゃんとは何回も会いました。本当に心配しています」

「……分かってます」弘大が消え入りそうな声で言った。

「由依ちゃんには、家族を支えるのはあなただって言いました。余計なお世話かもしれませんけど、そういう意識を持たないと、由依ちゃん自身が凹《へこ》んでしまいそうでしたから。面会に来たら、ちゃんと話してあげて下さい」

無言。ただ唇を噛み、何とか何も言わないように努力しているようだった。彼の心を支えるダムが決壊しかけているのでは、と晶は想像した。

「由依ちゃん、雑誌のモデルをお休みするようです」

「え?」弘大が初めて、動揺した声を出した。

「事務所から言い渡されたんです。出版社が何か言って来たわけではないようですが、忖度したんでしょう。それに、由依ちゃんが前尾由依だという話も、ネット上では流れています」

「クソ……」

弘大が汚ない言葉を吐いたので、晶は内心驚いた。これまでは素直に、礼儀正しく取り調べに応じていたのだが、突然本音が溢《こぼ》れ落ちたようだった。

「由依ちゃんも、これからきついと思います。好きだったモデルの仕事もできなくなってしまうかもしれない。そういう危機を避けるためにも、あなたがちゃんと喋ることが大事なんです」

弘大がまた唇を噛む。血の気が引き、真っ白になってきたが、それでも「喋らない」という強い意志に変化はないようだった。少しは揺さぶれたと思うが、決定打にはならなかったか……取り調べはやはり難しいと実感する。しかしまだ言葉は止まらない。

「加害者の家族は、無視されがちです。非難されることもあります。特に前尾家は有名人一家ですから、どんなに頭を下げても世間は許してくれないかもしれない。私は、そういうのは馬鹿馬鹿しい、間違っていると思います。でもあなたがはっきりしたことを言わないままだと、事件の全体像は永遠に分からない。それでは、家族も何も分からないまま、今後どう対応していいかも判断できないでしょう。あなたの一言一言が、家族の将来を決めるんです」

言い足りない――しかし、ドアをノックする音がして留置担当が入って来たので、晶は口を閉じざるを得なかった。

留置担当が弘大を連れて行くと、取調室の中で岡田と二人きりになる。岡田は急に緊張感を解き、椅子に浅く座り直して両足を投げ出した。ワイシャツの胸ポケットから煙草を取り出し、テーブルに置く。

「禁煙ですよ」晶は指摘した。

「そんなことは分かってる」岡田が無愛想に言った。「最後のあれ、本当なのか？」

「妹さんのことですか？　本当です」

「そういう情報は、事前にちゃんと俺に上げてくれ。取り調べでぶつける材料になるんだから」

「週末のバタバタの中で出てきた話です。報告を上げる暇がありませんでした」

「そうか……お前、交代して取り調べをやってみるか？」岡田が突然言い出した。

「取り調べは岡田さんの担当でしょう」

「いつまでもベテランが居座っているようなチームは、強くなれない」

「岡田さん、まだ四十五歳じゃないですか。ベテランって言うほどの年齢じゃないでしょう」スポーツチームとは事情が違う。

「俺はもう、十年も取り調べをやってる」岡田が両手で顔を擦った。「こんなことを十年もやってたら、いい加減すり減るよ」

しかしそれは、岡田が取り調べ担当として優秀な証拠だ。係長が替わっても、十年取り調べ担当を続けているのがその証拠である。

「それよりお前、ちょっと被疑者に感情移入し過ぎじゃないか？」

「喋らせるためには、どんな手でも使うべきでしょう」

「家族のことはな……ただ加害者家族にまで、気を遣っていられない」

「今は被害者家族でもあるんですよ」晶は指摘した。岡田の言葉はあまりにも無感情、無責任に聞こえる。

「放火の捜査は余計な仕事だったよ。三国さんも、何であんなにネジを巻いたのか、分からん。お前、何か知らないか」

「いえ」想像はできるが、合っているかどうかは分からない。自分が刑事総務課に呼ばれたこともそうだ。上層部は、この事件をやけに気にしている。確かに芸能一家が絡んだ事件だから、面倒な事情があるのは当然だ。しかし、晶に特別なケアを命じたり、直接担当すべきではない八係に放火事件の捜査を担当させたりするのは異常であり、明確な理由は……亮子が言っていたことが浮上してくる。私も由依たちと同じような立場だ。

「お前は、加害者家族に思い入れがあるようだな」

岡田の指摘に、どきりとした。この件は誰にも話していない。もちろん、知っている人間はいるだろう。警察は、新しく採用する人間に関しては徹底して調べる。過去に問題を起こした人間は、絶対に排除。その調査はしばしば家族にまで及び、だからこそ「警察官の子弟」は、優先的に採用される。晶の場合、「問題あり」なのは採用試験時に知られたはずで、自分がどうしてここにいるのか、今でも分からない。

「何が言いたいんですか」

「いや、別に」岡田が顔を背ける。

「言いたいことがあるならはっきり言って下さい。陰で噂話をしたり、ほのめかすような言い方は、人間として卑怯です」

「卑怯か。ひどい言い方だな」岡田が立ち上がった。「確かに俺は立派な人間じゃない。人の噂話をすることも、陰口を叩くこともある。だけど、そういうのが人間ってもんじゃないか？」

「私は、そういうことはしません」

「そんなに突っ張ってると、疲れないか？」

晶は言葉を吞んだ。反論すれば、流れで自分の過去を喋ることになってしまうが、それだけは避けたい。周りに高く硬い壁を張り巡らせ、その中には誰も入れたくなかった。

「まあ、いいよ」岡田が急に表情を緩める。「生き方は人それぞれだ。警視庁には四万人以上の人間がいるんだから、それこそ多種多様……それに、生き方はいつだって変えられる」

「私が刑事に向いていないって言うんですか」晶は嚙みついた。

「お前はちゃんとやってるだろう。少し独断的なところがあるし、他のメンバーと打ち解けようとしないけど、少なくとも俺はそういうことを問題にしない」岡田がうなずく。「ただな……お前、今何歳だ？　三十になったか？」

「二十九です」

「そいつは羨《うらや》ましいね」岡田が肩をすくめる。「二十九なら、まだいくらでも可能性がある。お前はこれが天職だと思っているかもしれないけど、本当にそうかどうかは分からない」

「いえ、これが天職です」晶は敢えて逆らって言った。

「しかし、警察官になって、制服組を卒業してから、他の仕事はしていない。いろいろ経験してみないと、自分が本当にどんな仕事に向いているかは分からないだろう。若いうちにいろいろ経験しておいた方がいいんだ」

「私が刑事失格だとでも言いたいんですか」

「そんなことは言ってない。羨ましいだけだ」岡田が繰り返す。「俺は刑事になって二十年……そのうち十年は、取り調べ専門でやってきた。容疑者を落とす能力はあると思ってるし、周りもそれで評価してくれた。だけどな、こんな仕事をずっと続けていいのか、分からなくなることがあるんだよ。他にもっと、自分の能力が活かせる場所があるんじゃないかって、ずっと考えてる」

「もしかして岡田さん、相当ストレスが溜まってるんじゃないですか？」いつも無愛想な岡田が急に打ち明け話を始めたので、晶は心配になってきた。

「そりゃ、溜まるさ」岡田が認める。「楽な取り調べばかりじゃない。ろくに喋らない奴や、頭から否定して最後まで譲らない奴の相手をしていると、自分がクズみたいな人間にも思えてくる。こんなこともできないのかって、うんざりするね」

「だけど……」

「警察ってのは、総合商社みたいなものだ。捜査一課の仕事、刑事部の仕事は、そのほんの一部なんだよ。捜査一課の刑事こそ警察の代表だ、みたいに威張ってる人間もいるけど、そんなことはない。普通の人から見れば、警察官っていうのは『制服を着た人間』だ。街のパトロールをしたり、白バイを乗り回したり……一方で、公安みたいに、仕事なのかどうか分からないようなスパイ合戦をしている人間もいる。俺は、自分が何に向いているか分からなくなってるんだ。でも、四十五にもなると、ゼロからやり直すのは不可能なんだよ」

「やり直したいんですか」

「やり直したいかどうかも分からない」岡田が首を横に振った。「定年まではまだまだ間があるけど、こういう仕事があと十五年——下手したら二十年も続くと思うと、うんざりする。あと十歳若かったら、別のことを考えていたかもしれない。お前にはまだいくらでもチャンスがあるんだから、俺は心底羨ましいよ」

　羨ましいと言いながら、実際は皮肉なのでは、と晶は訝った。お前はこの仕事に向いてないんだから、さっさと別の道を選べ——ダイレクトに言いたくないので、自分のことを引き合いに出して言っているだけ？

　冗談じゃない。

　自分の人生は自分で決める。誰かに指示された通りに生きるなんてまっぴらだ。

　しかしそう思った次の瞬間、自分の警察官人生は、必ずしも自分の意思だけで始まったわけではないと思わされる。


　昼に、由依が弘大に面会に来た。晶は由依を案内しただけで、面会の様子は見なかった。特捜本部の置かれた会議室に戻り、用意されていた弁当で昼食を済ませる。先程の岡田とのやりとりによるわだかまりはまだ胸の中に残っていたが、そこでふいに、まったく関係ないことを思い出した。この事件の捜査を始めた時に、大友の助力を得たのに、その礼をまだ言っていない。

　こういうのは、思いついた時に言わないと忘れてしまう。無礼者にはなりたくないので、晶はすぐにスマートフォンを取り出して捜査一課に電話をかけた。大友が電話に出る。

「柿谷です。すみません、先日お世話になったのに、お礼も言ってなくて」

「そんなの、気にしなくていいのに」大友の口調は普段と変わらなかった。「上手くいった？」

「はい、何とか。でも、その後でバタバタしていて……放火事件の捜査まで押しつけられました」

「関連ということだろう？　こういうこともあるよ。警察の仕事は、必ずしもマニュアル通りに進むわけじゃないから」

「そうですね。結構きつかったですけど……取り調べも初めてやりました」

「どうだった？　上手くいかなかっただろう」

「いえ、普通に落としました」自分の能力を疑われているようで、カチンとくる。「私、そういうのに向いてないと思いますか？」

「君は圧が強いんだよ。それだけ正義感が強いんだと思うけど、被疑者と対峙する時に、相手をぶっ潰してやろうと思って始めてないか？」

「今回の放火犯は、マジでクソ野郎だったんです」晶はつい事情を話してしまった。他の係の人間に話すようなことではないのだが。

「分かるけど、そこは虚心坦懐でさ。こっちは淡々としている方が上手くいく」

「怖がらせるのも取り調べじゃないですか」

「逮捕された人間は、当然説教を受けると思ってる。あるいは脅されるか。そういう状況で、こっちが『では始めますか』なんて静かに言うと、気が抜けてあっさり喋ったりするんだよ。まあ、時と場合に応じてだけど」

「はあ」

「君は取り調べ担当をやりたいのか？」

「そういうわけじゃありませんけど」やはり、自分にはできないだろう。狭い取調室で被疑者と何時間も相対してじりじりと取り調べをする——そういうことをずっと続けるのかと想像するとぞっとする。岡田がすり減り始めているのも当然だと思った。

「まあ、何でも勉強だね」大友がさらりと言った。

「あ……でも、大友さんって、やっぱり特殊能力の持ち主なんじゃないですか」

「どうして？」

「何か、私も余計なことまで喋っちゃいました。大友さん相手だと、何だか喋りたくなるんですよ。被疑者相手でもそうなんでしょう？　大友さんが前に座ると、被疑者が自然に喋り出すって」

大友が突然声を上げて笑い、「それは単なる都市伝説だね」と言った。

「そうですか？」

「たまたまラッキーでそういうこともあったけど、いつも上手くいくわけじゃない……まあ、常に試行錯誤だね」

大友のような伝説の刑事でも、未だに試行錯誤なのか……だったら自分はどうなのだろう、と晶は暗澹《あんたん》たる気分になった。

8

特捜本部が続いている間は、長い休みは取れない。タイミングが上手く合えば、順番に盆休みや正月休みに入れるのだが、今年は無理だった。母親からは「墓参りに来る時間もないのか」と散々嫌味を言われたが、何とかスルーする。父親の墓参りにも行けないのは心苦しいが、今は仕事を放り出して休みが取れる状況ではない。

週末の母親との嫌なやり取りの記憶に囚《とら》われたまま、月曜日、晶は練馬中央署の特捜本部に顔を出した。弘大の二度目の十日間の勾留は、既に認められている。朝の捜査会議で、岡田の顔色が変わっていることに晶はすぐに気づいた。三国も岡田に厳しく当たる。

「残り時間はあまりない。岡田は、今まで以上に、取り調べに全力を尽くしてくれ。他の者は、前尾を完落ちさせるためにサポートするんだ」

捜査は遅れている――途中で放火事件の捜査に全勢力を振り向けてしまったのだから、これはしょうがない。しかし三国の言う通りで、勾留期限の満期まではもう間がないのだ。今日が八月十六日……残された時間は十日。岡田が焦りの表情を見せるのも当然だと思った。犯人が自首してきたのだから、最初は楽勝な事件だと思ったのだろう。しかし動機面は依然として謎のまま。先週ずっと記録係として取り調べに同席した晶には、岡田が攻め手をなくしていることが分かっていた。確かに、決定的な材料を集めないと、弘大を完全に落とすことはできそうにない。

晶はまたも記録係を命じられた。三国は何を考えているのか……やはり、街を歩き回って人に話を聞く方が、自分には合っていると思う。捜査会議が終わって、直接申し出ようかと思ったが、立ち上がった瞬間にスマートフォンが鳴った。

美紀だった。しばらく話していなかったことを思い出し、嫌な予感が走る。あの一家は、まだまったく落ち着いていないのだ。何の用かと不安を覚えながら電話に出る。

嫌な予感が当たった。

「柿谷さんですか？」

「はい……すみません、お会いできなくて」まず謝ったが、美紀はそれには反応せず、慌てた様子でまくしたてた。

「あの、由依がいないんです。朝、部屋が空っぽになっていました。連絡が取れません」

「どういうことですか？」予想もしていなかった話に、頭が混乱する。

「分かりません！」美紀が悲鳴のような声を上げた。「どこへ行ったか、全然分からないんです！」

一家を巡るごたごたにうんざりして、家を飛び出してしまったのかもしれない。晶は自分の責任を意識した。由依に、あまりにも大きなものを押しつけてしまったのかもしれない。もっと親身に話を聞いて、寄り添うべきだったのではないか。

「行き先に心当たりはないですか？」

「それは……電話も通じないし、ＬＩＮＥも既読にならないし」

「分かりました。すぐにそちらへ行きます。友だちの連絡先が分かれば、電話してみて下さい。それと事務所にも――マネージャーさんには連絡が行っているかもしれません」

　電話を切り、晶はすぐに三国に報告した。瞬時に三国の顔色が変わり、出かけようとしていた井端に声をかけて呼び戻す。

「お前ら、すぐに捜索にかかれ。まず自宅だ。パトを使え。サイレンを鳴らしても構わない。俺の方から、六本木署にも連絡を入れておく。向こうのほうが家に近いから、すぐに行ってもらおう」

「係長、どうしてそこまで……」晶は思わず訊ねた。

「いいから、行け！」三国が怒鳴った。「もう誰も死なせるな！」

　井端がハンドルを握った。乱暴な運転で、晶は助手席で何度も床に足を突っ張ってしまったが、それでも文句は言わない。三国の焦りが、いつの間にか自分にも乗り移っていた。井端が「環状線で行く」と言った瞬間、晶は「下から行って」と指示した。

「どうして」

「上は、混んでたら逃げ場がないから」

「……了解」何か言いたそうな様子だったが、井端は従った。

　幸い、下はそれほど混んでいなかった。パトランプも鳴らしていたので、所々の渋滞を上手くパスして港区方面に向かう。新目白《しんめじろ》通りから外苑東《がいえんひがし》通りに入り、大江戸線の牛込柳町《うしごめやなぎちょう》駅前を通り過ぎた瞬間、スマートフォンが鳴る。美紀かと思ったが、三国だった。練馬中央署を出てから、既に二十分以上が経過している。

「今、どの辺にいる？」

先程通過した交差点の名前を思い出し「市谷《いちがや》柳町です」と答える。一瞬間が空いてから、三国は「今から言う住所に向かってくれ」と命じた。

膝の上で手帳を広げ、三国が告げる住所を書きこむ。書き終えた瞬間、手の動きが止まった。

「係長、これって……」

「前尾弘大の家だ」

「そこにいたんですか？」

「急げ。現場に前尾さんが行っている。自分の部屋に遺書らしい書き置きが残してあったのを、前尾さんが見つけた。『兄のところで死ぬ』と書いてあったそうだ。今、支援課にも連絡を入れた」

黙って電話を切り、手帳に殴り書きした住所を一睨みしてから、井端に「行き先変更で、千駄ヶ谷」と告げた。

「もしかしたらそこ、弘大が借りている家じゃないか？」井端もすぐにピンときたようだ。

「そう」

「何があったんだ？」

「たぶん、最悪の事態」

晶はヘッドレストに後頭部をぶつけた。もしも想像通りだったら……自分の責任だ。先週は記録係に専念していて、一度も前尾家の人たちに会っていない。昼間の仕事が終わってから、夜にでも会う手はあったのだ。会えば、何か異変に気づいていたかもしれない。そう言えば弘大が言っていた。彼の家は由依にとって「第二の部屋」。安心できるスペースを死に場所に選んだのだろうか。

晶はスマートフォンに地図を表示し、道案内を始めた。自分も井端も、弘大の自宅の家宅捜索には参加していないから、行くのは初めてだった。

ＪＲ千駄ケ谷駅周辺は非常にごちゃごちゃしていて、車では走りにくい。しかし井端はあまり苦にする様子もなく、晶の指示に従って車を走らせ続けた。指示している間は余計なことは考えずに済む――しかし井端が車を停め、サイドブレーキを引いた瞬間、晶の中に後悔の念がどっと押し寄せてきた。それを何とか呑みこんで、車を降りる。前にはパトカーが一台、救急車が一台、それに前尾のベンツが停まっている。

この辺りには古いマンションが多い。都内でも早い時期からマンション建設が進み、その後は大規模な再開発の波が来ていないのだろう。井端が車を停めたマンションも、外装は洒落た茶色のタイル張りだが、かなり年季が入っていた。最近のマンションには当然のようにあるオートロックなどの設備もなく、歩道から階段を上がって行くと、すぐにエレベーターホールに入れるようになっている。

階段で弘大の部屋――三階だった――に上がろうとした瞬間、エレベーターが降りてくるのが見えた。嫌な予感を抱えて到着を待つ。

こういう時に限って、嫌な予感が当たってしまう。エレベーターの扉が開くと、救急隊員二人がストレッチャーを押してやって来た。乗せられているのは由依――普段から、見たこともないほど色が白いのだが、今はさらに……体の血液が全て抜けてしまったようだった。首には細長い痣《あざ》が見える。

生きているようには見えない。

「由依ちゃん！」

晶は思わず叫んで、毛布に包まれた由依に駆け寄った。しかし実際には、肩を摑まれ、ぐいと後ろに引き戻されてしまう。振り向き、井端の顔を睨みつけたが、井端は平然とした表情で「警戒だ」と告げた。

そうだ……救急車は野次馬を呼ぶ。今もマンションの前には、数人の人間がスマートフォンを持って集まっていた。写真なんか、絶対に撮らせてはいけない。所轄の制服警官二人がエレベーターから出て来たので、井端が「ガードをお願いします」と声をかけた。

救急車はエレベーターホールに続く階段に横づけされていたので、あまり入念にガードする必要はなかった。邪魔してくる人間もいなかったが、井端が「退いて下さい！」と叫ぶ。続いて「写真はやめて！」とつけ加えた。

由依はすぐに救急車に収容されたが、晶はそちらにスマートフォンを向けている若い男に気づいた。つかつかと歩み寄り、スマートフォンごと男の手を殴りつけた。アスファルトに落ちたスマートフォンが硬い音を立てる。

「何すんだよ！」男が青い顔で詰め寄ってくる。

「警察です」晶はバッジを男の目の前に突きつけた。「今撮った写真をどうするつもり？　こういう場面を撮って、何か楽しい？」

「いや、別に……」男がしどろもどろになった。

「拡散でもしたら、あなたを必ず見つけ出して逮捕する。そして刑務所にぶちこむ。その前に、顔の形が分からなくなるぐらい、ぶん殴ってやる」

若者の顔が引き攣る。晶が足元に落ちたスマートフォンを取り上げた。

「クラウドにバックアップは取ってる？」

「いや、そういう設定は……」

「じゃあ、消すから」

カメラロールを確認する。ストレッチャーがマンションから運び出される場面、救急車に乗せられる場面が写っていて、晶は吐き気を覚えた。はっきり由依だと分かるわけではないが、こういうのを撮影しようと考える阿呆さ加減にうんざりする。写真をタップして消去し、スマートフォンを若者に返した。

「下らないことしてないで、もっと世の中に役にたつことをして。じゃあ、解散」

吐き捨て、救急車の所に戻る。すぐに乗りこもうとしたが、井端に止められた。

「俺が車でついて行く」

「私が行く」

「落ち着け」井端が晶の肩を叩いた。

「落ち着いてる」

「じゃ、何で泣いてるんだ？」

まさか。驚いて掌で頬を拭うと、本当にかすかに濡れている。泣いたという意識もないのに、どうして？

「部屋にはまだ、前尾さんがいるんじゃないか？　話を聴かないとまずいだろう」

「だけど……」

「いいから。今のお前が病院に行っても、できることはない」

反論はできた。しかし反論する時間ももったいない。確かに部屋には前尾が残っているはずだ。自分にできることは何か……前尾を慰められるとは思えなかったが、このまま由依につき添って病院に行っても、彼女が生き返るわけではない。

生き返る？　死んだと決まったわけではないのに……。

弘大の部屋がある三階に上がると、ドアは開いていた。これから鑑識が調べることになるので、ビニール製のオーバーシューズを履いて部屋に入る。短い廊下を進んだ先は、リビングダイニングルーム。他には寝室があるぐらいだろう。前尾は床に座りこんでうなだれていた。若い制服警官が傍に立っていたが、どうしていいか分からない様子で押し黙っている。晶の顔を見ると、露骨にほっとした表情を浮かべた。

「前尾さん」

声をかけると、前尾がのろのろと顔を上げる。いつもきちんとセットされていたグレイヘアーはばさばさで、顔色も悪い。目は潤み、充血していた。

「すみません」晶は、膝にくっつきそうなぐらい深く頭を下げた。「先週、一度もお会いしませんでした。もっと会って、由依ちゃんの話を聞いておくべきでした」

「あなたの責任じゃない……」かすれた声で前尾が言った。「我々の責任だ」

「由依ちゃんはどこにいたんですか……」

「隣の部屋だ。弘大の寝室だ」

ドアを見ると、すぐ下に荷造り用のロープが丸まっている。ドアの上部を見ると、かすかに擦れたような跡があった。ロープをドアノブに固定し、ドアの上に渡す——その反対側で首を吊るのは、室内での自殺でよく見られるパターンだ。

前尾は半分放心状態だったが、それでも状況はきちんと話してくれた。美紀が言ってきたように、今朝起こしに部屋へ行ったらもぬけの殻《から》だったこと。遺書らしき書き置きを見つけて、自分で車を運転して向かったこと。合鍵で部屋に入ると、寝室のドアにロープを引っかけて首を吊っていた由依を発見したこと——自分で由依を下ろし、その後一一九番通報した。

頭の中で彼の言葉を整理しながら、晶はこの後どうすべきか、考えた。由依は明らかに命を落としているようにしか見えないが、万が一蘇生しないとも限らない。そうすれば、どうしてこんなことをしようとしたのか、話が聴けるはずだ。しかし実際には、そんなことはできないか……。

急に部屋が騒がしくなり始めた。この地域を管轄する原宿《はらじゅく》署の警官、さらに相談を受けた六本木署からも警官がやってくる。さらに鑑識課員が到着して、誰が仕切っているのか分からない感じになってきた。ようやく、六本木署で見たことのある年長の刑事が指示を出し始める。

「とりあえず、鑑識さん優先で室内を調べて。それから」晶に顔を向ける。「一課の柿谷さんだったね？　話は聴いた？」

「一通り」答える自分の声がやけに低く、かすれて聞こえる。

「これから正式な事情聴取を行います。前尾さん、申し訳ないですが、移動していただけますか」

ずっと座ったままだった前尾が立ち上がりかけた。しかしのろのろと立ったところでぐらついてしまい、膝から崩れ落ちそうになる。傍にいた晶は思わず彼の腕を取って支えた。

「急には無理です」晶は刑事——河合《かわい》という名前を思い出した——に抗議した。「無茶言わないで下さい」

「しかし、いつまでもここにいる訳にはいかないだろう。署の方で休んでいただけばいい」

「どこへ行くんですか？」

「現場の管轄は原宿署だから、そちらへ……我々も立ち会う」

「大人数で話を聴いたら駄目です」前尾の腕を抱えたまま、晶は言った。

「別に面倒をかけるわけでは……」河合は弱りきった様子だった。「これはやらなくちゃいけないことだろうが」

「分かってます。でも、もう少し時間を置いて下さい」

「私は大丈夫だ」前尾が、自分の腕を摑む晶の掌をそっと叩いた。「私がしっかりしなくて、誰がするんだ」

「前尾さん、無理しないで下さい。急ぐことではないんです」

「そうゆっくりもしていられないんだが……」

河合の一言が、晶の怒りに火を点ける。晶は河合に詰め寄り、「そういう問題じゃないんです！」と言葉をぶつけた。

「おいおい」河合が一歩引いた。

「今、どういう状況か分かってますか？　自分の仕事をさっさと終わらせたいのかもしれませんけど、私たちが相手しているのは人間なんです。被害者家族なんです！」

「どうも、遅れまして」

呑気な声に、一瞬で毒気を抜かれる。声がした方を見ると、支援課の村野だった。今日も梓が一緒。その場の緊張した雰囲気に気づいたのか、説明を求めるように晶を見る。話す気にもなれず、晶は無言で首を横に振った。私、何やってるんだろう……。

何も聴かずとも、一瞬でその場の状況を把握したらしい支援課の村野が、河合を玄関の方へ続く廊下へ連れて行く。二人はしばらく小声で話し合っていたが、やがて一緒に戻って来た。村野が口を開く。

「前尾さん、この後原宿署に来ていただいても大丈夫ですか？」

「はい」小さいがはっきりした声で前尾が答える。

「この部屋は、これから調べなくてはいけません。我々がいると邪魔になりますから、とりあえず出ましょう」

「分かりました」村野の静かな語りで、前尾は落ち着いたようだった。その時、静けさを打ち破るようにスマートフォンの着信音が鳴り響く。前尾がのろのろとジャケットのポケットからスマートフォンを抜き出し、画面を見て困ったように顔をしかめる。

「ちょっといいですか。家族に連絡するのを忘れていた」

それはまずい、と晶は焦った。前尾は冷静に喋れるだろうか。すぐにかすれた声で話し出す。

「ああ、ああ。そうだ、そういうことだ」一度すっと息を吸う。「いや、詳しいことはまだ分からない。これから警察に行く。いや、お前は来なくていい。家にいてくれ。またすぐに連絡するから」

晶は顔から血の気が引くのを感じた。美紀のことをすっかり忘れていたのだ。あの広い家で一人、詳しいことも分からず途方に暮れているのだと思うと、自分の動きの無駄さ加減を罵倒し、壁を殴りつけたくなる。

通話を終えた前尾が「行きましょう」とぼそりと言った。

「前尾さん、奥さんは……」晶は思わず声をかけた。

「ご家族は大丈夫だ」村野が割って入った。「もう、うちの人間を家に向かわせている」

何と手回しのいいことか。支援課が出ているなら、何とかなるだろう。だったら自分は何をすべきか……前尾につき添うべきではないだろうか。しかし村野に止められる。

「これは捜査一課の事件じゃない」

「冗談じゃないです。私はずっと関わっていたんですよ」むっとして村野に迫る。

「分かるけど、今回は所轄とうちに任せておいてくれ。安藤、署の方、頼む。俺もすぐに行くから」

「分かりました」梓が、この前と同じ大きなトートバッグを抱え、前尾と一緒に部屋を出て行く。

「俺たちも出よう。邪魔になるから」

村野に促されるまま、部屋を出る。階段を使って一階まで降りたのだが、彼自身は一歩一歩足元を確認するような危なっかしい動きだ。やはり膝を怪我しているのだろうか。

外へ出ると、集結していたパトカーが次々に発進していくところだった。鑑識のワンボックスカーだけが残っている。

「君は、どうしてここへ？」

「家族――奥さんから、娘さんがいなくなったって連絡を受けたんです。それで慌てて飛んできました」

「そうか……そうだよな。今までずっと関わってきたんだから。それで、今回は何が起きたと思う？」

「分かりません」晶は正直に言って、首を横に振った。「先週、あのご家族とは会ってなかったんです。だから、何があったのかは把握していません」

「思い当たる節は？」

「落ちこんでいましたけど、それは当然だと思います」言ってから、自分は由依の中に、何か暗いものがあるのを感じ取っていたことを思い出す。兄の殺人事件とは関係なく、彼女自身が抱えている闇。先日由依と話した時に聞いた「疲れちゃって」という言葉。あれを、もっと真剣に捉えておくべきだった。きちんと相談に乗っていれば、こんなことにはならなかったかもしれない。自分にも、由依の死に責任がある。

「そうか」

「でも、何かあったんだと思います。この十日間だけじゃなくて……事件とも関係ない、彼女自身の問題が」

「だったら、調べてみればいいじゃないか」

「え？」

「気になるなら調べる、それが刑事の仕事だろう？」

「でも私、今は特捜に入ってるんですよ」

「分かるけど、この件だってやっぱり関係してるって言えるんじゃないかな。ご家族のためにも、動機を解き明かすのは大事だよ」

「ご家族のケアをするようにも言われているんですけど」

「でも、こういう事態になったら、家族のケアは支援課でしっかりやるから」

「自殺事案ですよ。事件じゃない」

「うちは、柔軟にやるんだ。事件でも事故でも自殺でも関係ない」村野が真顔で告げる。「今回の件は、いろいろと……現代を象徴するような事件でもあるし、巻きこまれたのが有名人一家だから、余計な騒ぎも起きている。支援課でも総出でフォローすることが決まっているから、家族のことは任せてくれ」

「はあ」

「気に食わないか？」村野がうなずきかける。「君は刑事だ。少なくとも今のところは——だから、謎があると思ったら調べるのは義務でもあるんだよ。こっちのことは俺たちに任せて、自殺の真相を探ってくれ」

「何かあると思いますか？」

「それは、俺には分からない」村野が肩をすくめる。「じゃあ、俺も署に行くから」

一人取り残され、晶の頭の中では村野が残した言葉がグルグル回っていた。「今のところは」？

私はこの先、どうなるんだろう。

第二部

蠢《うごめ》くもの

1

晶はすぐに、練馬中央署に取って返した。気持ちの整理ができないまま、しかし由依の自殺の真相を知りたいと願う気持ちだけは大きく膨らんでくる。

特捜本部の置かれた会議室に入り、三国の席に直行する。三国は特に驚いた様子も見せず、顔を上げた。

「どうなった?」

「所轄——自殺現場のある原宿署が、前尾さんから事情を聴いています。現場は今鑑識が調査中、ご家族には支援課がつき添っています」

「そうか。ご苦労さん」三国がまた書類に視線を戻してしまう。

「係長——私を特捜の仕事から外してもらえませんか?」晶は申し出た。

「ああ?」

「由依ちゃんの自殺が気になります。所轄も調べるでしょうが、ちゃんとやってくれるかどうかは分かりません。個人的に調べてみたいんです」

「そうか、分かった。好きにしろ」

あっさり許可が出たので驚く。三国は何を考えているのだろう。しかし、余計なことを話しているうちに三国の気が変わるのを恐れ、晶はすぐに特捜本部を出た。

そのまま現場へ取って返す。一人で全てをやるのかと考えると不安にもなったが、やることは普段の捜査と大きく変わるわけではない。事情を知っていそうな人に会って話を聴き、隠れた真実を掘り当てる。一人でやるので、手間は普段の二倍、三倍かかるだろうが、何とかしてみせる。

まず会わなければならないのは、美紀だ。前尾はしばらく、原宿署に留め置かれて話を聴かれるだろう。美紀への事情聴取が始まる前に、少しでも話がしたい。支援課のスタッフがつき添っているはずだが、自分が話を聴く時には邪魔はされないだろう。

前尾宅へ着くと、ちょうど美紀が出て来るところだった。晶はマスコミを警戒していたが、幸い誰もいない。弘大が逮捕されて二週間が経ち、ようやく興味も薄れたのか……いや、日々新しい事件が起きるので、マスコミも一つの事件ばかり取材しているわけにはいかないのだろう。そもそも、この自殺の件はまだ発表されていないのかもしれない。

自殺に関しては、警視庁の中には曖昧だが広報のガイドラインがある。飛び降りや列車への飛びこみなどの場合は、社会的影響も大きいので速やかに発表。しかし屋内で薬物を使ったり、首吊り自殺をしたりした場合は、基本的にマスコミには知らせない。例外は亡くなった人物が有名人の場合だが、由依を有名人と言っていいかどうか、微妙なところだ。父親は高名なテレビ司会者ではあるが、本人は……もちろん、この事実が明らかになれば、マスコミはまた取材攻勢に出るだろう。

四十歳ぐらいの、背の高い女性が美紀につき添っていた。この人が支援課のスタッフだろう。彼女も晶に気づき、さっと頭を下げる。

「柿谷さんね」てきぱきした口調だった。

「はい」

「支援課の松木《まつき》優里《ゆり》です。これから原宿署に行きます」

「前尾さんの事情聴取は終わったんでしょうか」

「まだみたいだけど、できるだけ早く奥さんにも事情を聴きたいと、原宿署がせっついてきているの。あなたも一緒に行ってくれる？」

「車、拾います。明治通りに出れば摑まりますから」

「お願い」

今は美紀とあれこれ話し合う状況ではなさそうなので、晶は走り出した。小走りで明治通りまで出ると、すぐに空車が通りかかる。手を上げて停めた瞬間、優里と美紀がやって来た。晶は、開いた後部座席のドアを押さえたまま——スライド式なのでそんなことをする必要はないのだが——二人を後部座席に乗せた。自分は助手席に座り、「原宿署へ」と告げる。

首を捻ってちらりと後ろを見ると、美紀は呆然と前を向いていた。目は虚ろで、唇が薄く開いている。それはそうだろう。短い期間に、二人の子どもを失ったも同然である。そのショックは、晶が想像しているよりはるかに大きいはずだ。

自分のせいだ。

せめて、由依の周りで何が起きていたのか突き止め、教えてあげたい。それで両親が納得するかどうかは分からないが、理由も分からなければ、苦しみはいつまでも薄れないだろう。

自殺に関しては、警察はあまり深く捜査しない。あくまで「事件」ではないからだ。それが事件につながることならともかく、死因を特定し、処理は終了する。しかし今回は、絶対に何か裏がある。由依に対して感じていた暗いものの正体を、何とかつきとめたいと思った。


しかし、原宿署に着いた直後、晶は早くも壁にぶち当たった。

美紀の事情聴取は、小さな会議室を使って行われることになった。晶が入ろうとすると、先ほど現場で会った河合に「待った」をかけられる。

「私も入れて下さい。ずっと――殺人事件が起きた時から、前尾さん一家と話してきたんです」晶は食い下がった。

「この件は、原宿署で処理する――そもそも、この会議室はそんなに広くないんだ。何人も入ったら息が詰まる。ご家族にもよくないだろう」

「だったら、広い場所を用意して下さい。私も入れるように」

「柿谷さん、ここは私が」

優里が小声で言った。「外された」感覚は消えないが、晶は落ち着くようにと自分に言い聞かせた。ここで言い張って事情聴取が遅れたら、話が進まなくなる。

仕方なく、この場は優里に任せる。いかにもベテランという感じの女性だし、上手くやってくれるだろう。

手持ち無沙汰になった晶は、署内をうろついた。原宿署に知り合いでもいれば、話をして時間を潰せるのだが、残念ながらここでは完全な異邦人である。署員がちらちら視線を向けてくるのが気になる。そんなに苛ついて見える？　交通課の前で立ち止まり、深呼吸した。そう言えば、前尾の事情聴取は終わったのだろうか……あれこれ考えても仕方がない。とりあえず空いた時間で昼食を済ませようと一階へ降りたところで、村野と出くわした。向こうもこちらに気づき、軽く右手を上げる。話ができる人間が見つかった、と晶は小走りに駆け寄った。

「今、美紀さん――前尾さんの奥さんが署に来ました」

「聞いた」村野がうなずく。

「前尾さんはどうしたんですか？」

「今、うちの安藤がつき添って家まで送って行った。ちょうど奥さんと入れ違いだな。俺は、奥さんの事情聴取の終わり待ちなんだ……昼飯、食べた？」

「まだです」

「じゃあ、今のうちに軽く腹に入れておこうか。昼飯の時間はだいぶ過ぎてるけど」

言われて腕時計を見ると、もう二時を回っている。急に空腹を覚えて、晶は掌で胃を押さえた。

「この辺、詳しい？」先に歩き始めた村野が、振り返って訊ねる。

「いえ、全然です」晶は彼の横に並んだ。

「若者向けの店しかないんだよな。君にはいいかもしれないけど」

原宿署は、ＪＲ原宿駅近くの喧騒から少し離れた明治通り沿いにあるが、見かける飲食店は確かに若者向けという感じがする。

「ちょっと歩いてみようか」

村野の誘いに乗って、原宿駅の方へ歩き出す。明治通りから一本入ったところでピザ屋を見つけると、村野は立ち止まって「ここは？」と訊ねた。

「私は大丈夫です」

「昼営業は二時半までか……ぎりぎりいけるかな」

言って、村野が真っ赤なドアを押し開ける。カウンター席とテーブル席、こぢんまりしていて清潔な感じだった。他に客がいないので、奥のテーブル席に陣取る。ピザは千円から——晶基準のランチにしてはなかなかの値段だが、あれこれ選んでいる暇はない。

「無難に、マルゲリータとマリナーラ……あ、マリナーラはニンニク入りか」

「ニンニクはやめた方がいいですね」晶はうなずいた。刑事は接客業。ニンニクの匂いを漂わせながら、被害者家族に話を聴くことはできない。結局、基本のマルゲリータを二枚頼んだ。

「一人一枚だと多いかな」

「かもしれません」

「俺が残したら、食べてくれるか？」

「村野さん、そんなに少食なんですか？」

「体重管理してるんだ。膝が悪くてね」

「ああ……すみません、気づいてました」

「そんなに簡単に分かるようじゃ、状況はよくないな」村野の表情が強張る。

「怪我ですか？」

「古傷。膝をやられて、しばらく入院してたんだ。今もリハビリしてるけど、なかなか元に戻らない。完全に治すには、人工関節を入れるしかないらしいんだけど、この年で人工関節って言われてもね」村野が渋い表情を浮かべる。

「大変ですね」

「そのせいで、捜査一課から異動した。だから君の先輩でもあるんだけど、重なってはいないな。捜査一課の仕事は、歩くのが基本だろう？　さすがにこの膝じゃ、ね」村野が自分の左膝をぽん、と叩いた。「それで支援課に異動したんだ。俺も事故の被害者みたいなものだから」

「そんなことがあったんですか……」

「大したことはない」村野が首を横に振った。「警視庁には四万人以上の職員がいるけど、全員にそれなりのドラマがある。君もそうだろう？」

　どきりとしたが、何とか「私は何もないです」と誤魔化した。村野がそれ以上追及してくる様子がないのでほっとする。

石窯で焼く本格的なピザらしく、あっという間に出てきた。形は綺麗な円形ではなく少しいびつで、いかにも手作りという感じだった。食べてみると耳の部分が香ばしくて美味い。栄養的には完全食とは言えないだろうが、さっさと済ませる昼食としてはいかにも相応しかった。食感も軽く、これなら体重コントロールをしている村野も気にせず食べられるだろう。

「前尾さん、どうでした？」

「まだまともに話せる状態じゃないな」

「じゃあ、事情聴取も意味なし、ですか」

「だけど、聴かないわけにはいかない。最初に顔をつないでおかないと、次からスムーズにいかないから」

「原宿署の対応はどうですか？」

「支援課的には、まあ、八十点あげてもいいかな」

「この件を、真面目に捜査するつもりなんでしょうか」八十点は合格なのだろうかと思いながら晶は訊ねた。

「それは分からない——今のところは、やるつもりはないと思うけど。あくまで事件じゃないからね」

「問題は動機です」

「それを調べるのは君の役目じゃないかな」

晶は無言でうなずいた。しかし、まだどうやって一歩を踏み出すべきかが分からない。普通の捜査一課の仕事とはだいぶ違うでしょう——そう言うと、村野が小さく微笑んだ。

「普通の捜査の感覚でいいんだよ。関係者——この場合は家族に話を聴く。それと家を調べる。さらにスマートフォンやパソコンの解析だな」

「やってみます——今回、自分の家じゃなくてお兄さんの部屋を選んだのは、どうしてだと思いますか？」

「それは分からないけど……そうだな、分からない。過去の例を見ると、馴染みのある場所を選ぶ人も少なくないみたいだけどね」

「じゃあ、まず美紀さんに話を聴きます。一番近い人ですから」

「そこから始めるのがベストだね。それと事務所の人間、友だち……」村野が指を折った。「仕事をしているから、交友関係は広いはずだ。結構大変だと思うよ」

「やります」

「了解」

「支援課は何かしないんですか？」

「うちは総務部だよ？　捜査部門じゃない。よく首を突っこんで煙たがられているけど、基本はサポートに徹する」

「そうですか」

「何か、疑ってる？」

「いろいろ噂は聞いてますので」

　村野が苦笑して、ピザの最後のピースを取り上げた。口に運ぶ前に、スマートフォンをちらりと見る。

「とにかく、頑張ってくれよ。君一人でやるのは大変だけど、こういうケースを経験するのも大事だと思うんだ」

「加害者家族というか、被害者家族……」誰かに聞かれているとは思えないが、晶は声を潜めた。

「加害者家族のケアは、今まで無視されていたからね」

それを聞いて、晶はピンときた。自分は、何か大きな渦に巻きこまれているのではないか？

「刑事総務課の三浦さんって知ってますか？　三浦亮子さん」

「ああ」村野があっさり認めた。「ちょっと前に、一緒に仕事したよ。総務課の理事官になる前は、立川中央署の刑事課長だったんだ。その時に向こうの事件でね……」

「トラブったんですか？」

「何でそう決めつけるかな」村野が苦笑いした。「うちだって、捜査の邪魔をするつもりなんかないんだぜ？　結果的にそうなることもあるけど」

「前尾さん一家をケアするように、三浦さんに指示されたんですけど、何を考えてるんですかね」

「さあ」村野が首を捻る。「三浦さんもベテランだからいろいろあったみたいだけど、詳しいことは知らない」

「私を使って、何かしようとしているんでしょうか」

「それは分からない。気になるなら、本人に直接聞いてみればいいじゃないか」

「ゆっくり話している暇もないんですよ」

「じゃあ、時間ができた時にでも……そろそろ行こうか。たぶん、もう事情聴取は終わってる」

「まだ三十分しか経ってないですよ？」晶は腕時計を見た。

「今、松木から連絡があったんだ。今日はまともに話ができそうにないから、打ち切るそうだ。奥さんの方が、ショックが大きいんじゃないかな」

「それは分かります」前尾は、まだ何とか踏ん張っているのではないか――いや、弘大の家での様子を見た限り、彼も限界に近づいているはずだ。あんなに元気なく、呆然としている前尾は初めて見た。

そう言えば、この件は弘大に伝わっているのだろうか。自分の部屋で妹が自殺した原因に、思い当たることがあるかもしれない。そういう話をきっかけに、動機について喋る気になるのではないか。

いや、今はそれを考えている時間はない。自分は自分の仕事をするだけだ。

村野の予想通り、署に戻るとちょうど会議室から美紀が出て来たところだった。後ろからついて来た優里が、厳しい表情を浮かべたまま首を横に振る——収穫なし、か。

「家へ戻りましょう。パトカーで送らせます」

優里が美紀に言ったが、美紀はぼんやりうなずくだけで何も言わない。家に戻るまでの道のりがチャンスだ、と晶は思った。車でも十分ぐらいかかるから、少しは話ができる。家で前尾と一緒になったら、まともに話せない気がしていた。

優里が気を利かせてくれて、晶と美紀をパトカーの後部座席に一緒に座らせてくれた。どう切り出すか……一瞬悩んだ末、晶は素直に悔やみを述べた。

「大変でしたね……ご愁傷様でした」

「いえ……」美紀は顔を上げようともしない。

「今は話す気になれませんか?」

「無理です」美紀の声が震えてかすれる。「これからどうしたらいいのか……」

「ゆっくりいきましょう」こんなことしか言えないのか?　情けない。

「どうなるか、分かりません。由依がいなくなっちゃうなんて……どうして私、ちゃんと見てあげられなかったのか……」声は震えているが、美紀の言葉は止まらない。「人殺しの家族だって非難されて、今度は娘が……」

「美紀さん、私も一緒です」晶はとうとう打ち明けてしまった。前にいる優里に聞かれてしまうが、かまうものか。美紀の助けになるかどうかは分からなくても、ここで話さないと話す機会がない。

「一緒？」美紀がちらりと晶を見た。

「私の兄は殺人犯でした」言って、晶は鼓動が急に速くなるのを意識した。吐きそうだ――でも、ここで踏ん張らないと。「誤って人を殺してしまったんです。プロの格闘家だったせいもあって、実刑判決を受けました。もう出所しましたけど、今どこにいるか分かりません。連絡も取れません。父はその事件がきっかけで商売が上手くいかなくなって、自殺しました」

　声が震える。自分の周りで起きたできごとは、前尾一家が今巻きこまれている状況とよく似ている。家族が加害者になり、そして犠牲者が出た。

「そんな……本当なんですか」

「美紀さんを慰《なぐさ》めるためだけに、こんな嘘はつきません」

「柿谷さんは、立ち直ったんですか？　それでちゃんと警察官をやっているんですか？」

「立ち直ったかどうかは分かりません。でも、立ち直らないといけないと、日々自分に言い聞かせています」

「私、そんなこと、できない……」

「同じような状況になっても、どうするかは人それぞれだと思います。いつか慣れる、落ち着くと言いたいですけど、そうなるかどうかは分かりません。保証できないことは言いたくありません」晶は美紀の腕に手を置いた。「でも、これだけは覚えて置いて下さい。私はいつでも話を聞きます。辛くなったら、どんな時でも電話してもらって構いません」

「でも……」

「ご家族だけで背負いこむことはありません。美紀さんたちのことをいつも考えている人間がいることを覚えておいて下さい」

美紀が声を上げて泣き出した。体の震えが腕から伝わってくる。晶は手に力を入れないように気をつけながら、美紀の涙が引くのを待った。泣き声が嗚咽に変わり、やがて静かに落ち着く。晶は思い切って切り出した。

「こんな時に言うことではないかもしれませんけど、由依さん、ちょっと辛そうにしていました。弘大さんの逮捕とは関係ないことで、悩んでいたような気がします」

「柿谷さんもそう思いました？」美紀がはっと顔を上げ、晶の顔を見た。

「何度か話しましたけど、少し陰があるというか……何か悩んでいたのかな、と思いました。打ち明けてはくれませんでしたけど」

「私も、それはちょっと感じていたんです」美紀が同意する。「弘大があんなことになる少し前ですけど、由依もぼんやりしていることが増えて。仕事にも集中できなくて、撮影の時に注意されたりしていました」

何かトラブルがあって仕事に身が入らなくなり、それが心に影を落としていた——あり得る話だ。しかし、そもそものトラブルとは何だ？　あの年代の女性なら、どんなことでも悩みになる。しかし一番大きいのは、男性関係ではないだろうか。

「由依ちゃん、彼氏はいたんですか？」

「たぶん」

「どんな人ですか？　大学生？」

「それは分かりません。まだ紹介してもらっていませんでした」

「仕事の関係で、事務所がＮＧを出しそうな気もしますけど……」

「特に、そういうことをうるさく言う事務所ではないみたいです」

「その彼氏との関係で愚痴をこぼしていたとか？」

「私は聞いたことがないですけど、弘大は知っているかもしれません。兄妹で、そういうことは結構話していたみたいです」

「ご主人は？」

「知らないと思います」

「聞かない方がいいですか？　怒るかもしれませんよね」

「そうですね。今はショックでしょうし……そういう微妙な話は……」美紀の声が小さくなる。しかし、ちらりと晶の顔を見て続けた。「柿谷さん、この件を調べてくれるんですか？」

「調べてみようと思います」晶は宣言した。「私……私も、由依ちゃんのために何かできたんじゃないかと思うんです。由依ちゃんの様子がどこかおかしいと気づいていたのに、何もできなかった。忙しさにかまけて、ちゃんと話を聞いてあげられなかったんです。私の責任かもしれません」

「誰の責任でもないです。これは由依の問題です」

「由依ちゃん、まだ二十歳ですよ」

「二十歳は大人です。責任があるとしたら、私たち家族です」

「自分を責めないで下さい」言ってから、語彙《ごい》の貧弱さに呆れてしまう。こんなことでは、慰めにならないだろう。助手席に座る優里だったら、どんな言葉をかけるだろう。支援課の人たちは、こういうことを日々ミーティングで確かめているのだろうか。

とても自分にはできない仕事だと思った。

しかし、由依の死に関しては、自分に責任がある。どうして彼女が自ら命を絶つことになったのか、絶対に突き止める、と晶は自分に言い聞かせた。

前尾夫妻を刺激しないため、晶は家に入らず引き揚げることにした。その前に、少し優里と話をする。

「さっきの彼氏の話は、署での事情聴取でも出たわ」

「そこから捜査を進めていくんでしょうか」

「それはないと思う」優里が首を横に振った。「自殺は自殺で、事件性がないのは間違いないわ。警察としては、これ以上のことはできない」

「私は調べます」

「それは、あなたの判断で」優里がうなずく。「ご家族に負担をかけなければ、何をしてもいいと思う。もしもご両親が困るようなことがあったら、私たちは介入するけど」

「支援課と敵対するつもりはありません」

「そうならないように祈るわ」優里が微笑む。

「松木さんは、どう思いますか」晶は話を変えた。「やっぱり恋人の関係ですかね」

「若い女性の悩みっていうと、だいたいそこになるから」

「それを中心に調べてみます」晶はうなずいた。

「もしかしたら、家族よりも事務所の人の方が、事情を知っているかもしれないわよ。仕事をするようになると、家族に話さないことを仕事仲間には話していても、不思議じゃないから」

「ですね……まず、事務所へ行ってみます」

「頑張って」優里が真顔で言った。「これは、あなたのためにもなることだから」

私のため？　何なんだ？　私が知らないだけで、やっぱり自分は何か大きな渦に巻きこまれているのか？

一礼して顔を上げると、優里が言いにくそうに切り出した。

「さっきの話だけど……」

「どの話ですか？」

「タクシーの中であなたが話した、自分の身の上。あれは……」優里が笑みを浮かべ、右手の親指を立てて見せた。

合格サイン？　いったい何が合格なのか？

2

由依の事務所「ＡＧＢ」には、一度だけ彼女につき添って行ったが、中に入ってもいないし、社員と挨拶もしていない。いきなり行って誰にも会えないと困るので、事前に電話を入れた。由依のマネージャーを紹介して欲しいと頼むと、折り返し電話させる、と言われた。しかし待っている余裕はないので、とりあえず会社へ向かう。

広尾駅へ着く直前、スマートフォンが鳴った。見知らぬ携帯の番号が表示されている。出ると、向こうはやけに元気な、そしてテンションの高い声で話し始めた。

「ＡＧＢの今永《いまなが》です。お電話いただいたようで、すみません」

「警視庁の柿谷です」

「あの……由依のことですか」

そこで晶は、はたと困った。今永というこの女性は、由依が亡くなったことを知っているのだろうか。前尾も美紀も、関係者に連絡をするような余裕はなかったはずだ。マネージャーの五十嵐が気を利かせてくれていたらいいが、誰も連絡を入れていないとしたら、自分が由依の死を知らせる役目を負ってしまう。警察官になれば、そういうこともあるだろうと思ってはいたが、実際には晶はまだ一度も、「死のメッセンジャー」になったことはない。

「ちょっと、事務所にお伺いしていいでしょうか」

「構いませんけど、何かあったんですか」

その一言で、向こうは由依の死をまだ知らない、と確信する。晶は覚悟を決めて言った。

「それは、事務所でお話しします」

マネージャーは粘ったが、晶は「事務所で話します」と押し通した。できるだけ早く言いたいが、こんな話は電話では伝えられない。結局、一時間後に事務所で会う、ということにして電話を切った。

早めに新宿御苑前駅に着いてしまったので、事務所の入っているビルの近くにあるスターバックスで、エネルギー補給をした。と言っても、何か食べるわけではなく、エスプレッソをダブルで。都心部ならどこへ行ってもスターバックスがあるので、エスプレッソ好きとしては助かっている。

今日はひとまず座り、一口飲んだ後で砂糖を加えた。普段はこういうことはしないのだが、今はすぐエネルギーになる糖分が必要だった。

エネルギー補給完了。時間調整する中で、晶は今後の捜査の進め方を手帳に書きつけた。マネージャーへの事情聴取を手始めに、由依のスマートフォンやパソコンのチェック、そこから交友関係の捜査を広げていくこと――線を切らないのが大事だ。線から面へ広げて、由依の人生を全て知るまで続ける。

時間になったので、事務所を訪ねる。ドアのところにある内線電話の受話器を取り上げ、先ほど教えてもらった番号をプッシュすると、聞き覚えのある声で返事があって、すぐにロックが解除された。

中では、今永という女性マネージャーが待っていた。名刺を交換し、今永玲子《れいこ》という名前を頭に叩きこむ。年齢は四十代半ばぐらい、ショートカットの快活そうな女性で、喋り方もはきはきしていた。

モデル事務所といっても、中は普通の会社である。壁に、所属モデルのポスターが貼ってあるぐらいだ。その中に由依のものを見つけ、晶は胸が苦しくなる思いを味わった。

片隅にある打ち合わせ用のスペースに案内される。背の高い観葉植物は部屋の隅に置いてあるが、他には四人が座れるテーブルがあるだけで、どちらかというと素っ気無い雰囲気である。

「それで」座るなり、玲子が切り出す。「由依の件というのは……どういうことですか」

「前尾由依さんが亡くなりました」余計な前置きはない方がいいだろうと思い、晶はいきなり切り出した。

「え」玲子の表情が凍りつく。「それって……何ですか？　何があったんですか」

「自殺です」

「自殺……」玲子の動きが止まる。しかしそれは一瞬で、再起動すると、スマートフォンを手に慌てて打ち合わせスペースを出て行った。止める間もない……すぐに、電話で話す大声が聞こえてきた。やはり、ここにはまったく連絡が入っていなかったのだ。ということは、これからしばらく、騒ぎが続く。話の持って行き方が失敗だった、と晶は悔いた。先に電話で話しておけば、ある程度騒ぎは収まっていたかもしれない。

　玲子がすぐに戻って来る。

「あの、どういう状況なんですか？」

「お兄さんの部屋で、首を吊って亡くなっていました。今朝、発見されたんです」

「何も聞いてません！　どういうことですか！」まるで晶の責任だとでも言うように、玲子が激しく非難した。

「ご家族も、連絡をする状態ではなかったんです。連絡が遅れたことに関しては、申し訳ありません」こういう時に、関係各所に連絡することまで警察の仕事かどうか……よく分からないが、相手の焦りと怒りを抑えるため、晶は頭を下げた。その後すぐに、硬く抑えた口調で告げる。「詳しい状況は、原宿署に確認して下さい。私の名前を出せば、話は聞けると思います。ただそれは、別の方に任せてもらえますか？　今永さんは、私と話をして下さい」

「でも……私は由依のマネージャーなんですよ」玲子が強張った口調で言った。

「だからこそ、あなたから話を聴きたいんです」

　玲子がしぶしぶ晶の正面に腰かけた。持ってきたお茶のペットボトルのキャップを乱暴に捻り取ると、一気に半分ほど飲んでしまう。はあ、と溜息をつくと、ボトルを乱暴にテーブルに置いた。

「何でこんなことに……」

「それを今、調べています」晶は手帳を開いた。「先々週ですが、由依ちゃんはこちらに呼ばれて来ましたよね」

「はい——何でご存じなんですか」

「事件の直後で、精神的に不安定だったので、一応ここまでつき添ってきたんです。会社の方にご挨拶はしませんでしたが」

「そうですか……」

「由依ちゃんの仕事、キャンセルしたそうですね。出版社側の意向ですか？」

「いえ、うちから申し出ました」

「トラブルを避けるために？　忖度ですか？」

「言葉はともかく……そういうことです。ファッション誌は、イメージも大事ですから」

ふざけるな、と言いたくなったが言葉を呑む。ここで事務所の忖度について話し合っても手遅れだ。

「由依ちゃんは、一時的に仕事を休むことは納得していたんですね」

「ええ」

「あの後、会いましたか？」

「会ってないですけど、先週二度ほど、電話で話しました。今週、ご飯を食べようっていう話をしていたんですけど」その時初めて、玲子の口調が揺らいだ。掌を口に押し当てると、体が震え始める。

　晶は無言で待った。ショッキングなニュースを聞いた時の典型的な反応だと思う。最初は興奮や怒りでテンションが上がってしまうのだが、その後ショックが襲ってきて喋れなくなる。しかし玲子は、意志の力で何とか最初のショックを乗り越えたようだった。かすれた声で「すみません」と言うと、またペットボトルから一口お茶を飲む。溜息を漏らし、ボトルをそっとテーブルに置いた。

「電話で話した時、どんな感じでしたか？　普段と様子が違っていたとか？」

「そういう感じではなかったです。仕事はできるだけ早く再開したいって言ってましたけど、こっちとしては、様子を見ようって言うしかなくて」

「実際はどうだったんですか？　このまま芸能活動からフェードアウトということは？」

「正直、難しいところです」玲子が打ち明ける。「あの雑誌、結構細かくモデルさんの人気を調査していたんです。毎号アンケートもありますし、ネットのページビューなんかも加味して……由依は、二年前から出始めたんですけど、この半年で人気急上昇だったんですよ。雑誌では二回表紙になってますし、うちとしても、そろそろ他の仕事も入れようかなって相談してたところです。次の段階へ進むかどうか、模索していた状況ですね」

「学業優先ではないんですか」

「もちろん、大学を卒業するのは最優先で、それに差し障りがない程度で……卒業したら、映像系にも売りこもうとしていたんです」

「テレビや映画とかですね？」

「ええ」玲子がうなずく。

「長期計画だったんですね」

「由依は逸材でしたから。だけど……はあ」また溜息をつく。

「由依ちゃん、誰かつき合っていた人はいませんでしたか」

「いると思いますよ」玲子があっさり認める。

「誰ですか？」

「それは……はっきりしたことは知らないんです。私は名前も知りません」

「こちらの事務所、恋愛ＮＧじゃないんですか」美紀は問題ないと言っていたが。

「そんな、アイドルじゃないんですから」玲子が冷たい笑みを浮かべる。「ただ、つき合っている人がいるならちゃんと報告して、ということは徹底しています。事務所としては、その相手が誰かによって、どうすべきか判断しますから」

「つき合っていいかどうか？」

「それも含めてです。芸能界にいる子には、いろいろな人間が群がってくるんですよ。当然、中には変な人もいます。そういう連中からは、守らなければいけませんからね。でも、いい相手を摑まえる子もいます。筋のいいタレントさんとか、一流のスポーツ選手とか」

「そういう場合はどうするんですか？」話の本筋には関係ないかもしれないと思いながら、晶はつい訊ねてしまった。

「リークすることもあります」

「芸能マスコミに？」

「写真誌が多いですね。場面を選んで写真を撮らせるんです」

「何でわざわざそんなことをするんですか？」事務所は、こういう情報を隠したがるのではないだろうか。

「組み合わせによっては、むしろ好感度が上がることもあるでしょう。上手く結婚して、仲良くやってくれれば、その後ママタレ、あるいは夫婦揃って売り出すこともできるんです。実際それで成功したケースもありました」

　玲子が、晶でも知っている女性タレントの名前を挙げた。やはりモデル出身で、テレビのバラエティ番組にも進出し、鋭いレスポンスと軽い毒舌で人気を得ていた。番組で共演した売れっ子のお笑いタレントと結婚、今は二人の子どもに恵まれ、ママタレとしてテレビや雑誌で活躍する一方、ブログが人気でかなりの広告収入を得ているという——自分の人生をそのまま商品にするようなものね、と晶は呆れた。そういうのが芸能界かもしれないが。

「でも、由依ちゃんの恋人が誰かは、知らなかった」

「勿体《もったい》ぶっていたんだと思います。そういうの、人に言いたいと思う反面、隠さないといけないとも考えるでしょう。特に恋愛の初期段階では」

　それについては、晶には語れるほどの経験がない。同じ二十代といっても、二十歳の由依と二十九歳の晶では、考え方にも感覚にも大きな差があるはずだし。

「誰か、由依ちゃんと仲のいい人はいますか？　モデル仲間とか」

「いますけど……」玲子が顔をしかめる。「由依が亡くなったこと、言わないといけませんよね」

「それは私が言います」晶は宣言した。このきつい仕事を玲子に押しつけるわけにはいかない。

「今、ここに誰かいますか？」

「はい、ちょうど……」玲子が自分のスマートフォンを取り上げた。「打ち合わせで来ている子がいますけど……大丈夫かな」

「連れてきて下さい」

　玲子はまだ躊躇っていたが、晶は強く押した。線はつながっている。この線を切らしてはいけない。

玲子に連れられてやって来た柴田亜美華《しばたあみか》という子は、最初から泣いていた。どうやらもう、事務所中に話が広がってしまったらしい。玲子がつき添うと言ったが、遠慮してもらった。マネージャーがいると、気を遣って話せないこともあるだろう。

晶は、亜美華が泣き止むのを待った。その間、彼女の様子を観察する。妖精のようなイメージがあった由依とは違い、もっと骨太な感じ……バレーかバスケットを本格的にやっていたのかもしれない。身長は百七十センチぐらいで晶よりも高い。長い黒髪は、絵に描いたように艶々《つやつや》している。冗談のように大きな目が目立った。

「落ち着いた？」

「いえ……」

「ごめんなさい、こんな悪い知らせを持って来てしまって」謝るぐらいしか、話を切り出す方法が思い浮かばない。ふと、こういう時に支援課の人ならどうするだろうと思った。梓のように、いつもペットボトルや飴を持ち歩いて、動転した人に提供するのも手だろう。あれは支援課の仕事だけではなく、普通の刑事でも使えそうなテクニックだ。何だか大阪のおばちゃんのようだが。

「いえ……」声はかすれ、消え入るようだった。

「由依ちゃんとは、つき合いは長いの？」

「二年ぐらいです……ちょうど二年。同じ時期に仕事を始めたんです」

「あなたも大学生？」

「そうです……あの」亜美華がぱっと顔を上げた。涙でメイクが崩れかけていたが、それでも大きな目で見つめられると吸いこまれそうになる。

「はい」晶は思わず背筋を伸ばした。

「由依って、あの事件のことで……なんですか?」しゃくり上げながら訊ねる。

「それはまだ分からないの。ショックを受けていたのは間違いないけど、それが原因だったのかどうか、調べたいんです。あなたは最近、由依ちゃんと連絡は取ってましたか?」

「先週、話しました」

「どんな感じだった?」

「落ちこんでました」亜美華が認める。「仕事をしばらく休むことになったんです」

「それは聞きました」晶はうなずいた。「相当落ちこんでた?」

「心配してました。あの、由依って、経歴は明かしていなかったんです」

「そうね。だから活動する時の名前も、アルファベットで『Ｙｕｉ』にしてたんでしょう?　でもばれて、ネットであれこれ書かれてた」

「結構、ひどい書きこみもあったんです」

「そう」晶はかすかな胃の痛みを覚えた。この件はもっとしっかりケアしておくべきだった。

「由依は、そういうの、気にしちゃって。でも、どうしようもないですよね。反論もできないし、余計なことをしたらまた叩かれそうだし」

「それで悩んでいた?」

「それは……それもありますけど……」亜美華の言葉が揺れる。

「他にも何か?　彼氏のこととか?」

「恋人……までいかないけど、もしかしたら、その人が原因かもしれません」

「話してくれる?」晶はまた背筋を伸ばした。これは貴重な情報になる可能性がある。

「私も詳しくは知らないんですけど、同じ大学の人みたいです。去年の学祭で知り合ったって言ってました」

「実際につき合ってたの？」

「うーん……」亜美華が首を傾げる。「そういうのではないと思います」

「だったら、どういう感じ？」

「二、三回デートしたけど、何だか合わないって。ルックスはいいんだけど、ちょっと気持ちが悪いって言ってました」

「名前、知ってる？」

「そこまでは聞いてません。ツーショットの写真は見せてもらったことがあるけど」

「気持ち悪いって、どんな感じ？」

「粘着質みたいな……一回会っただけで、恋人気取りになる人っているでしょう？」

「いるいる」気楽に話させようと、晶は敢えて軽い口調を使った。「勘違いしちゃうんでしょう」

「その人も、そんな感じだったと思います。一日に何十回もＬＩＮＥを送ってきたり、電話をかけてきたり。一度、家の前で待ち伏せされたことがあって、それで気味悪くなって、距離を置くようにしたそうです」

「待ち伏せ？」ストーキングされていたような感じではないか。

「由依は住所なんか教えていなかったのに、いつの間にか家を知られていたって……それって不気味ですよね」

「確かにそうね」住所を特定する方法はいくらでもある。それが理屈で分かっていても、実際に自分の住所を知られてしまったら気味が悪いだろう。身の危険さえ感じてもおかしくない。

「待ち伏せされていたって、いつの話？」

「その話を聞いたのが二ヵ月ぐらい前……かな？　だから、それよりは前だと思います」

「ろくでもない男に摑まったのかな……」

「先週電話した時、思い出してそのことを聞いてみたんですけど、『うーん』って言って黙りこんじゃって。だから、この話はあんまりしちゃいけないんだって思いました。由依、デリケートだし」

「もしかしたら、今も悩まされていたとか？」

「可能性はありますね」亜美華がうなずく。次の瞬間には顔色がさっと蒼《あお》くなった。「まさか、その人が……」

「それはないです」晶は速攻で否定した。自殺に間違いないのだ。

　しかし、自殺に追いこむほど粘着していた人間がいたら——その人物の罪は殺人と変わらない。

　晶は事務所を辞し、教えてもらっていた村野の携帯に電話を入れた。既に五時を回っているが、村野は本部の支援課にいた。

「由依ちゃんの事務所で話を聞いたんですけど……」晶は事情を説明した。村野は、ストーカーがいたかもしれないという話に、俄然乗ってきた。

「それは確かに、彼女の自殺に関係しているかもしれない。その人物の身元につながるデータは？」

「同じ大学の人、としか分かりません」

「分かった。安藤がまだ前尾さんの家にいるから、確認させる。家族は何か知っているかもしれない」

おそらく、知らない。知っていれば、既に話は出ていたはずだ。それでも、この件に絞って話をする必要はある。

「ありがとうございます」

「君は、これからどうする？」

「原宿署へ行きます。由依ちゃんのスマートフォン、調べたいんです。まだ署の方にあるんじゃないですか」

「たぶん……遺体はまもなく戻るはずだけど」

「解剖はないんですね」

「死因ははっきりしているから、ないな」

それを聞いてほっとした。仕事柄、遺体が解剖される話を聞いても何とも思わなくなってきたが、死ぬ前に知っていた人間——由依の体が切り刻まれることを考えただけで胸が痛む。

「とりあえず連絡してみます」

「下手《したて》に出た方がいいよ」

「はい？」

「向こうにすれば、単なる自殺だ。自殺だという結論を出したら、それ以上捜査はしない。それを、本部の捜査一課の刑事がしゃしゃり出てきて余計なことをすれば、いい気はしない。とにかく頭を下げておくことだ。君は、そういうのが苦手な感じがするけど」

「そんなこともないですけど」

「突っ張るのは大事だけど、時と場合によるから」

「別に私は——」

「健闘を祈る」村野は電話を切ってしまった。

いったい何のつもり？　しかし冷静に考えてみれば、自分が常に突っ張っているのは晶自身も意識している。本当の自分の姿を知られたくないが故なのだが、それを他人に見抜かれているかもしれないと思うと不安になる。

電話しながら移動するために、タクシーを奢った。タクシーが走り出すと、晶は原宿署に電話を入れ、刑事課長を呼び出してもらう。

「捜査一課の柿谷です。課長ですか？」

「ああ」

「ちょっとお願いがあるんですが……今朝の自殺事案です」

「検視は終わってるから、間もなく遺体はご家族に引き渡すよ。うちとしてはそれで終わりだ。支援課の連中は動いているみたいだけど、うちとしてはもうできることはない」

「はい。それは分かっています。それで、お忙しいところまことに申し訳ないんですが、一つお願いがあります」この言い方で「下手に出た」ことになるだろうかと不安になりながら、晶は言った。「亡くなった由依さんのスマートフォン、まだ手元にありますよね？」

「所持品は保管してある。これからすぐ返しに行くよ」

「ご家族に返す前に、ちょっと見せていただくことはできますか？」

「いいよ」

あまりにもあっさり受け入れられたので、晶は一瞬言葉を失った。ぐだぐだ文句を言われるか、「ふざけるな」の一言で片づけられるのではないかと思っていたのだが。

「……いいんですか？」

「言われてるから」

「誰からですか」

「上の方」

「上って……」

「あんた、いいコネを持ってるようだな。まあ、スマートフォンを見るぐらいなら構わないよ。ただし、責任を持って家族に返却してくれ」

「もちろんです。連絡を入れておきます……課長、上って誰なんですか」

「刑事総務課」課長が嫌そうに言った。「刑事部の筆頭部署から言われたら、所轄の刑事課なんか、逆らえないよな」

亮子だ、とピンときた。いったいどういうことなのだろう。まるで晶の動きを予想して、先回りして手を打っているようではないか。ありがたく受け入れてもいいのだが、まるで半人前の自分が世話されているような感じでもある。おしめを替えてもらわなくても、自分で何でもできるのに、とむっとした。

しかし……自分が知らないところで、どうしても自分を巻きこんだ何かが動き出しているような気がしてならなかった。

3

晶は由依のスマートフォンを持って前尾家へ向かうことにした。由依の遺体にもきちんと手を合わせたいし、スマートフォンだけ戻ってくるのが遅いと、家族が不信感を抱くかもしれない。思い切って事情を話して、家でスマートフォンを調べさせてもらおう。電話を入れて、「これからうかがう」と美紀に告げたが、ぼんやりしていて、こちらの話を理解できたかどうか、心許《こころもと》ない。

前尾家に着いて、午後六時半。最悪だ——また報道陣が張りこんでいる。やはり、由依の死にはニュースバリューがあるということだろう。気に食わない——非常に気に食わないが、仕方がない。報道陣をかき分けながら外門を入って玄関へ向かい、インタフォンを鳴らすと、五十嵐の声で反応があったのでほっとする。冷静に話ができる相手は彼だけだ。

「五十嵐さん……警視庁の柿谷です」

「どうも」さすがに五十嵐も疲れ切った様子だった。

「ご家族にお渡ししたいものがあるんです。入れていただけますか」

「どうぞ」

ロックが解除される音が「かちり」と響く。ドアを引き開けると、玄関の近くに梓がいた。

「あら」小柄な梓は、晶を見て小さな驚きの声を上げた。「もっと遅いかと思ってた」

「速攻で来ました。由依ちゃんの部屋も見ておこうと思ったんです……ご家族の様子はどうですか？」

「くたくただけど、今、由依ちゃんの事務所の人と弁護士と、三人で相談中」

「マスコミ対策ですか？」表に声が漏れるわけもないのだが、晶は思わず声を潜めてしまった。

「由依ちゃんの事務所の声明を前尾さんの弁護士経由で出してもらって、それで何とか引いてもらおうとしてるの」

「そうですか……それが普通のやり方ですよね」晶はうなずいた。「でも、安藤さんも大変ですね」

「私は慣れてるから。報道陣が引くまではつき合うわ」

「一人でやってるんですか？」

「うーん……もう一人川西《かわにし》っていうのがいるけど」梓が困ったような笑みを浮かべる。「人数には入らないから」

どこの部署にも、使えない人間が二割はいるという。支援課でも同じなのだろうか。だとしたら、そういう人とはできるだけ関わり合いにならない方がいい。いや、支援課そのものと関わるべきではない、と本能が告げている。

「じゃあ、ちょっとご両親に挨拶してきます」

「中は混み合ってるわよ。葬儀屋さんも来てるし」

「何とかします……あの、一つ聞いていいですか」

「どうぞ」梓がうなずく。

「こういう時、基本的にはどういうスタンスで被害者家族に接するんですか？」

「何もしない」

「え？」意外な答えに、晶は戸惑った。

「向こうが助けを求めてきたら全力でサポートする。そうじゃない時は、何もしないでじっと見守る」

「ただ我慢、ですか」

「我慢に思える時もあるけど」梓が微笑んだ。童顔なので自分と同い年ぐらいかと思ったが、実際には四年ほど先輩だと村野から聞かされていた。「支援課はものすごくたくさんの事案をシミュレートして、心理学の専門家とも話をして勉強もして、そういう方向性を出してる——人間って、弱いようで強いから」

「そうですか？」由依の両親を見ている限り、とてもそうは思えない。

「どんなに衝撃的なことがあっても、何とか乗り越えようという、潜在的な力を持っている。個人でそれができない時だけ、私たちが手助けする、みたいな感じ。要するに、余計なことを言わない方が上手くいくことが多いのよ」

「その見極め、どうするんですか」

「経験、かな」梓がにこりと笑う。

彼女が支援課でどれぐらいの経験を積んでいるかは分からないが、やはりこれは警察官の仕事ではないような気がする。まるでカウンセラーではないか。

広いはずのリビングルームは、梓が言う通りで人で一杯になっていた。所持品を返しに来た原宿署の刑事、それに五十嵐の他にも、仕事の関係者らしき人が何人かいる。その中で、一人ぽつんと部屋の隅に佇み、ぼんやりと周囲を見ている若い男が一人……いや、壁の時計を睨んでいるようだ。もしかしたら、「いつまで残業するんだ」と真剣に考えているのかもしれない。彼が、梓の言っていた川西だろうか。

由依の遺体は、リビングルームの隣にある畳敷の六畳間——この部屋があることには気づいていなかった——の片隅に横たえられていた。警察官になってから、遺体を見る機会は何度もあったが、今回は特別——自分が守れなかった女性の遺体は、晶に衝撃を与えた。

遺体の傍らでひざまずき、両手を合わせて首《こうべ》を垂れる。由依の声が聞こえないものか……聞こえるはずもない。晶はゆっくり首を横に振り、立ち上がった。前尾はＡＧＢの玲子と話しているので、美紀にスマートフォンを調べる許可をもらう。しかし美紀はやはりぼんやりしていて、こちらの話を理解できているかどうか分からない。

「できたら、由依ちゃんの部屋で調べたいんですが……部屋も見てみたいんです」

「ああ……はい」

「私がお連れします」五十嵐が案内役を買って出てくれたのでほっとする。この中で、落ち着いているのは五十嵐だけだろう。

　彼について二階へ上がる。長い廊下の先にあるドアの前に立つと、五十嵐は「どうぞ」と低い声で言った。ドアを開ける前に、晶は「ご両親は大丈夫ですか」と思わず訊ねた。

「まあ何とか……辛うじて持ち堪えている感じです。こんなひどい目に遭う家族は滅多にいないでしょうね」

　そんなことはない、と反発しそうになった。自分も……いや、確かに五十嵐の言う通りで、こんなに短期間で二度も不幸を経験することなど、まずないだろう。

「柿谷さんは、いったい何がしたいんですか」五十嵐が疑わし気に訊ねる。

「由依ちゃんがどうして自ら命を絶ったのか——その原因を調べたいと思います」

「それは分からないでしょう」五十嵐が顔を歪める。「ちゃんとした遺書も残っていないし、ご両親も何も聞いていないんだから」

「でも人間は、生きているだけで多くの人と関わりができるんです。必ず何かが残っている——私はそれを探し出して、ご両親に伝えたいと思っています。動機が分かれば、少しは気が楽になるかもしれない」

「それも警察の仕事なんですか」五十嵐の顔に疑念が浮かぶ。

「通常は違います。でも、今回はやってみるつもりです。私は……由依ちゃんを救えなかったから」

「何でも自分で背負いこむと、あなたの方が参ってしまうでしょう」

「それは五十嵐さんも同じじゃないですか」

「私は、こういうことには慣れているので」五十嵐が薄い笑みを浮かべる。「生来のお節介なんでしょうねえ」

「私にはとてもできません」

「私にだって、警察の仕事はできませんよ」

「お互い様ですね」

晶も軽く笑ってみた。顔がぎこちなく強張ってしまったのは自分でも分かったが。

部屋に入ったが、ドアは閉めなかった。この部屋を捜索する権利は自分にはない。できるだけ何にも触れないようにして、とりあえず部屋の中を見回す。

広さは十畳ほどだろうか。モデルをしている女性の部屋の割には、素っ気ないほど物がない。シンプルなベッド、デスク、小型のテレビが一台。デスクにはノートパソコンが置いてあった。大学生には必須のツール――このパソコンにログインできれば、手がかりが摑めるかもしれない。

それにしても、部屋の住人の個性を感じさせるような物が何もない。クローゼットを開けてみれば、由依の服の好みなどが分かるかもしれないが、晶はその誘惑に抗った。あくまで好意で部屋に入れてもらったのだから、余計な部分には手を触れたくない。四角四面の考えかもしれないが、刑事はこうでなくてはいけないのではないだろうか。一度ずるい手を使えば、後はルール違反が常態化してしまう。

由依のデスクにつく。椅子は上等――ハーマンミラーだった。この椅子なら何時間でも集中して座っていられそうだ。さすが金持ち、と一瞬皮肉に考えてしまった自分に嫌気がさす。

スマートフォンがロックされていないことに驚く。最近の若い子は、こんなものだろうか。いや、晶も就職する前は、スマートフォンをロックしていなかった。今はさすがに……秘密の多い仕事をしているから、セキュリティをしっかりするのは基本の基本だろう。

まず、写真とＬＩＮＥを確認した。亜美華が言っていた「ツーショット」の写真は一枚も見当たらない。ＬＩＮＥの方も、それらしいやり取りをしていた記録は残っていなかった。いずれも消してしまったのだろうか……。

この年代の子だったら、友人たちとの連絡は、メールよりもＳＮＳが主流のはずだ。実際、メールを確認すると、「業務」関係ばかりである。大学の休講の連絡や、仕事関係のリマインドなど。タイトルと差出人の名前だけを確認して、ここには重要な材料はないと判断する。

ＳＮＳは、ツイッターとインスタグラムをやっていて、どちらもログインしたままだった。インスタは、撮影時の様子や食べ物の写真が中心だが、「業務用」という感じである。個人情報を特定されるような内容は皆無。あくまでモデルの「Ｙｕｉ」として使っていたようだ。プライベート用の裏アカウントもありそうだが、見つける手がかりがない。

一方、電話の履歴は多種多様だった。名前だけで登録されているのは友人たちだろう。その中で、男性の名前が三つ……全てメモした。由依は、最近の若い女性にしては珍しく、スマートフォンを「電話」として多用していたようだ。

男性の名前は「巧《たくみ》」「尚志《なおし》」「浩一郎《こういちろう》」。住所録を確認したが、名前と電話番号以外に個人の情報を特定できる材料はない。まあ、この二つが分かっていれば、三人の正体を割り出すのは難しくないだろう。

続いて、ツイッターとインスタグラムのＤＭを確認する。すぐに、ツイッターの方で気になるＤ

Mを見つける。読んでいるうちに、すっと血の気が引くのを感じた。

何で無視するかな

会いたいよ。会って話がしたい。どこへでも行くよ

家まで行こうか？　住所は分かってるから

ブロックしても無駄だから。君は僕から逃げられない

大学でもいつも見てるから

ストーカーだ。メッセージのほとんどが雑誌の読者やファンからで、他愛もない内容である。由依はそういうメッセージにはまめに返信していたが、さすがにこの相手は無視するしかなかったようだ。ブロックしていなかった理由は分からない。

亜美華の言葉が脳裏に蘇る。「住所なんか教えていなかったのに、いつの間にか家を知られていた」「ちょっと気持ちが悪い」。そして、家の前で待ち伏せされていた、という話を彼女が聞いたのは二ヵ月ほど前だった。「住所は分かってる」というメッセージはほぼ三ヵ月前――五月十日に送られてきていた。

そして「大学でもいつも見てるから」。同じ大学の人だったという、亜美華の証言とも合致する。

名前は、「ｎａｏｙ」。電話帳に登録があった「尚志」と何となく似ている。ツイッターで名前を登録する時には、様々な方法がある。会社や有名人が、宣伝のためにやる場合は実際の名前を使うだろう。普通の人は、ネットが普及してから一般的になったハンドルネームを作るか、ユーザー名と似たような、あるいは同じものを使う。「ｎａｏｙ」のユーザー名は「ｎａｏｙ９９９９」だった。

材料は徐々に集まりつつある。一番簡単なのは、捜査としてユーザーのプロフィールを開示請求するやり方だ。しかしある程度時間がかかるし、何か別の手は……「ｎａｏｙ９９９９」に、由依を装ってダイレクトメッセージを送ってみようかとも思った。いや、彼女が自殺したことは、間もなくニュースで流れるだろう。彼女をストーキングしていた人間が、こういう重大なニュースを見逃すとは思えない。死人からメッセージが入ったら、何かの罠だと怪しむだろう。

考えよう。ここからが本当の勝負だ。

晶はまず、亜美華のスマートフォンに電話をかけた。動揺させないように気をつけながら、「尚志」という名前の人間を知らないか、と訊ねる。答えは「ノー」。ここで引き下がるわけにはいかず、晶はさらに由依の交友関係を探り続けた。事務所で、由依と同じ大学に通っているモデルがいるというので紹介してもらい、大学での由依の交友関係を調べる。

何人かの名前が手に入った。その時点で午後八時過ぎ。いつまでも前尾家に居座るわけにはいかない。

最後にさらなる手がかりを求めて、パソコンの電源を入れてみたが、こちらはパスワードで保護されており、ログインできない。今日はここまでか……と思った時に、部屋のドアをノックする音がして、はっと我に返る。ドアの隙間から、梓が顔を覗かせていた。

「私たちはそろそろ引き揚げるけど……」梓が遠慮がちに切り出した。

「あ、すみません」晶はスマートフォンを持ったまま立ち上がった。このスマートフォンは家族に返さないと。ずっと見続けていたので、バッテリーが危うくなっている。デスクに充電器があったので、つないでおくことにした。「私も引き揚げます」

「じゃあ、一緒に出ようか」

無言でうなずく。小柄で、それほどタフそうに見えない梓だが、まだ元気一杯という感じだった。

階下で、前尾夫妻に挨拶する。最後にもう一度、由依の遺体に手を合わせて家を辞した。さすがに、緊迫した空気から解放されてホッと息をつく。夜になって少しだけ気温が下がっているのもありがたかった。

「ご飯、食べていかない？」梓がいきなり誘ってきた。

「あ……そうですね」気づけば胃は空っぽだ。

「家で食べるのでなければ」

「今から作って食べるのは面倒です」

「家、どっち？」

「下北沢です」

「そうか……この辺で、食べるところは知ってる？」

「この辺では、コンビニのサンドウィッチしか食べてません」

梓が、童顔に苦笑を浮かべ、「確かに、食べるところはないみたいね」と言った。

「広尾方面に出れば、いくらでもあると思いますけど」

「じゃあ、そっち方面に行きがてら、どこか探す？」

「その方が安全だと思います」

二人は連れ立って、広尾駅方面へ歩き始めた。お屋敷町……タワーマンションなどはなく、基本的には大きな一戸建てが建ち並んでいる。こういうところに住んでいるのはどんな人たちなのだろう、と晶は今更ながら思った。

駅が近づいてきて、ハンバーガーショップを見つけた梓が立ち止まる。

「夜にハンバーガーは、抵抗ある？」

「ないですけど……今夜はやめておきます」由依と一緒に食べたのがハンバーガーだった。これから、ハンバーガーの食べ歩きは趣味から外さなければならないかもしれない。しかしそれを梓に打ち明けるわけにはいかなかった。自分の弱さを見せないためには、軽い嘘をつく。「昼もハンバーガーだったんです」

「じゃあ、別のところにしようか」気さくに言って、梓がまた歩き出す。

結局、餃子専門店を見つけて入ることにした。今夜はもう人と会わないだろうから、多少ニンニク臭くなっても構わない。豊富な種類の餃子の他に、中華定番の料理や麺類、チャーハンもあるので、炭水化物でエネルギー補給するにはよさそうだ。

板張りの床で、装飾が少なくて、素っ気ない雰囲気が中華の店っぽくない。午後八時半、店はまだ賑わっていて、しかも女性比率が高い。結局、餃子を嫌いな人はいないから、と晶は思った。

二人は野菜の餃子と、パクチーが大量に添えられた餃子、それにそれぞれ麺を頼んだ。疲れているせいか、担々麺や酸辣湯麺《スーラータンメン》などの辛い麺に惹かれたが、食べたら汗だくになってしまうだろう。

結局、鶏パクチー麺を選ぶ。餃子と被ってしまったが、パクチーは嫌いではない。

「ビール、呑んじゃう？」梓が悪戯っぽく言った。

「そう、ですね」

ビールはあまり好きではないのだが、今夜は、ささくれだった神経を少しだけ休めてやる必要がある。生ビール二つ。軽くグラスを合わせて、喉に放りこむように呑むと、体の奥からすっと熱が引いていく感じがした。

「強いんだ」梓が何故か嬉しそうに言った。

「そうでもないですけど」

「いい呑みっぷりだけど」梓のジョッキは、ほとんど水面が下がっていない。

晶はさらに一口呑んで、思わず溜息をついた。

「疲れてる？」

「疲れました」晶は認めた。「今回の件、私の責任だと思います」

「それを言えば、私たちの責任でもあるけどね」梓の表情が暗くなる。「ちゃんとフォローできていたか……できていなかったから、こういうことになったんだし」

「よくあるんですか？」

「ここまでひどいことは滅多にないけど……そうね。嫌なことはいくらでもあるわ。被害者家族が完全に立ち直る日は来ないかもしれないし」

「そういう仕事、きつくないですか」

「きつい」梓が苦笑した。

「だったら、どうして続けてるんですか？　他の仕事よりもやりがいがあるんですか」

「やりがいは、ないかな」梓がやんわりと否定した。

「じゃあ……」

「やりがいって、簡単に定義できないでしょう。あなたがやりがいを感じるのって、やっぱり事件を解決した時？」

「そうですね。それでしっかり区切りがつく感じもしますし」

「私たちの場合、いつまでも区切りがつかない」梓がそっと溜息をついた。「私、三年前にケアした家族と、今も連絡を取り合ってるのよ」

「本当ですか」晶は思わず目を見開いた。普通の刑事も、関係者と長くつき合うことはある。自分が逮捕した容疑者の身の上に同情し、刑期を終えて出所した後で、就職先を世話してやる刑事もいる。感謝されて結婚式に呼ばれた、という話さえ聞いたことがあった。

「表面上は立ち直っていても、本当にそうかどうかは分からない。事件発生から時間が経つと、こちらからはなるべく連絡しないようにするんだけど、向こうから電話がかかってくることもあるから。そういう時は、ドキリとするけど」

「また何かあったんじゃないかって？」

　無言でうなずき、梓がビールを一口呑んだ。泡が少し減ったようにしか見えない。

「だから、自分が担当した人の名前は絶対に忘れないようにしてる。時々メモを見直して……電話がかかってきた時に、こっちが少しでも迷うと、向こうは傷つくでしょう」

「きつくないですか？」

「きついわね」梓が簡単に認めた。

「安藤さん、希望して支援課に行ったんですか？」

「前に村野さんが言ってなかった？　リクルート」梓がさらりと言った。「所轄にいた時、初期支援員をしていたのがきっかけかな」

被害者支援にいくつもの「レイヤー」があることは晶も知っている。事件・事故の最前線である警視庁の各所轄には必ず初期支援員がいて、被害者支援が必要な状況が生じると、真っ先に出動する。性犯罪の被害者が多いので、女性警官が初期支援員に指名されることも少なくない。事態が深刻、あるいは被害者や被害者家族のダメージが大きい場合は本部の被害者支援課が出動し、さらに民間の支援センターも協力して、統括的・長期的に被害者支援を行う。一番大変なのは、最初に被害者に接する初期支援員だろう。

「交通事故の被害者支援をしていて、村野さんたちと一緒に仕事をすることになって。それで、村野さんがどういうつもりか私に目をつけて、支援課に引っ張ったってわけ」

「安藤さん、優しいから、ですか？　気遣いができるとか」

「自分ではそう思わないけど。私、陰でダブルＡって言われてるのよ」

「ダブルＡ？　ああ……」確か、村野が最初にそう紹介していた。

「アメリカのマイナーリーグで、上から三番目。まだメジャーリーグに上がれないっていう意味」

「ひどくないですか？」これって、一種のハラスメントではないだろうか。

「頭文字がＡＡだっていうせいもあるんだけど」

「ああ……そうですね」

「ま、そんなことはどうでもいいんだけど、とにかくまだまだ修業中。この仕事をしている間は、永遠に修業なのかもしれない。村野さんはすぐ暴走するし」苦笑して、梓が溜息をついた。

「村野さん、ご自身も事故の被害者なんですよね」

「自分なら、被害者の気持ちが分かると信じてるのよ。だからこそ入れこみ過ぎて、本来支援課の仕事じゃないところにまで首を突っこんでしまう。そのせいか、うちは捜査一課の追跡捜査係、失踪人捜査課と並んで、警視庁の三大嫌われ部署って言われてるの。知ってる？」

「そういうの、きつくないですか？」

「きついけど、誰かがやらなくちゃいけない仕事だから」梓がうなずく。

「私には無理です」晶は認めた。「刑事総務課の理事官に言われて、前尾さんたちをケアするように言われたんですけど……だいたい最初は、犯罪被害者家族じゃなかったですよね」

「加害者家族。そういう人たちに対するケアのノウハウは、全然ないのよね」

「それは警察の仕事じゃないと思いますけど……」そう言いながら、晶は自分が既に前尾家——特に由依に対して、感情移入以上の心情を抱いているのを意識していた。

「警察の仕事だって、時代によって変わるんじゃないかな？　世の中の変化に、こっちも合わせていかないと。警察は、社会の最前線で仕事をしてるんだから」

そこまで話したところで、料理が次々に運ばれてきた。餃子を一つ食べたところで、梓がニッコリ笑い、「ここ、当たりね」と言った。

「美味しいですね」梓の言う通り……一日分の緊張が、香ばしい餃子とビールで解れていく。

「この店、リストにいれておかないと」

「そういうリスト、作ってるんですか？」

「頭の中でね」梓が耳の上を人差し指で突いた。

あっという間に食べ終えてしまう。警察官になってから食べるのが速くなったが、梓も同じようだった。

「これからは、刑事としての仕事をするわけね」

「動機を解明することが、刑事の仕事かどうかは分かりませんけど」

「でも、分かればご家族のためにはなるでしょう」

「……ですかね」

「私たちとしても、その方がありがたいわ。あなたの腕の見せ所ね」

「できますかね」

「今、どんな感じ？」

晶は、夕方から始めた捜査の内容を話した。梓はうなずくだけで、相槌も打たずに聞いている。話しやすい人――相手に「話そう」という意識を植えつけるタイプか、と思った。支援課の人は、皆こういう感じなのだろうか。先ほど前尾家にいた若い課員は、どこかぼうっとした雰囲気だったが。

「もう割れてるも同然じゃない。最悪、情報開示請求をすれば、名前は特定できるでしょう」

「でも、それをやると時間がかかりそうですから」

「だったら聞き込みで頑張って」梓がにこりと笑う。「一人では大変かもしれないけど、もしこれが事件になれば、他の人も一斉に入ってくるから。誰でも、面白そうな事件には一枚嚙みたくなるでしょう」

事件に面白いも面白くないもないと思うが……とにかく明日だ。明日からしっかり歩いて話を聞こう、と晶は決めた。

4

聞き込みは難航した。大学へ行ってはみたものの、夏休みでキャンパス内はガランとしている。サークル活動で出て来ている学生がぽつぽつといるぐらいだった。

　これでは、大学にいる意味がない。

　晶は、人目につかない図書館裏のベンチに腰かけ、由依のスマートフォンから割り出した彼女の友人たちに次々と電話をかけ始めた。しかし、ストーカー関係の情報を知っている人は誰もいない。

　五人目は、栗《くり》田《た》多《た》恵《え》という女性……今ちょうど大学にいるというので、直接会えそうだった。声を潜めているので何かおかしいと思ったが、図書館にいると聞いて納得する。すぐに図書館から出て来た多恵は、身長百五十センチほどの小柄な女性だった。会ってはくれたものの、びくびくした様子で、晶と目を合わせようとしない。

「ストーカーですか?」晶が告げると、多恵が驚いたように顔を上げる。「いえ、聞いたことないです」

「実際、ストーカーの被害に遭っていたのは間違いないんです」警察に相談してくれていれば、と悔やむ。少なくともマネージャーに、きちんと話していれば、もっと情報が手に入ったはずだ。由依は何を考えていたのだろう。大したことはないと甘く見ていたのか、誰かに話すのが恥だと考えていたのか。

「でも、私はそういう話は聞いてなかったです」消え入りそうな声で多恵が言った。

「最後に由依さんと話したのは、いつですか？」

「夏休み前です……もう一ヵ月ぐらい会ってないと思います」

「由依さんとはよく会っていたんですか？」

「ご飯を食べたりとか、ですね。取っている講義がいくつか一緒なので、教室で会うこともあります」

「仲はいい方だった？」

「そうですね……入学した時からよく一緒にいたので」

「モデル活動をしていることについては、どう思ってたの？」

「渋谷でスカウトされた時、私も一緒だったんです」

「そうなんだ」晶は目を見開いた。

「声をかけられたのは、由依だけでしたけど……当たり前ですよね。私、小さいし」多恵が頭の上で掌をひらひらさせた。「でも、由依ならモデルをやるのも全然おかしくないと思いました。雰囲気、あるじゃないですか」

「妖精みたいだから」

「そうなんですよ。生活感がないっていうか。モデルさんって、だいたいそういう感じでしょう？」

話は転がっているが、役に立つ情報は出てこない。結局、大学では行き止まりか……最後に晶は「由依さん、彼氏はいなかったんですか？」と訊ねた。

「うーん……」多恵が顎に人差し指を当てた。「私が知っている限りではいなかったと思います」

空振り。げっそり疲れて、晶は大学を後にすることにした。会うべき人間もいない。電話攻勢を続けるしかないが、そのためにはどこかに籠る必要がある。練馬中央署、六本木署……結局警視庁本部が一番近い。

久々に捜査一課の自席につく。他の係員は誰もいないから、何となく居心地が悪い。四百人が勤務する大部屋の中で、ぽつんと一人きりになった気分になる。

用心して連絡を取っていなかった電話番号が三つある。由依のスマートフォンに入っていた、「巧」「尚志」「浩一郎」という男性三人。このうち、ストーカーの可能性がある「尚志」はとりあえず避けておくとして、「巧」と「浩一郎」には先に話を聞こう。

最初に「巧」に電話をかけたが、出ない。知らない番号には出ない方針かもしれないし、出られない状況かもしれない。念のため、この番号にショートメールを送っておいた。いきなりショートメールがくると詐欺だと思う人がいるかもしれないので、警視庁の代表番号を添付し、不安なら捜査一課で確認してもらいたい、と頼んだ。

「浩一郎」も空振り。こちらはすぐに留守番電話に切り替わってしまった。メッセージを残そうかとも思ったが、より安全な、信頼してもらえそうな方法――やはりショートメールを選ぶ。

これで、打てる手は全部打ってしまった。まだ、由依のスマートフォンに登録されていた女性――友人たちだろう――に電話をかけ続ける手はあるが、悪い予感しかしない。このまま空振りが続いたら、私は何回アウトになるのだろう。一人で試合を終わらせてしまうことになりそうだ。

とりあえず、昼飯を済ませておこうか。下の食堂に行くしかない、と考えるとうんざりする。警視庁付近には普通に食べられるレストランが少なく、「外食砂漠」なのだ。それは他の省庁も同じで、職員の胃袋を満たすために、どこにも食堂が設置されている。警視庁にも大食堂はあるが、昼飯時には一斉に職員が押しかけるのでいつも混雑し、とにかく気が急いてしまう。外回りの途中で慌ただしく食べる方が、よほどましだ。

　とはいえ、何か食べておかないと午後がもたない。今日も最高気温三十三度。朝から歩き回って疲れたが、蕎麦ぐらいしか食べる気になれなかった。しょうがないな、と思って立ち上がった瞬間、目の前の電話が鳴る。慌てて受話器を取り上げると、困ったような男の声で「柿谷さんですか」と問いかけられた。

「柿谷です」

「メッセージをいただいたようなんですけど……」

「そうです。私です」晶は椅子に再度座った。ここは腰を据えて話を聴かないと。「失礼ですが、お名前は？」

「長島《ながしま》です。長島巧」

「長島さん、ですね」晶は手帳を広げ、名前を書きつけた。

「何事ですか？　警察の人から電話なんて……」長島の戸惑いはまだ消えなかった。

「前尾由依さんが亡くなったことはご存じですか？」

「はい」長島の声がにわかに緊張した。

「その件で、お話を伺いたいことがあります。時間を取ってもらえますか？」

「いや、俺、何も関係ないですよ」長島が慌てて言い訳する。

「でも、由依さんとは知り合いでしょう？　彼女の携帯の住所録に、あなたの電話番号が登録してありました」

「ああ……はい」渋々といった感じで長島が認める。

「今、彼女の知り合い全員に話を聴いているんです。協力してもらえますね？」

「でも――」長島がさらに声を潜める。「自殺なんですよね？」

「どうして自殺したかを調べているんです。どこで会えますか？」晶は強引に出た。ここは一気に攻めないと。

「いや、ええと……今日、仕事なんです」

「あなた、大学生じゃないんですか？」

「いや、その……修業中というか」

「何の修業ですか？」曖昧な言い方が気になる。

「カメラマンの助手です」

「ああ、それで由依さんと知り合ったんですか？」

「そういう感じです」

「分かりました。仕事はいつ終わりますか？　あなたが会いやすい場所へ行きます。あるいはどこかの警察署で……」

「撮影現場の近くでどうですか？」警察署というパワーワードが利いたのか、長島が慌てて言った。「三時には終わると思います」

　待ち合わせ場所を決め、晶は気合いを入れ直した。昼食に蕎麦はやめよう。もっとがっつり食べて、エネルギーを蓄えないと。


　待ち合わせ場所は表参道《おもてさんどう》だった。駅近くのハウススタジオで撮影しているというので、ビルの二階にあるカフェを指定される。晶が着いてから三分後、ひょろりと背の高い男が、汗を拭きながら階段を上がって来た。店内をきょろきょろと見回しているので、この男が長島だと見当をつけて立ち上がる。向こうもこちらに気づいて、さっと頭を下げた。顔には明らかに緊張の色が浮かんでいる。年齢は二十代前半、と見る。写真の専門学校を卒業して、一人前になるまでプロカメラマンのところで下働き、という感じだろうか。

「お忙しいところ、すみません」座るなり、晶は頭を下げた。

「いえ」

「お仕事の方、大丈夫でしたか？」

「終わりました」

長島がメニューをさっと見て、ダークチョコレートドリンクを頼んだ。カメラマンの助手というと体力勝負のようなイメージがあるので、仕事の後には甘いものが欲しくなるのだろう。

人心地ついて、晶は話の入り方を探った。いきなり尚志の名前を出すよりも、緩く行く方を選ぶ。まずはこの男と由依の関係だ。

「由依さんとは、撮影で知り合ったんですよね」

「そうです。三木《みき》さんが撮影を担当することが多くて」

「三木さん――その方が、あなたの先生なんですか？」

「そうです」

「有名な人？」

「女性誌では、もう三十年以上一線でやっているトップカメラマンです」非難するように長島が言った。

「ごめんなさい、女性誌は読まないので」だいたい、女性誌のファッションページを眺めている人も、カメラマンの名前は気にしないだろう。

「そうですか……」

「撮影しているうちに、知り合ったんですか」

「そうです」

「そういうの、よくあるんですか？　モデルさんと連絡先を交換したりとか」

「あの、この話、表に出ないですよね？」心配そうに長島が訊ねる。

「今のところは」晶は曖昧に答えた。

「三木先生、うるさいんです。商品には手を出すなって」長島は小声になっていた。

「商品、ですか」無機質な言い方が癇に障った。

「大事な商品です」長島がうなずく。「色々な人に迷惑がかかるから、そういうことをしたらまずいって。三木先生の奥さんも、元モデルなんですけどね」

「それで苦労されたから、教訓になったんじゃないですか」

「だと思います」

「でも、あなたは由依さんと連絡先を交換していた」

「いや、あの」長島の耳が赤くなる。「俺は、そういうことはしませんよ。先生からもきつく言われているので……彼女の方から声をかけてきたんです」

「ああ」逆ナンパ？　そういう言葉が頭に浮かんでしまう自分は、令和の時代にはもう古臭い人間なのかもしれない。「その後はどうなったんですか？」

「何度か、仕事じゃなくて会いました」

「電話とかは？」

「それもありました」

「最後に話したのはいつですか？」

「一ヵ月ぐらい前かな……ちょっと避けてたんですけどね」

「どうしてですか」晶はテーブルに身を乗り出した。

「ちょっと彼女の様子が……感情の起伏が激しくなっていて、ついていけないっていう感じになったんです」

「由依さん、元々はおっとりした人ですよね」

「育ちがいいですからね。家が金持ちだし、余裕がある感じでした。モデルの仕事だって、趣味みたいなものだったと思います」

　確かに。写真を撮られるのは好きだと言っていたが、「仕事」としての必死さはあまり感じられなかった。生まれつき「持っている」人間ならではの感覚だろうか。

「何かあったんですか？」

「変な奴につきまとわれていたみたいです」

「ストーカーですね」晶は背筋を伸ばした。

「俺、見たことがあるんです」

「どういう状況ですか？」

「六月かな……夜、一緒に飯を食ったんですけど、駅まで送って行った時に、急に彼女がしがみついてきて。そういうことをしない子なんですけど……」

「ストーカーに追われていることに気づいたんですか？」

「はい」長島がうなずく。「俺もその時に顔を見たんですけど、何だかいかにもって感じの男でした」

「ストーカーをやりそうな感じ？」

「結構暑い日だったのに、長袖のパーカーのフードを被って、目つきが悪くて——あ、写真、ありますよ」

「写真？」

「商売柄ですけど、何かあるとすぐ写真を撮るんです。スマホで撮影したけど、ちゃんと写ってます」

「私のスマホに送って下さい」

長島がスマートフォンを取り出し、画面上で指を忙しなく動かした。晶は送られてきた写真を確認した。

画質は粗い。夜、かなりズームして撮ったからだろうが、それでも相手の顔は写っていた。確かにフードを被っている。そのせいで、前髪が目のすぐ上にまで垂れていた。影のあるイケメンという感じ……背中を丸め、右手はパーカーのポケットに突っこんでいる。体の左半分が写っていないのは、電柱の陰に隠れているからだ。あまりにも「いかにも」過ぎる。

そしてこのシチュエーション——由依と長島が一緒にいるところを見て、この男の異常な怒りに火が点いた可能性もある。俺の女に手を出しやがって——。

「何者か、分かりますか」

長島がスマートフォンを手に取った。何か操作していたが、すぐに低い声で「山井《やまい》尚志」と告げる。由依にメッセージを送ってきた人物のユーザー名、「ｎａｏｙ９９９９」。

「由依さんと同じ大学の人ですね」

「彼女はそう言ってました」

「ストーキングされていると、彼女ははっきり言いましたか？」

「つきまとわれている、と言ってました。しつこいＤＭが来たりとか、家の前で待ち伏せされていたこともあったそうです」

「それであなたは、どうしたんですか？」

「え？」

「相談を受けたんでしょう？」

「そういうわけじゃないです」長島が顔の前で思い切り手を横に振った。「別につき合ってたわけでもないし」

「察して、相談に乗るべきじゃなかったんですか」

「いや、そんなこと言われても」晶の追及から逃れようとするように、長島が椅子に背中を押しつける。

「誰かが気づいて彼女の相談に乗っていれば、ストーカーの問題は解決できていたかもしれない。そうすれば……」

「まさか、由依ちゃんが死んだのは俺の責任だって言うんじゃないでしょうね？」

　言えない。そもそも由依が自死を選んだ原因が、この山井という人間かどうかも分からないのだから。

　だが今は、長島を責めている場合ではない。まず、この山井という男の正体を割り出して話を聴くことだ。その先に何があるかは分からなかったが。

　そこから捜査のスピードは一気に上がった。大学の学生課に出向き——今日二回目の大学訪問だ

――しばし厳しくやり取りした末、山井尚志の住所を割り出す。調布《ちょうふ》市若葉《わかば》町。マンションのようだが、これが自宅なのか一人暮らしの部屋なのかは分からない。学生課を辞して、タブレット端末で検索すると、当該住所にマンションがあるのが確認できた。

そこまで終えて、午後六時。このまますぐに山井の家を訪ねてもよかったが、一応三国には報告しておくことにした。ただし、電話で。特捜本部ではこれから捜査会議が始まる時間帯で――もう始まっているかもしれない――これを報告しているうちに、今晩は動く時間がなくなってしまうだろう。電話すると、三国はやけに忙しそうだったので、端的に事実を告げる。

「由依さんにストーカー行為をしていたらしい人間を割り出しました」

「そうか」

「同じ大学の人間で、数ヵ月前からつきまとっていたようです。山井尚志、住所は調布市若葉町」

詳細な番地も告げる。

「どうするつもりだ？」

「もちろん、話を聴きます」晶は宣言した。

「後にしろ。念のため、誰かつける」

「一人で大丈夫ですけど」馬鹿にされているようでむかつく。

「馬鹿言うな」三国が吐き捨てる。「二人一組で動くのが刑事の基本だぞ」

「ここまで、一人でちゃんとやってきましたよ」

「それとこれとは別だ。いいか、勝手に動くなよ」

「……分かりました」

厳しく釘を刺されると、逆に気持ちが逸《はや》る。こういう場合は、いち早く動かないといけないのではないだろうか。山井は当然、由依が自殺した事実を知っているはずである。こんな状態では、何をやるか分からない。

今夜だ。今夜中に山井に会って、決着をつける。何が決着なのか分からないが、少なくとも由依の身に何が起きていたかは確かめたい。

調布市若葉町は、京王線仙川《せんがわ》駅とつつじヶ丘駅の間、線路の南側に広がる住宅地である。地図を見る限り、学校がいくつかある文教地区でもあるようだ。晶は、仙川駅から歩いて現場へ向かうことにした。

午後七時過ぎ、帰宅ラッシュの電車を降りて、仙川駅南口のロータリーに出るとほっとする。仙川駅はこぢんまりとした駅で、駅前のバス、タクシー乗り場があるロータリーもごく小さなものだった。

まだ昼の暑さが残っており、思わず手の甲で額を拭った。今夜はどうなるか分からないから、まずお腹に何か入れておこう。昼間食べた警視庁の食堂のA定食は量たっぷりで、まだ空腹を感じていなかったが、食べられる時に食べておくのは刑事の基本である。しばらく駅前を彷徨《さまよ》った後、スターバックスを見つけて入る。ここのごついサンドウィッチで夕飯にするのもいいだろう。エスプレッソも飲めるし。

サンドウィッチでカロリーを補給し、エスプレッソの苦味で気持ちを研ぎ澄ました。スマートフォンの地図で山井のマンションの場所を確認し、さっさと店を出て歩き出す。夕飯を摂っているわずかな時間の間に急に気温が下がり、遠くで雷の音が聞こえ始めた。空気が重く、雨の気配を感じさせる。コンビニエンスストアを探して、念のために傘を一本買いこんだ。

仙川駅前はそこそこ賑わっているのだが、五分も歩くと静かな住宅街になる。まだ遅い時間帯ではないのだが、歩いている人の姿も見かけなくなった。途中で、温泉施設があるのを見つける。へえ、こんなところに……今夜の仕事が無事に終わったら、ここで熱い風呂を浴びて一休みしてもいい。

　山井のマンションに到着する。それほど大きな建物ではないが、学生用のワンルームマンションではなく、ファミリー向けの物件のようだ。ということは、ここは山井の実家なのだろうか。

　晶は、周辺をざっと見て回った。マンションの裏手は、シャッターの降りた駐車場。山井が車を持っていることは、既に確認していた。長島曰く、由依は家の近くを歩いていて、突然車に乗っている山井から声をかけられたのだという。晶は知らなかったのだが、由依は車好きで、自分でも車――自宅にあったプジョーだ――を乗り回すほどだった。だから「レンタカーではなかった」という由依の証言は信用できる。ナンバーまでは分からないが、最近は街中ではあまり見かけない珍しい車――古いモデルのジープ・チェロキー。一瞬見ただけでそこまで分かるものかと晶は訝ったが、今は由依の観察力を信じるしかないだろう。それにしても、本格的なＳＵＶか……山井には、アウトドア趣味でもあったのだろうか。

　スマートフォンが鳴った。三国からだ。

「山井という男だが、実家はその辺の地主らしい」

「そうなんですか？」

「所轄の連絡票に記録があった。昔からの土地持ちで、その辺の名士らしい。山井自身には前科はないが、交通違反で何度か捕まってるな」

「職業は？　学生ですよね」

「連絡票の記載だとそうなってる」

「実家の住所は分かりますか」

三国が告げた住所は、目の前のマンションのものではなかった。三国によると、このマンション自体が山井の父親の名義だった。

「実家を離れて暮らしてるんですか」

「ああ。子どもの頃から、家族とはだいぶ揉めていたようだ。虐待の疑いで近所の人に通報されて、児相が訪ねてきたことが何度かあったらしい。結局実態は分からなかったようだがな。数年前も、家の中で大喧嘩しているという通報で所轄が駆けつけたことがあったが、この時も事件にはなっていない」

虐待されていた子どもが、長じて親に暴力を振るうようになったのだろうか。山井がかなりねじ曲がった大人に育ったのは間違いなさそうだ。

「短い時間でよくそこまで分かりましたね」

「阿呆、これぐらい当然だ……それよりお前、余計なことはしてないだろうな」

「そろそろ帰るつもりです」

「だったらいいが」

電話を切ってマンションのホールに向かう。まず、家にいるかどうか確認してみないと。インタフォンで部屋番号「二〇三」をプッシュして呼び出してみたが、反応はない。さて、どこで待つべきか……考えて、駐車場に回ることにした。そこからなら出入口も見える。

駐車場はマンションの一階部分にあり、そちらから直接建物の中に入れる造りになっているようだ。駐車場の前で待って、ジープの出入りを確認しよう。念のため時々ホールに戻ってインタフォンを鳴らし、帰っているかどうか確認すればいい。だいたい、正面の出入り口で張っていると、マンションの住民に訝しがられてしまうものだ。一一〇番通報されると、結構面倒なことになる。

車のナンバーから持ち主を割り出すことはできるが、名前から車を割り出すのはかなり難しい。ナンバーが分かればチェックは簡単なのだが、現段階ではどうしようもない。

自動車専門サイトで、チェロキーの画像を確認する。「古い」というのはどの程度なのか……各年代のモデルは、やはり「いかにも」というヘビーデューティーな感じがする。二十年ほど前のモデルは、直線基調で「箱」という感じの無骨なデザインだが、最新モデルはフロントグリル付近が丸みを帯び、少し乗用車的になっていた。最近はＳＵＶといっても、「背が高く車内が広い」乗用車という感じなのだ。

雨が降り出した。駐車場の近くでは雨宿りできる場所もなく、仕方なく傘をさす。激しく傘を叩くほどの雨ではないが、それでも鬱陶しいことに変わりはない。しかし今晩中に、どうしても山井に会っておきたかった。真相を知りたいという気持ちに加え、意地もある。

九時過ぎ、一度ホールに回ってインタフォンを鳴らしたが、返事はない。大学は夏休みだし、バイトでもしているのだろうか。

雨は次第に強くなり、雷も近くなってきた。傘をさしているのは不安だったが、ずぶ濡れになるわけにもいかない。できるだけ建物に近づいて待つしかなかった。

九時十五分、一台の車のヘッドライトに目を焼かれる。ライトの位置が高い――普通の乗用車ではなくＳＵＶだと分かった。目を細めて確認すると、丸型のヘッドライトが特徴的な一台である。そしてヘッドライトに挟まれたフロントグリルには、縦にスリットが入っている。ジープのスリットは伝統的に七本と決まっているようだが、数までは確認できなかった。ボディカラーは黒。大きく張り出した前後フェンダーが、タフなイメージを喚起する。

　左折して駐車場に入るために、ジープは一時停止した。シャッターが上がり始める。晶は急いで車に駆け寄り、助手席側から中を覗きこんだ。

　山井。

　先ほど長島に見せてもらった写真で確認した山井に間違いない。今日はパーカーのフードは被っておらず、顔はすっかり見えていた。目つきは鋭く、尖った顎のせいもあって、今風のシャープな感じのイケメンに見える。晶は助手席のウィンドウを思い切り右拳で叩いた。山井がびくりと身を震わせ、こちらに顔を見せる。ここでこちらの存在を知らせてしまったのは失敗だったかもしれない、と一瞬悔いた。まだマンションの敷地に入っていないので、その気になればこのまま走り去れる。

　ウィンドウが下がった。こうなったら仕方がない。晶は思い切って声をかけた。

「山井さん――山井尚志さんですか？」

「誰？」ぶっきら棒な声。

「ちょっと話がしたいんですけど、降りてもらえますか？」

「だから、誰」

　晶は開いた窓に手をかけた。この状態なら、急に走り出すのは躊躇われるだろう。車内に向かってバッジを突き出し、「警察です」と告げる。山井の顔が一瞬歪んだが、すぐに不思議そうな表情に変わった。

「警察が何ですか」

「お聞きしたいことがあります」

「ああ……どうすればいいですか」

「ちょっと降りてきてもらえますか」

「雨降ってるんだけど……」

「時間はかかりません」あんたが事実関係を認めれば、と内心毒を吐いた。

「面倒だなあ」山井が顔を歪める。

「時間はかかりませんから」晶は繰り返した。

舌打ちしたものの、山井は結局ドアを開けた。運転席側から歩道に回ってくる途中で、傘代わりのつもりか、パーカーのフードを被る。パーカー？　そこで晶は違和感を覚えた。真夏なのにかなりしっかりした厚手のパーカーで、しかも長袖である。昼間もこの格好だったら、汗だくになってしまうだろう。

山井は、身長百七十五センチぐらい。贅肉のない体型で、動きはキビキビしている。しかし目つきが悪い……どこか爬虫類を思わせる、ガラス玉のような目なのだ。

「で、何ですか」

「前尾由依さんを知ってますよね」晶は早速切りこんだ。

「ああ、まあ」山井が曖昧にうなずく。

「彼女が亡くなったことは？」

「らしいですね」平然とした口調だった。

「何とも思わない？」

「いや、別に」

「あなた、由依さんにつきまとっていましたよね？　証言も証拠もあります」

「それが何だって言うんですか」山井が一歩詰め寄って来た。

「詳しく事情を聞かせてもらえますか。まず車を駐車場に入れて下さい。それから警察に来てもらいます」

「何で」山井が不満そうに唇を歪める。「俺が殺したわけじゃない」

「その辺の事情を聞かせて下さい」

「忙しいんだけど」

「人の命に関わる問題です」

「まあ……話がしたいっていうなら、別にいいけど」

「じゃあ、車を駐車場に入れて下さい。私もそこまで乗っていきます」

「そこまでって……もう、そこじゃない」

逃亡を防ぐためだ。しかし晶はそう言わなかった。

助手席のドアに手をかける。本格的なＳＵＶなので、階段を一段上がる感じになった。次の瞬間、山井が素早く動く。何をするつもりかと一瞬混乱した後、後頭部に強い衝撃と痛みを感じた。

次に感じたのは、顔にかかる冷たい雨——歩道に倒れこんだのは分かった。まさか、こんなところで——そこで晶の意識は途絶した。

5

ゆっくりと世界が戻ってくる。最初に感じたのは、全身の痺れだった。慎重に目を開けてみると、周囲がごく薄い光で満たされているのが分かる。とはいえ、豆電球のような弱々しい明るさだった。

その中途半端な明るさに、少しずつ目が慣れてきた。ここはどこ？　ごく狭いスペースで、自分の周りに段ボール箱らしきものが積み重ねられているのが分かる。倉庫か車庫のようだが、それほど広くない――トランクルームかもしれない。何でこんなところで倒れているんだろう？

立ち上がろうとしたが、手足に力が入らない。いや、そもそも縛《いまし》めのせいで身動きが取れないのだと気づく。両足は、膝と足首のところでガムテープで縛られている。両手は後ろに回され、手首のところでがっしり固められていた。指先を動かしてみると、じんじんと脳天に響く痛みがある。頭も痛い。完全に油断していた……後頭部を強打され、気を失ってしまったのだろう。頭を振ると、微かにめまいがする。駄目駄目、しっかりしないと。こんなところでくたばるわけにはいかない。

手を動かしているうちに、ガムテープが少し緩んできた。もう少し頑張れば、縛めから逃れられるかもしれない。握って開いてを繰り返し、両腕を思い切り外へ動かしているうちに、指先に血行が戻ってきた。むず痒い感覚が不快だったが、それでももう少し……その時、突然目の前が開ける。

シャッターが開いたのだ、と分かった。山井が身を屈めて中に入って来る。改めて正面から見ると、深い闇に呑みこまれそうになる。鼻梁《びりょう》が高く、すっきりした細面で、静かに微笑んでいれば女の子にもてそうなのだが、何を考えているか分からない怖さもある。少しでも間違ったことを言ったら、キレられそうな感じがした。

「ああ」後ろ手にシャッターを閉めながら、山井が言った。「目、覚めたんだ」

「何のつもり？」晶は山井を睨みつけた。

「何って、監禁に決まってるでしょう」山井が馬鹿にしたように言った。「余計なこと、するからさ」

「どうするつもり？」

「さあ……正直、困ってるんだよな」山井が頰を搔く。「殺した方がいいんだろうけど、後始末が面倒だからね。ここに放置してたらいずれバレるし、どうしようかな」

「どこなの、ここは」

「トランクルーム」

「あなたの？」

「うちの」

「実家っていうことね」

「そうそう」山井が、どこか嬉しそうに言った。「余った土地の有効活用だよ。駐車場にするよりいいと思ったんだろうけど、あまり使う人がいなくてさ。高いんだよ。車庫ぐらいのスペースで、月二万だから」

「あなたの実家のサイドビジネスね？　あなたも嚙んでるの？」

「いや、個人的にこのスペースを使ってるだけ。あのマンション、狭くてさ。本や服が入りきらないから、ここを使ってるんだ。どうせ余ってるし」

　ここがどこなのか分からない。そもそも今、何時なのだろう。何時間も気を失っていたとすれば、相当遠くへ運ばれていてもおかしくない。県境を越えていたら、かなり面倒なことになる。

「実家は資産家なんだ」

「まあね。あのマンションだって、うちの実家が持ってる物件だから。そんなこと、とうに知ってると思ったけど」馬鹿にしたように山井が言った。

「あなたの名前を知ったのが、今日なのよ」

「へえ、警察も案外トロいんだね」山井が馬鹿にしたように言った。「とっくに知ってるかと思ってた」

晶はかすかな違和感を覚えていた。山井はよく喋る——ストーカー行為をするような人間は基本的に暗く、自分の殻に閉じ籠るようなタイプが多いはずなのに。思いこみが強く、しばしば他人との間に高い壁を作ってしまう。しかし山井は、まったく違った。まるで自分の家柄を自慢するように、得々と喋っている。

ここで少し刺激してみようと思った。危険だが、だらだらと会話を続けても突破口は開けない。

「あなた、家族とは上手くいってなかったのね」

「ああ？」

「子どもの頃は、ずいぶん厳しくしつけられたんじゃない？　しつけというか、親に暴力を振るわれていた。でも成長して逆襲した——家の中は、暴力で支配されていたんじゃない？」

「だから何だよ。そんな家族、どこにでもあるだろう」山井が苛立ちを見せた。

「家族仲が悪いのに、家族が所有するマンションに住んでるのはどうして？　憎む家族の世話になるのは、絶対おかしいわよね。あなたは変な家で育って、変な大人になった。だからストーカーなんかする」

晶が切りこむと、山井が黙りこんだ。目の奥にある闇がいっそう深くなる。話を引き出すことができなかったという意味では、今の会話は失敗だったが、彼の人生はまさに、自分が指摘したようなものだろうと確信が持てた。家族から離れようとして離れられない。そんな自分が情けなく、少しずつ心が壊れていく――。

「ここ、どこなの？」晶は話題を変えた。

「都内某所」言って、山井が声を上げて笑う。やけになったような、空気を震わせる笑い声だった。「それ以上は教えない」

「私と話をする気、ある？」

「もう話してるじゃん」

「由依さんにストーカー行為をしていたことは認める？」

「いや」山井が急に真剣な表情になった。「ストーカーって、要するに恋愛感情でしょう？　それがこじれて相手をつけ回すみたいな」

「由依さんに対して、そういう感情は持ってなかったの？」

「ないね」

「じゃあ、どうしてあんなことを？　彼女の家の前で待ち伏せしたり、しつこくＬＩＮＥを送ったりしたでしょう」

「由依はさ、ちょっと鈍いんだよね」山井が耳をいじる。「もっと怖がるかと思ったのに、あれじゃ面白くない」

「面白いと思ってやってたの？」晶は頭に血が昇るのを意識した。

「まあ……いいじゃない」山井が誤魔化した。

　会話が続いているうちは自分は安全だ、と思った。それに、こうやって喋っているうちに、山井もボロを出すかもしれない。

「でも、ストーカー行為……嫌がらせをしたのは間違いないのよね」

「相手がそう感じなければ、ストーカー行為とは言えないんじゃないの？」山井がしれっとして言った。

「あなた、いったい何がしたかったの？　単なる嫌がらせ？」

「由依は、恵まれてるんだよなあ」山井が一瞬視線を外した。「親は有名なテレビ司会者、兄貴は引退しちゃったけど元俳優だし、本人もモデル。そういう一家って、何かムカつかない？　あんたにはそういう感じはない？」

「あなたの実家だってお金持ちでしょう？　人に妬まれる可能性があるという意味では、同じじゃない」

「まさか」山井が鼻を鳴らす。「ただ金を持っているのと、世間に認められるのとでは全然違う。由依は、全部持ってたんだよ。そういう人間がいるって考えただけで、不愉快なんだよな」

「だから貶《おとし》めてやろうと思った？」

「あの一家は、目障りなんだよ」

　晶は自分の耳を疑った。目障り？　有名人一家を気に食わないと思うことは確かにあるだろう。山井の場合、そういう負の感情がエスカレートしたのか？

「何か、直接トラブルがあったの？」

「ないよ」

「だったら、どうして」

「気に食わないから」

「本当にそれだけの理由で？」

「ネットの世界なんて、そんなもんだよ」山井が鼻で笑った。「会ったこともない人間を勝手に叩く――面白いから、ストレス解消になるからって、そんな風にやっている人間ばかりなんだ」

話がどこかねじ曲がっている。何かがおかしい。必死で頭を働かせながら、晶はゆっくりと手首を回し続けた。大きく動かすと気づかれて動きを封じこめられる恐れがある。

「人間は、弱いよね」山井が溜息をつく。

「そんなことはないわ」

「今、若年層の死因のトップが自殺なのは、あんただって知ってるだろう」

「それは……」

山井がいきなり、パーカーの両袖をまくった。弱い光の下でも、両方の手首に何本も傷が走っているのが分かる。

「リスカって、別に女の専売特許じゃないんだぜ。男だってやるんだよ」

「あなた、自殺しようとしたの？」

山井が一歩踏み出し、両手を晶の方に突き出した。長袖のパーカーを着ているのは、そういうことか……何度も自殺を図った過去を隠そうとしているのだ。

「追いこまれたら、死ぬ以外に手はなくなるんだ」

だけど死ななかった――山井にとって、手首を切る＝死ぬではなくなっていたのではないだろうか。手首を切ることで擬似的な死を経験し、それでストレスを解消していた可能性もある。もちろん、自ら死を選ぼうとする人間には、必ず深刻な事情があるのだが。

「何があったの？　家族の問題？」

「それもある。あんたが言う通りで、俺は家族と上手くいってなかった。虐待だよ。虐待されてた子どもがどうなるか、警察官ならよく知ってるんじゃない？　だけど家族の金には頼らざるを得ない……おかしくならない訳がない」

晶は唾を呑んだ。幼少期からの体験がこの男の精神を捻《ね》じ曲げた――それには同情する。しかしそれが全ての原因とは思えなかった。

「『それもある』って――他には？」

「クソ野郎どもが俺を追いこんだんだ。あんた、分かるか？　名前も顔も知らない奴らが、俺の名前や住所を特定して、攻撃してきたんだよ」

「ネットの話？」

「そうだよ」

「あなたが、そういう攻撃に晒された？」意外な打ち明け話に、晶はかすかに混乱していた。

「だからこうなったんだよ」

山井がさらに晶に近づき、パーカーのポケットからカッターナイフを取り出した。ゆっくりと刃を出し、晶の前でひざまずく。晶は目を逸らさず、山井の顔を凝視し続けた。山井が手を伸ばし、そっと晶の髪を掴む。頭の横。まるで美容師が髪質を確認するためにやっているような感じだった。左手で髪を掴み、右手に持ったカッターをゆっくりと動かす。晶は、顔の前を動く刃の煌めきを凝視した。数センチ動けば、顔に二度と消えない傷が残る。

しかし山井は、突然晶の髪を思い切り引っ張ると、カッターの刃を当てた。ざくり、と小さな音がして、晶の頭は自由になった。山井が、晶の膝の上に、切った髪をぱらぱらと散らす。さらに顔を近づけてニヤリと笑うと、ゆっくりと立ち上がった。カッターは刃を一杯に出したまま、まだ右手にしっかり握っている。

「いつでもあんたを殺せるんだぜ」

「やってみれば？　どうせ逃げられない」晶は敢えて挑発した。

「だったらどうして、未解決事件が起きるのかね」

　山井も挑発するように言ったが、それで晶はかえって冷静になれた。山井の手が震えているのに気づいたのだ。サイコを装っているだけで、実際は何とかこの状況をコントロールしようと必死なのではないか？　晶は山井の顔を凝視した。フードを被っているせいか、額に汗が滲んでいるのが分かる。いや、これは暑さのせいではなく緊張のためだろう。絶対に勝機はある、と晶は自分を鼓舞した。

　山井が立ち上がり、すっと離れた。シャッターに背中を預けると、揺れる金属音が耳障りに響く。自分からそこまでの距離は二メートルほど。この状態では勝負に出られない。

「あなた、どうして攻撃されたの？　何かやったの？」

「大したことじゃない」

「でも、何かあったから叩かれたのよね」

「三浦玲《みうられい》って知ってる？」

「女優さんでしょう」ほとんどテレビを観ない晶でも顔は知っている。確か、ＮＨＫの朝ドラ出演で一気に人気が沸騰したのではなかっただろうか。

「前から気に食わなかったんだよ。それで、ドラマの文句を言ったら、猛烈に叩かれた。あいつのファン、皆おかしいんじゃないか」

「そんなにひどいことを書いたの？」

「まさか」山井が声を上げて笑う。「演技が下手だとか、媚《こび》売ってるのが気持ち悪いとか、そんなもんだよ。それぐらいのこと、誰でも書くだろう？　芸能人なんて、持ち上げられたり叩かれたりが普通じゃないか。それを、自分が叩かれたみたいに感じるのは、感覚がおかしいんじゃないか？　芸能人と自分を同一視してるのか、自分が守ってやらないといけないとでも思ってるのか、どっちにしても感覚が変だね」

「それで、手首を切ったの？」そこまで追いこまれるものだろうか、と晶は疑念を抱いた。いや……ないわけではないだろう。人は些細なことでも大きなショックを受け、人生に絶望する。ましてや山井の場合、家族の問題を抱えていた。元々精神的に不安定だったのが、ネットの世界のトラブルで完全に追いこまれたのか。同情すべき点はないでもない。

「悪いか？」本気で怒っている様子だった。

「相談できる相手はいなかったの？」

「そんなの、いるわけないじゃん」

「相手を特定したいなら、弁護士を使って情報開示請求をするとか、手はあったでしょう。相手が分かれば、対処もできる」

「時間がかかるんだよ。待ってられない」

「それで？」

「ネットの世界に居場所がなくなった」山井が重々しい表情でうなずく。

その時晶は、山井の態度が尋常でないことに気づいた。カッターを持った手は震え、目は充血している。顔も本来よりも——晶が写真で見たよりもむくんでいるようだった。

覚醒剤。

糸が繋がりそうな、そうでもないような……痛む頭のせいで考えがまとまらない。しかし山井が覚醒剤を使っているのは間違いなさそうだ。こういう感じになってしまった人間を見たことが何度もある。晶は、山井に対して抱いた同情を一気に捨てた。

「それでネットから離れたの？」

「アカウントを全部削除してさ……でも、すぐに戻ってきたよ。別のアカウントを使って、今度は人に叩かれないように十分気をつけてね。俺は悟ったね。叩けばいいんだ。叩いている人間は叩かれないのがネットの基本なんだよ」

「つまりあなたは、自分が叩かれるのが嫌だから、誰かを積極的に叩くことにしたわけね」

「そう。攻撃は最大の防御だからね」

「それで……誰を叩いたの」晶はその時点で、嫌な予感を抱いた。

「誰だと思う？」山井が、頬を引き攣らせるようにして笑った。

「ノーヒントじゃ分からないわね。あなたの携帯を解析させてもらわないと」推理はつながったが、本人の言葉で聞きたかった。

「冗談じゃない」山井が急に真剣な表情になり、パーカーの左ポケットを押さえた。そこに、命の次に大事なスマートフォンが入っているに違いない。

「由依さんについては、どう思ってたの？」

「どうって、何が」

「好きだった？」

一瞬の間を置いて、山井が今度は声を上げて笑った。

「好きって……何だよ、それ」

「本当は、好きだからストーカー行為をしたんじゃないの？」

「まさか」

山井の笑顔が一瞬で消える。話は核心に入りつつある、と晶は確信した。一気に攻撃的になるか、もう少し大人しく話をすべきか、判断が難しいところだ。

「こんな風になるとは思わなかったんだよなあ」山井が呑気な口調で言った。「すぐにびびるようなタイプなら、速攻で警察に駆けこんでたはずだろう？　だけどあいつはそうしなかった。結果、これだよ。まあ、兄貴があんなことをしたから、ダメージを受けてたのは間違いないだろうけど」

「あなたは、由依さんをどうしたかったの？　追いこんで自殺させたかった？」それなら自殺幇助《ほうじょ》が成立する。ただし、自殺幇助の立件は極めて難しいのだが。

「俺は何も求めてないよ」

「こうなることを予想していたんじゃないの？」

「さあね」

話をしている間も、晶は小刻みに両手を動かし続けた。ガムテープは完全に緩んでいる。思い切り両手を広げれば一気に外れるかもしれないが、そのタイミングが難しい。両手が自由になっても、まだ足の縛めは取れないのだ。両手のガムテープを外して、さらに足首、膝の縛りを解くのにかかる時間は……五秒では間に合わないだろう。十秒――しかし、その十秒をどう確保するか。狭いトランクルームの中で、山井の目を盗んでそんなことをするのは不可能だ。山井が少しでも外へ出れば、何とかなりそうだが。

その時晶は、かすかな異変に気づいた。山井が背負っているシャッターが少しだけ揺れる。体は触れていないはず……外は雨が降り、雷が鳴っていたが、風はそれほど強くなかった。山井はまだ、シャッターの音に気づいていないようだった。

異変はさらに続く。今度は、シャッターが微《かす》かに上がったのだ。地面との隙間が、一センチから二センチへ。誰かが、外からシャッターを開けようとしている。しかしそこで止まった——当然鍵がかかっていて、シャッターはそれ以上は上がらないのだろう。

　山井が慌てて振り向き、シャッターの前でしゃがみこむ。

「おい」晶の方を向いて、低い声で聞いた。「誰だ」

「さあ」

「他の刑事がいるのか？」

「私は一人だったでしょう。だからあなたみたいな半端野郎でも、私を拉《ら》致《ち》できた」

「何だと」

　山井が立ち上がり、詰め寄って来た。その瞬間、シャッターが激しく叩かれる。山井の顔に、初めて焦りの表情が浮かんだ。シャッターの方へ進み、耳をそばだてる。

「誰かいますか！」シャッターの外から、焦った声が響いてくる。井端……あいつ、何やってるの？

「クソ、何なんだ」

　山井が、カッターを胸の前で構える。シャッターを開けるか、静かにして嵐が過ぎ去るのを待つか、明らかに迷っている。実際には待つしかないのだが。シャッターが開けば、中に晶がいることが分かってしまう。

　山井が、シャッターと晶の顔を交互に見る。外にいる井端は、シャッターを必死でこじ開けようとしているようだ。井端の馬鹿力でも、鍵のかかったシャッターを開けられるとは思えなかったが……逆に言えば、山井は比較的安全な場所に籠っていることになる。ある意味、晶を人質にした立て籠り。そういう犯罪の専門家である一課の特殊班が出てくる場面かもしれない。

味方に面倒をかけるわけにはいかない。

晶は勝負に出た。思い切って両腕を左右に広げる。パチン、と軽い音がして、ガムテープが切れた感覚があった。同時に、両手にどっと血液が流れこんで熱くなってくる。すぐに足首のガムテープにも手をかけたが、手が痺れたままなので、上手く摑めない。

山井が気づいて、こちらへ向かって来る。まるで晶に恐怖を植えつけようとでもいうように、ゆっくりと……晶はそこで初めて声を上げた。

「井端！」

「柿谷か？　いるのか？」

「中！」

急に、シャッターがさらにガタガタと大きな音を立て始める。誰かが井端に加勢したのだろう。

「諦めなさい！」晶は山井に向かって叫んだ。「私を殺したら、あなたは確実に逮捕される。ここから逃げられるわけがない。それに、逮捕前に痛めつけられる」

山井が叫ぶ。明らかに冷静さを失っているようだった。まだ座りこんだままの晶に向かって、カッターを上から叩きつけるように襲ってくる。とっさの判断で体を傾けて避けたが、剝き出しの左腕をカッターがかすった。鋭い刃が肌を切り裂く感覚がある。見ると、左腕は肘のところまで血に染まっていた。大した痛みではないが、血を見るとやはり動揺する。しかし晶は、何とか心の揺れを抑えこんだ。自分はまだ死んでいないし、動ける。それに、今の一撃のショックのせいではあるまいが、両手の感覚が確実に戻ってきていた。

山井が立ち上がり、一度離れる。またゆっくりと戻って来たが、最後の三歩をいきなりダッシュした。そこで晶は、思い切って体を横に投げ出して転がった。自分の体が山井の足にぶつかり、彼がバランスを崩して倒れるのが分かる。がつんと何かがぶつかる音、続いて鋭い悲鳴。両足の自由がまだ利かないが、晶は何とか体をよじって山井の方に向き直った。山井は右肩を押さえてうずくまっている。カッターは持っていない……見ると、自分と山井の中間地点に落ちていた。晶は急いで足首と膝の自由を奪っていたガムテープを剥がし、頭から突っこんでカッターを奪おうとした。しかし山井の方が一瞬早い。急いで後退り、トランクルームの壁に背中を預けながら立ち上がる。やはり足首に強い痺れがある。これではふらふらしてしまって、まともに歩けない——戦えないだろう。

　狭いトランクルームの中に、汗の臭いが充満する。かすかな吐き気を覚えながら、晶は外にいる井端に向かって叫びかけた。

「無事！」

　井端は反応しない。ただしシャッターは激しく、波打つように揺れていた。ほどなく、金属が折れるぱきりという硬い音が響いて、シャッターが一気に開く。トランクルーム内の小さな灯りと、外の街灯の光が混じり合った。晶は壁に背中を預けたまま、呼吸を整えた。今になって、左腕の痛みがきつい。

「動くな！」井端の声が響く。ちらりとそちらを見ると、井端が山井に銃を向けていた。ずいぶん用意がいいことで……しかしそもそも、どうして井端がここにいるのだろう。ＧＰＳで追跡したのか、と想像した。スマートフォンを入れていたバッグはこのトランクルームにはないが、山井の車の中にあるのかもしれない。

「動くな！　カッターを捨てろ！」井端が太い声で呼びかける。

　カタン、と軽い音がした。見ると、山井が足元にカッターを落として両手を挙げたところだった。それを見て、井端がトランクルームの中に踏みこむ。鋭いマグライトの光が射しこみ、山井の顔を直撃した。山井が前腕を顔に当て、光を防ぐ。

晶はすっと山井に近づき、思い切り右腕を引いて顎にパンチを放った。山井が膝から崩れ落ち、晶の足元に、前のめりに倒れる。

ネットの暴力ではなく、物理的な暴力はどうだった？

もちろん、これぐらいじゃ済まないけど。


「やり過ぎだよ」

井端が非難した。自分のハンカチを晶の腕に巻きつけている。井端は「大した怪我じゃない」と言っていたが、鏡を使わないとよく見えない箇所なので、本当かどうかは分からない。痛みはかなりきつい。

「合気道の技じゃないよな」

「合気道は投げ技と関節技だし、積極的に攻撃はしないの。今のパンチは自己流。加減したけど」

「あれで？」

「本気を出したら、顎を骨折して喋れなくなるから……それより、どこへ連れていくの？　六本木署？　それとも近くの所轄？」今のところ山井に対する容疑は公務執行妨害に傷害、監禁――つまり晶に対する犯行というところだろう。「そもそもここ、どこなの？」

「調布だよ。奴の家から遠くない」

晶は左腕を持ち上げて腕時計を確認した。午後十時半……あれからさほど時間は経っていない。雨が鬱陶しい。真夏らしくなく、霧のような細かい雨になっていた。

「じゃあ、地元の所轄へ連れていく？　私、被害者としていくらでも証言するけど」

「柿谷」井端が低い声で言った。「一回落ち着こうか」

言われて、晶は二度、大きく深呼吸した。焦っていたのを自覚する。鼓動は速く、軽い吐き気もする。その時、井端のスマートフォンが鳴った。井端が晶を見たまま——余計なことをしないかと監視しているようだった——電話に出る。

「はい、井端です。ええ……軽傷ですけど、治療は必要です。じゃあ、それはこっちでちゃんとやりますから。それで、山井は？　ええ、はい。分かりました」

電話を切り、井端がてきぱきと今後の予定を指示した。

「山井は六本木署に連れて行く」

「私も行く」

「いや、お前はまず治療だ」

「こんなもの、放っておけば治るから」

「馬鹿言うな」

現場には岡田と、もう一人係の人間も来ていた。二人は既に覆面パトカーに山井を押しこんでいて、指示を待っている。井端が、誰か——たぶん三国からの指示を伝えると、パトカーはすぐに走り出した。

「さて、タクシーでも拾うかな」

井端がスマートフォンを操作しながら、「近場の救急病院、と」とつぶやいた。

「何言ってるの？」

「怪我してるんだから、緊急事態だよ」

逆らう元気がなくなってきた。二人は雨の中、ゆっくり歩き出した。霧のような雨でも、顔が濡れるのは鬱陶しい。住宅街の細い道路をしばらく歩くと、広い道路——甲州《こうしゅう》街道に出る。通りかかったタクシーを井端が摑まえ、晶を後部座席に押しこんだ。既に近くの病院の場所は見当がついていたようで、てきぱきと運転手に指示する。

十分ほど走って、病院に到着。すぐに治療を受けることができた。消毒、そして傷口を縫い、治療自体は十五分ほどで終了。前腕を包帯で固められ、それで急に怪我の大きさを意識した。しかも、ベッドから降りようとした瞬間に目眩《めまい》を感じて、倒れそうになってしまう。つき添ってくれていた井端が、慌てて無事な右腕を摑んだ。

井端が、普段は見せない世話焼きぶりを発揮し、晶を一晩入院させるように病院側に頼みこんだ。晶は平気だと言い張ったが、この目眩と頭痛は心配ではある。これから家に帰ってもしんどいだけだと諦め、一晩病院の世話になることにした。明日の朝になっても目眩が消えなければ、ＭＲＩの検査を受けることになるだろう。

廊下の照明が半分落とされた暗い中を歩き、個室の病室に案内される。病院側が簡単な寝巻きを用意してくれたので着替え、ベッドに潜りこむ。左腕はまだ痛んだ。もらった痛み止めを呑もうかと思ったが、またベッドから出るのも面倒臭い。寝られるはずだと思って目を閉じたが、ドアをノックする音で起こされた。

返事はしなかったが、井端は勝手に入って来る。ペットボトルの水を二本、持っていた。サイドテーブルに置くと、椅子を引いて座る。

「大丈夫そうだな」

「明日、無事に目が覚めれば、ね。これからどうするの？」

「それは明日の朝、伝える。今はちゃんと寝ておけよ」

「了解」

　確かめたいことはいくらでもあった。しかし今は、疲れと眠気が、好奇心や義務感を上回る。目を閉じた瞬間、眠りに引きこまれた。

6

　朝——しかし、覚醒するのに普段よりずっと時間がかかる。頭の中に靄《もや》がかかっているようだった。

　思い切って目を開けてみると、最初に目に入ったのは、ベッド脇の椅子に腰かけ、腕組みをしたまま居眠りしている井端の姿だった。かくんと頭が落ち、椅子から転げ落ちそうになって、慌てて踏ん張る。ゆっくり目を開けると、何とか微笑んで見せた。

「まさか、一晩中そこにいたの？」

「他に居場所がないから」井端が両手で顔を擦った。「さすがに眠れないな」

「それで、私の寝顔をずっと見てたの？　気持ち悪いんだけど」

「いやいや……そういう趣味、ないから」井端が苦笑する。

「今、何時？」訊ねてから、左腕に腕時計の感覚があるのを意識した。しかし自分の時計を確認する前に、井端が「六時」と答える。

「じゃあ、行こうよ」

「検査、受けなくていいのか？」

頭を振ってみた。何ともない。「大丈夫。とりあえず着替えるから」と言って井端を部屋から追い出す。

個室の病室なので、洗面所もある。生温い水で顔を洗い、着替えて、病室の中をぐるぐる歩きまわってみた。さらに片足立ちでバランスを取る。ぐらつくことはない。頭痛もないし、目眩もすっかり消えていた。これなら、面倒なＭＲＩの検査を受けなくてもいいはずだ、と勝手に判断して、やはりこのまま病院を出ることにした。

ドアを開けると、井端が廊下の壁に背中を預けて立っていた。

「どうだ?」

「問題なし。行こう」

「ええと、俺の勝手な判断だけど、せめて一度家に帰って着替えた方がいいよ」

「そう?」

「それで歩いてたら職質を受ける」

言われて自分の格好を見下ろすと、確かにその通りだった。ブラウスには血の染みが飛び、所々が茶色く汚れ、ジーンズの膝には穴が開いて、ダメージジーンズのようになっている。確かにみっともない。気合いを入れるためにはシャワーも必要だ。

「一回、家に戻ろうか」井端が提案する。「まだ早いから、大丈夫じゃないかな。昨夜遅かったから、山井の取り調べはすぐには始まらないだろうし。たぶん、午後になるよ」

「それ、私がやるから」

「三国さんは許可しないと思うけどなあ」井端が眉をくっと上げた。「被害者が自分で被疑者を調べるなんて、基本、ＮＧだ」

「監禁事件じゃなくて、別件。というか、本筋」

「どういうことだ？」井端の眉間にはまだ皺が寄っていた。

「詳しいこと、話してなかったっけ？」

「おいおい、記憶が飛んでるのか？　俺は何も聞いてないよ」

「だったら、朝ごはんにしよう。食べながら話すから」

　病院側はもう少し止めおきたがっていたが、晶は強引に退院した。服は汚れたままだが仕方がない。そのまま二人で、駅の近くにあるマクドナルドに入る。こういう店で朝食を摂るのは久しぶり……昨夜死にかけたのに、何故か食欲は旺盛で、ホットケーキと卵、マフィンなどがついてくるセットを頼んだ。甘ったるいホットケーキなど、普段は見向きもしないのだが、今日は手っ取り早いエネルギー補給のために糖分が必要だった。

　忙しなく食べながら、晶は昨夜トランクルームで山井と話した会話、さらにそれを元に組み立てた推理を披露する。井端はやけにゆっくりとハンバーガー——二つ目だ——を咀嚼《そしゃく》しながら、黙って聞いていた。

「だから、これは嫌がらせなの。自分を満足させるために、由依ちゃんを犠牲にした」

「スマホの解析を進めるよ。それでもう少しはっきりしたことが分かるんじゃないかな」

「それはそれとして、取り調べは私がやる」

「それは俺には決められないけど……自分で三国さんに直訴しろよ」

「分かった」

　晶はホットケーキの最後のひとかけらを口に押しこみ、コーヒーで流しこんだ。ファストフードのコーヒーも美味しくなったけど、やっぱり朝はきついエスプレッソが欲しい。

「もう、行こう」晶はトレイを持って立ち上がった。

「そんなに焦るなよ」井端はまだコーヒーを飲んでいる。この男は猫舌だったと思い出した。だったらアイスコーヒーを頼めばいいのに……。

「電車の中で飲めばいいじゃない」

「俺は、そういうマナー違反はしたくないんだよ」

「今ならまだ、朝のラッシュが始まってないから、コーヒーぐらい飲んでても大丈夫」

強引に言って、晶は店を出た。

予想通り、京王線は朝のラッシュ前で、二人とも座れた。明大前《めいだいまえ》駅で井端と別れて井《い》の頭《かしら》線に乗り換え、下北沢駅下車。駅へ向かう通勤客の流れに逆らって自宅へ向かう。家に着くとすぐに、左腕の包帯を濡らさないように気をつけながらシャワーを浴びて着替える——包帯が巻かれた腕を隠すために今日は長袖だ。自宅のエスプレッソマシンで、望みの一杯を淹れてようやく満足したところで、スマートフォンが鳴った。かけてきたのは三国だった。

「どうしてる?」

「家で着替えたところです。いつでも出られます」

「病院を抜け出したのか?」軽く非難するような口調だった。

「何でもないですから」井端は何も言っておいてくれなかったのか……一晩中つき添ってくれるぐらいの気持ちがあるなら、もう少し気を利かせてくれてもいいのに。

「家で大人しくしてもらっている方がいいんだが」三国の腰は引けていた。

「山井は私が調べます」晶は強い口調で宣言した。

「いや、しかしな……」

「私の獲物です。もしも私を外すようなら……」

「外したら？」

「殺します」

三国が一瞬黙りこんだ。嫌な沈黙……晶は、自分の方からはこれ以上何も言わないようにと意識した。

「お前、昨夜山井に一発食らわせたそうだな。そのせいで、山井はまともに話せるかどうか分からないぞ」

「手加減はしましたよ」

「そうは思えない……とにかく、お前が『殺す』と言うと、洒落にならないんだ。俺は長生きしたいんだよ」

「殺す時は、後ろから襲ったりしません。正面から、堂々と行きますから」

「死ぬことに変わりはないだろうが」

「覚悟はできますよ」

「いい加減にしろ」三国は電話を切ってしまった。

もちろん、三国を殺す気はない。

殺すなら山井だ。殺すというのが、彼の自由を奪い、この先の人生を潰すという意味なら、まさにこれから自分がやろうとしていることである。

あの男には、もう自分の人生を生きる権利はない。

山井の取り調べに入る前に、晶は六本木署に集まった井端や三国たちに状況を説明し、自分の推理を披露した。先ほど井端に話したのと同じ内容である。井端も家に帰って着替えてきたようだが、晶が話している間、何度も欠伸《あくび》を噛み殺していた。寝不足は間違いないだろうが、同じ話を二度聞かされてうんざりしてもいるのだろう。プレゼン能力をもう少し鍛えないと、と晶は反省した。

　説得の効果か、結局三国は、晶に山井を任せてくれた。

「記録係には井端が入れ。スマホはもう解析に回した。それと、奴の家と、お前を監禁したトランクルームにも捜索が入っている」

　フル回転で捜査が始まったわけだ。もちろん中心になるのが自分だとは意識している。

「尿の分析をお願いします」晶は頼みこんだ。

「シャブだろう？」三国は速攻で反応した。「もう検査に回してる。十中八九、検出されるだろうが」

　これで準備完了だ。しかし、山井の取り調べはすぐには始まらなかった。昨夜、晶に殴られた山井の顎は意外に重傷——歯が二本吹っ飛んでいて、午前中は治療を受けているという。そんなもの、放っておけばいいと思ったが、治療を受けさせないと、後で弁護士につけ入る隙を与えてしまう。

　結局、取り調べが始まったのは昼を過ぎてからだった。井端とは集中して打ち合わせしておく時間はあったのだが、晶は敢えて彼を避けた。もう背景と推理は話していて、それは今も変わっていない。そして、誰かと話すことで決意と集中力が削がれるのも嫌だった。

　午前中の周辺捜査で、取り調べに使える材料が集まってきた。それだけを持って、山井と対決する。

午後一時、取り調べ開始。

取調室で相対した山井は、昨夜とはすっかり様子が変わっていた。昨夜は目が異様に輝き、奇妙なテンションの高さがあった。しかし今は背中が丸まり、髪はぼさぼさになっている。パーカーを脱いでＴシャツ一枚のせいか、体の貧弱さがさらに際立つ。顔の左側は腫れ――大袈裟に言えば顔の形が少し変わってしまっている。口を開くと、確かに前歯が二本なくなっている。

「始めます」

最初の取り調べなので、名前と年齢、住所の確認を済ませる。山井はぼそぼそと、ほとんど聞き取れない声で喋るだけだった。やはり、痛みがまだ残っているのかもしれない。

「あなたのスマートフォンを解析しました。間違いなく、由依さんに脅迫じみたＤＭを送っていましたね」

「その話は昨夜もしたろ」歯が二本折れたせいか、滑舌が悪い。

「由依さんのお兄さんが逮捕された後も、しつこく連絡を取り続けてますね。どれも、由依さんを脅す内容です」

山井は由依に対して、ＬＩＮＥでしつこく接触していた。さらに、晶が名前も知らないメッセージアプリを頻繁に利用していた。調べてみると、ビジネスマンを中心に、一部にコアなユーザーがいるらしい。晶はアイコンも知らなかったので、由依のスマートフォンでも無視してしまったのだ。ＩＴ系の勉強もちゃんとしておかないと、と反省する。

山井と由依のスマートフォンをそれぞれチェックし、メッセージの内容はすでに確認していた。山井は由依の精神を揺さぶりにかかっていたのだ。

お前の兄貴は戻って来られない。刑務所を出ても居場所はない

社会的には抹殺された

親父も二度とテレビに戻れない。お前も終わりだ。家族はバラバラになる

いい加減、気づけよ。前からやってたのに、何で気づかないんだよ

「前からやってた」というメッセージが気になった。このメッセージアプリをさらに調べたところ、山井が意外な人間にメッセージを送っていたことが明らかになったのだった。

この材料をぶつけたい。しかし、最後の切り札として取っておくことにした。一つ一つ事実を積み上げ、疑惑を積み重ねたその天辺に山井を乗せたところで、とどめの一撃を放つ。覚醒剤が抜ける途中でぼんやりしている山井が、転げ落ちて致命的なダメージを負うほどの一撃を。

「あなた、覚醒剤を使ってるでしょう」

「何も言わない」かすれた声で山井が言った。

「朝、尿検査、したでしょう。簡易鑑定で、覚醒剤の反応が出た。これは否定しても無理だから。いつから使ってる?」

「忘れたね」山井が目を逸らす。

「それも、スマホを解析すれば分かる。誰から買ってたか、いつから買い始めたか……今は、売り買いにはスマホを使うのが普通だから。メールやメッセンジャーは使わないでしょう? 普通の電

話での通話の方が、簡単に履歴を消せると思ってる？　でも、会話内容はともかく、誰と話していたかはキャリア側にデータが残っているから、いくらでも追跡できる。でも、その件はとりあえず置いておきます。あなたの覚醒剤使用の件については、後で立件します」

「好きにすればいいじゃん」山井が不貞腐れて言った。「どうせ俺は、これで終わりだからさ」

「終わるかどうかを決めるのは、あなたじゃない。あなたはもう、自分の人生を自分で決めることもできないの」晶は圧力をかけた。この男にも、同情すべき点はあるかもしれない。ネットで炎上し、本名や住所まで特定されたら、たまったものではないだろう。それでもネットから離れられず、今度は自分が誰かを炎上させることで、自分の欲求を満たした。やったことには情状酌量の余地はないが、動機については理解できないでもない。

要するに依存症なのだ。

このまま話を続けていけば、山井は自己憐憫《れんびん》に満ちた言い訳を始めるかもしれない。言い訳は聞かないわけでもない。しかしもう少し先にしなければ……まずは事実関係を確定させることが先だ。

最後に、と思って取っておいた切り札を、ここで明かすことにした。山井は明らかにダウナー状態——覚醒剤の効果が切れた後によく見られる、無気力な状態だ。こういう時は、人の言うことを素直に受け入れてしまいそうになる。卑怯だ、と言われかねないが、後で裏を取っていけばいい。

「あなたは、前尾さん一家全体をターゲットにした。あの一家を貶《おとし》めて満足しようとした。そうですね？」

「何のことか……」

「昨夜、そう言っていたでしょう。兄の弘大さんも狙っていたんですよね？　違いますか？　あなたと弘大さんがメッセージのやり取りをしていたことは、もう分かっています」

山井の顔からすっと血の気が引いた。それまで丸めていた背中を伸ばし、晶の目を一瞬見る。しかしすぐに、視線を逸らしてしまった。晶は、確実な一撃を放ったと確信した。

「最初は由依さんですか？　由依さんとも、最初は普通に友だちづきあいをしていたでしょう。それで家族に関する様々な情報を引き出した——そもそも由依さんに接近したのは、前尾家の情報を取るためだった。違いますか？」

「同じ大学に前尾の娘がいて、モデルをやっていることは知ってたよ」山井が認めた。

「どうして前尾さんを狙ったんですか？」

「敵はでかい方がよかったんだよ」

「敵？」

「潰す相手。炎上させて、滅茶苦茶にする。思ったよりも上手くいったね」山井が一瞬、笑みのような表情を浮かべる。

「だいぶ複雑な手を使ったわけね」

「いろいろ考えてさ」今度は、山井が完全に微笑む。自分がやってきたことの「成果」を思い出し、どうしても笑いを抑えられなくなったようだ。

「どうやって？」

「前尾みたいな芸能人は、いろいろなものに守られてる。事務所とか、テレビ局とか……その中で一番弱いところはどこかと考えた時に、真っ先に由依が候補に挙がったんだ。モデル活動をしてるって言っても、世間知らずのお嬢様だからな」

「由依ちゃんに近づいたのはいつ？」

「去年……去年の秋かな」

「どうやって？」

「学祭でのナンパの手口を知りたいとか？」山井が声を上げて笑う。「ああいう世間知らずのお嬢様は落としやすいんだよ。楽勝だった。それに基本、あいつはまだ子どもだからね。何とでもなった」

「それで？　由依ちゃんからどんな情報を引き出したの？」

「家族のことは何でも。でも、親父のネタはなかったな。ああいう人は、絶対スキャンダルを抱えていると思ってたけど、つまらないぐらいクリーンなんだよね。俺は、嘘はつかない——つきたくないんだ。フェイクニュースをでっち上げてまで、人を貶めたくない。だから、絶対に誰も反論できないネタを摑んで、一家を全滅させることにした」

「その計画のターゲットにされたのが、弘大さんだったのね」

「人を殺したら、絶対に言い訳できない。誘導ぐらいはできるだろうと思ってたけど、思ったよりも上手くいった。男は誰でも、女のことになると冷静な判断ができなくなるのさ」

「殺すように仕向けたわけ？」

「いや、あそこまで上手く行くとは思わなかった。予想外の大成果ってやつ？　俺としては願ったり叶ったりだったけどね。だけど、目の前で人が死ぬのを見た時は、さすがに驚いたな」

「あなた、その現場にいたの？」晶は目を見開いた。

「自分の目で見ないと、信じられないじゃん」山井がどこか自慢そうに言った。

「写真は？」

「そこまで悪趣味じゃないよ」山井がせせら笑った。

「スマホだったら動画だって撮れたでしょう。回しっぱなしにしておけばいいんだし」

「リソースの無駄遣いだよ。ま、この目で見たから間違いない」どこか自慢げに山井が言った。

「誘導したって言ったわね？　どうやって」

山井が口を開きかけたが、それまでペラペラ喋っていたのが嘘のように、一転して黙りこんでしまう。精神状態が不安定になっているのか、自分を守るために喋らない方がいいと冷静に考えたのか。

「弘大さんが殺したのは、昔つき合っていた恋人の古島萌さんです。二人は既に別れていて、萌さんには新しい恋人がいた。弘大さんは未だに、動機については話していない。これは非常に不自然です。そして萌さんの遺体からは、覚醒剤が検出された。私たちはこの謎を、まだ解いていません――」そこまで言って、晶ははっと思い至った。

覚醒剤。

萌と山井をつなぐ線は「覚醒剤」だ。

晶は両手を組み合わせ、テーブルに置いた。何も言わず、山井の顔を凝視する。山井が、居心地悪そうに体を揺らす。

「覚醒剤。あなたは覚醒剤に全てを賭けた」

7

その日の夜、晶は弘大と話すために練馬中央署へ飛んだ。岡田は昨日の一件の捜査からは外れ、朝から弘大の取り調べを再開していたのだが、それももう終わっている。一度取り調べを終えた後で再開するのは異例だが、今回は取り調べではない。あくまで確認――こちらの捜査の補足だ。

そう説明しても、岡田は嫌そうな表情を浮かべたままだったが、三国から既に連絡が入っていたようで、自ら記録係として立ち会うことを前提に承知した。取り調べじゃないんだから、記録係じゃなくて監視係――晶は頭の中で密かに訂正した。

夜になってまた取調室に連れて来られた弘大は、ひどく困惑していた。憔悴ぶりもひどい。おそらく短期間で何キロも体重が落ちているだろうし、顔色も悪い。体調も思わしくないようで、しきりに胃の辺りをさすっていた。ドラマの中で輝いていた姿は全く感じられない。

「妹さんのこと、お悔やみ申し上げます」晶はまず頭を下げた。この件について、弘大と話したことはない。

「ああ……どうも」弘大はそう言うのが精一杯の様子だった。

「あなたの部屋で亡くなっていたのはどうしてですか？」

「それは、俺には分かりません」弘大が疲れたように首を横に振った。「たまに遊びに来てましたけど……」

「一つ、確認させて下さい。どうして古島萌さんを殺したのか、あなたはどうしても動機を言わなかった。その理由が、私には分かったと思います。聞いてもらえますか」

弘大は何も言わなかった。しかし、明らかに晶の言葉に引きつけられている。晶は一呼吸置いて話し始めた。

「問題は、山井尚志という男です。昨夜逮捕して、今朝から取り調べを続けてきました」

弘大の肩がぴくりと動いた。間違いなく山井を知っている――いきなり急所を突いたことを、晶は確信した。

「山井尚志は、以前——高校生の頃にネットで炎上騒ぎを起こして、自分の本名や住所まで晒されてひどい目に遭いました。ただしそれで懲りたわけではなく、今度は自分が誰かを炎上させることで、自尊心……のようなものを満足させようとしたんです。たまたまそのターゲットにされたのが、あなたたち一家でした。ただ目立っていたというだけで……相手は誰でも良かったんでしょう。お父さんは有名なテレビ司会者、あなたも一時芸能活動をしていたし、由依さんはモデルとしてキャリアをスタートさせていた」

弘大がかすかにうなずく。晶の話を全面的に受け入れていた。

「あなたたち一家は、何も悪いことをしていません。一方的に因縁をつけられたようなものです。しかし山井は、あなたたち一家の話題を炎上させるために、本物のスキャンダルを必要としていた。そのためにまず由依さんに近づいて、前尾家の情報を探ったんです。しかし何も出てこなかった。それで山井は、自分の手でスキャンダルを作ろうとしました。そのために、あなたが昔つき合っていた萌さんまで利用した」

弘大の喉仏が大きく上下した。視線を落とすと、そのまま固まってしまう。

「山井は萌さんに近づいて、覚醒剤を勧めました。萌さんが、どうしてそんな誘いを受け入れてしまったのかは分かりませんが、結果的に萌さんは覚醒剤を手放せなくなった。そして山井は、その情報をあなたに流したんです。昔の恋人がシャブ漬けにされた。何とかしてやらなくていいのか——その話を聞いたあなたは、萌さんに覚醒剤をやめさせるために、説得しに行った」

「その前に、萌とは電話で話しました」弘大がかすれる声で言った。

「どんな話を？」

「山井という男から電話があった時、明らかにおかしいと思ったんです。自分が萌に覚醒剤を流して、中毒にさせた――あいつはそんなことをほのめかしていた。嘘だろうと思ったけど、言われれば不安になりますよね？　だから俺は、萌と話してその件をはっきりさせ、その後で山井と会って、手を引かせるつもりだった」

「それで刃物を？　脅すために？」あの日、一気に決着をつけようとしたわけか。

「……はい」

「萌さんは、山井の居場所を明かさなかったんですか？」

「はい。俺は……絶望しました。萌は、俺が想像していたよりもひどい中毒だったんだと思います。別れてから会うのは初めてだったけど、話していることが支離滅裂だし、動きもおかしいし……こっちがいくら正面から諭しても、まったく言うことを聞かなかった。俺が言っていることを理解しているとも思えなかった。揉み合っているうちに刃物が落ちて、それを見た萌が急に激怒して摑みかかってきたんです。それで突き飛ばしたら……」

「彼女は倒れて、頭を打って動かなくなってしまった。殺すつもりはなかったんでしょう？　どうして状況をはっきり説明しなかったの？」

「そんなことを言っても、言い訳にしかならないでしょう」弘大がゆっくりと首を横に振った。

「俺が萌を殺したのは事実なんです」

「どうして萌さんを殺した動機を言わなかったのか……彼女の名誉を守るためね？」晶の勘が告げていた。

「俺は……俺は、萌とは別れたくなかったんです。まだ萌のことが好きだった。今、つき合っている男がいることは知っていたけど、この件はチャンスになるかもしれないと思った」

「萌さんを、覚醒剤中毒から助け出すことができれば……」

晶の合いの手に、弘大が素早くうなずく。

「俺が言わなければ何も分からない。萌が死んでいても、関係ないんです。死者にも名誉があるでしょう」

晶はうなずいたが、その努力は無駄だったわけだ。解剖で、萌が覚醒剤を使っていたことは分かっていたのだから。この件は発表されず、記事にした社もなかったが、裁判では明らかになる。萌の名誉が汚されるのは、時間の問題だったのだ。

「やったことは許されないけど、気持ちは分かります」晶は真顔で言った。「でも、危険なことをしても、ヒーローになれるとは限らない。しかもそのせいで、あなたたち一家は山井の罠に落ちてしまった」

「山井という男のことは何も知らないんです。何を企んでいたかも……」

「由依さんは、あなたと山井が接触していたことを知っていたんですか?」

「話しました……あいつが面会に来てくれた時に」

晶は思わず背筋を伸ばした。これは……この情報が、由依が自殺する引き金になったのではないかと想像した。自分につきまとっていた男が、兄を陥れた。その事実を知った時、由依は絶望して死を選んだのかもしれない。自分の「第二の部屋」である兄の家で。

しかしこの推測は、弘大には話せない。弘大の言葉のせいで由依が死んだ、と告げるようなものだ。晶はむしろ、自分の落ち度を反省していた。面会の後、由依と話してフォローしておけば……。

「あなたが逮捕されて、お父様は自分の名前を冠した番組から降板せざるを得なかった。ネットでも叩かれて、激しく炎上しました。由依さんも、隠していた本名がばれて、しかも家が放火されて大きなショックを受けた。山井は、そんな状態にある由依さんを、精神的にさらに揺さぶった――結果的にそれで、由依さんは自殺に追いこまれてしまったんです」

山井はそのやり方を嬉々として話していた。思い出してもぞっとする。それは、自分の責任でもあるのだ。由依に寄り添い、彼女に本音を話させることができれば、もっと早く真相に辿りつけていたかもしれない。結果的に由依が死ぬこともなかっただろう。

この件は一生背負っていく。刑事を辞める日まで――いや、死ぬまで忘れないだろう。それが自分の責任だ。

「これが、私たちが調べ上げたことです」

「はい」

「山井に関しては、妹さんの自殺に関与していたかどうかをはっきりさせることは難しいと思います。言い訳に聞こえるかもしれませんが、自殺幇助というのは、立件するのが極めて難しい犯罪なんです」

「分かります。法学部で、刑法が専門でしたから」

「失礼……手は尽くしますが、保証はできない、ということは了解して下さい」

「あいつは野放しになるんですか？」

「それはありません。覚醒剤の件を始めとして、山井は細かい犯罪をいくつも重ねています。間違いなく実刑判決を受けますよ。何年刑務所に入るかは、これからの我々の努力次第です」

「でもいずれ、外へ出てくるでしょう。永遠に入っているわけじゃない」弘大はまだ不安そうだった。

「今度はあなたたちが、山井を追いこむこともできるんですよ」

「あなたたちって……うちの家が、ということですか」

「山井を民事で訴えてやればいいでしょう。損害賠償金、慰謝料を請求して、裁判の過程で、刑事事件としては追及できなかったことを明らかにすればいいんです」

「それは……俺にはできない……」

「ご両親は、この事実を知ったら、必ず動きますよ。前尾さんはプライドの高い人です。こんな、通り魔みたいな犯罪の被害に遭って、黙って我慢してしまうとは思えません」

「……俺には何も言えない」

「ここから先は、ご家族の問題です。でも、山井に関して分かったことは、できるだけきちんとお伝えします。そうする義務が、我々にはあると思います」

「そうですか……」

「今、民事の話をしましたけど、山井が受ける罰は、それだけじゃないかもしれませんね」

「どういうことですか？」

「山井が、人生で一番辛い思いをしたのは、些細なことで炎上して、ネットで叩かれたことです。そのために何回もリストカットを繰り返し、覚醒剤にも手を出すようになった。精神的に不安定になっていたのに、ネットから離れられなかったんです。だから今度は、自分を守るために攻撃的な手に出た。山井が一番怖がっているのは、ネットで吊し上げられて攻撃されることなんです。今回の件は、いかにも炎上しそうな感じがしませんか？　とにかくクソみたいな犯罪なんですから」

「それは、俺にはよく分からないけど……」

「幸いというべきか、山井はこれから長く服役することになると思います。そうなるように私たちも努力しますが、その結果、彼は自分ではネットを使えなくなる。だけどネットでは彼の名前が炎上して、家族にも被害が及ぶかもしれない。それでも山井は、何の手も打てないんです」

「でも、自分でそれを知ることはないでしょう？　刑務所に入ったら、それこそネットは使えないんだから」

「刑務所でも面会があるんですよ。そういう情報を、誰かが吹きこむことはできるでしょうね。結果的に、山井は刑務所から出たくなくなるかもしれない」

「まさか、警察がそういうことをするわけじゃ――」

「ありません」晶は即座に否定した。「警察の仕事は事件を捜査して立件することで、それ以外には何もできません。ただ、この件は絶対に、ネットで話題になる。話題になるのを止める権利も、警察にはありませんよね」

　まくしたてながら、晶は暗い快感を覚え始めていた。山井の事件を立件して公表するのは、手足を縛った罪人を、ストレスの溜まった群衆の前に放り出すようなものかもしれない。中世、暗黒時代のヨーロッパなら、罪人は八つ裂きにされて悲惨な最期を遂げるだろう。しかし現代の民衆は、自ら手を汚すようなことはしない。

　山井は、ネットの世界――仮想空間で八つ裂きにされる。肉体ではなく精神を。

「お願いがあります」晶は真剣な口調で訴えた。

「はい」

「私は、この一連の事件の真相を話したつもりです。あなたももう、隠すことはないと思います。ですから、これからはできるだけ正直に、全てを話してもらえますか？」

「――はい」

「私からはそれだけです。それと……」

弘大が無言で顔を上げる。目の縁に涙が溜まり、今にもこぼれそうだったが、唇を嚙んで堪えていた。震える声で「何ですか」と訊ねる。

「由依ちゃんが亡くなった件では、私を恨んで下さい」

「いや、それは……」

「私にも責任があります。私は未熟でした」

晶は頭を下げた。何を言っていいか分からない様子で、弘大は無言で、戸惑う目つきで晶を見るだけだった。

二人の間に、冷たく乾いた空気が流れる。

取調室を出ると、井端が廊下の壁に背中を預けて立っていた。右手をさっと挙げて、軽い調子で「よ」と短く言う。

「何？　待ってたの」

「まあね。あんなことがあった次の日だし……頭は？」

「何ともない」保護者面して欲しくない、とむっとした。私は自分の足で歩けるのだから——と思った瞬間、晶は昨夜聞き忘れたことがあるのを思い出した。「昨夜、何であそこにいたの？　私をつけてた？」

「そういうわけじゃないけど、山井の住所を言ってただろう？　だから気になってさ」

「あなたの判断で？」

「係としての総合的な判断だよ。で、後はＧＰＳで追跡して、大まかな居場所を割り出したってわけだ。そうしたら、あのトランクルーム近辺に行き着いた。山井の車も停まっていたし、様子がおかしいのはすぐ分かったからね」

「何か、情けない」晶は肩をすくめた。

「助けてやったんだから、お礼を言ってもらわないと」

「ごめん、そんな気になれない」

「そっか」井端がさらりと言って、廊下の壁から背中を引き剝がす。「飯でも食う？」

「井端、ご飯のことしか考えてないよね……遠慮しておく」

「なあ、いろいろ考え過ぎなんじゃないか？」

「まだ考え足りない」

「適当にしておけよ。パンクしちまうぜ」

「それでもしょうがないと思う」

「無理するなよ」

井端が柔らかい笑みを浮かべたが、晶の心には響かない。「じゃあ」と一礼して、井端から遠ざかった。

「本当に飯、いいのか？」

晶は立ち止まって振り返った。妙にしつこい感じがするけど、何が言いたいんだろう。

「言いたいことがあるなら、ここで言ったら？」

「いや、いい」井端が首を横に振った。

どうして中途半端にするかな、とかすかな怒りがこみ上げたが、今日は言い合いをしている余力はない。

エネルギーは尽きた。

8

夢のない眠り。一度も目覚めることなく、晶は午前六時に目覚めた。それが意外だった。罪の意識に苛《さいな》まれ、浅い眠りで我慢するしかないと思っていたのに。

腕の傷を庇って慎重にシャワーを浴び、完全に体を目覚めさせる。スクランブルエッグとトーストで簡単な朝食を摂った。後は野菜ジュース。トーストを食べ終える頃に、エスプレッソマシンで朝の一杯を用意する。これで戦闘準備完了だ。

土曜日。晶は今日、出勤の予定になっていたが、特捜本部には顔を出さず、前尾家に行く予定だった。三国にも昨夜、了承を得ている。三国は何か言いたそうにしていたが、結局「分かった」と言うだけだった。

井の頭線で渋谷まで出て、山手線、日比谷線と乗り換え、広尾へ向かう。前尾家へ歩いていく間ずっと、どう切り出すか考え続けた。しかし、上手い方法は思いつかない。第一声は……いや、前尾の顔を見てから考えよう。

山井の犯行については、まだマスコミには発表されていない。それ故か、家の前には報道陣は誰もいなかった。張っているのが当たり前という感じになっていたので、少しだけ拍子抜けしてしまう。しかし、人目を気にせず堂々と入って行けるのはありがたかった。

事前に連絡するかどうかについてもかなり悩んだが、結局電話はかけていない。今、自分から連絡があれば、前尾も美紀もあれこれ考えてしまうだろう。わずかでも不安にさせたくなかった。いきなり訪ねるのが失礼だとは分かっていたが、今はこれがベストの方法だと判断する。

インタフォンを押すと、意外なことに五十嵐の声で反応があった。土曜日の午前中から仕事だろうか。玄関に入ると、淡々とした様子で出迎えてくれた。

「何かあったんですか？」

「お話があります」

「また何か……」五十嵐の表情が暗くなる。

「いい話かどうかは分かりません。でも、話さないといけないんです。五十嵐さんは、何か仕事の話ですか？」

「東テレとのブリッジ役——向こうの偉いさんから頭を下げられているんですよ」

「この前の、復帰の話ですか？」

「そういうことなんですけど、もうちょっと時間をくれてもいいのにと思いますよ。テレビの連中は、気が短くていけない——どうぞ」

促され、玄関から廊下に入る。その先のリビングルームに顔を出すのも久しぶりだ。この前——月曜日にここへ来た時には由依の遺体に手を合わせた。既に葬儀は終わり、家の中はひどく静まり返っている。訪問するのに最適のタイミングではないが、これ以上遅くするのも適切ではないと思う。

前尾が一人でソファに座っていた。美紀の姿が見当たらない。晶は丁寧に挨拶してから、前尾に「奥さんはいらっしゃいますか」と訊ねた。

「家内に用事ですか？」

「お二人に話したいんです」

「そうですか……」前尾が立ち上がり、キッチンとの間の壁にあるインタフォンの受話器を取り上げる。番号をプッシュしてから「ちょっと降りてきてくれないか」と言った。

三分後、美紀がリビングルームに姿を現す。晶は二人に、ソファに座るように促した。自分は向かいに腰を下ろす。五十嵐はいつの間にか姿を消していた……本当はいてもらった方がいいのだが。結局、最後まで家族に寄り添うのは五十嵐になるのだろう。

「由依さんを追いこんでいた人間を見つけ出して逮捕しました」

「何だって？」前尾が身を乗り出す。「それはどういう……まさか、その人間が由依を殺したのか？」

「違います。違うことは確認できています。由依さんを物理的にではなく精神的に追いこんだ、という意味です。別の容疑で逮捕しましたが、今後徹底して叩きます。長い話ですが、聞いていただけますか？」

夫婦が揃ってうなずいた。二人とも、葬儀を終えて疲れ、急に年老いてしまったように見える。

話し終えると、晶もげっそりと疲れを感じた。まだ事件のダメージから逃れられない。昨夜の中断なしの八時間睡眠も、あまり役にたっていないようだった。

「つまり……弘大も被害者のようなものなのか？」前尾が問いかける。

「ある意味、そうです」晶は認めた。「この犯人は、たまたま前尾さん一家をターゲットにしたんです。自分がネットで痛い目に遭い、さらに覚醒剤を使うようになって、考え方が歪んでしまったんでしょう。それでも必ず、責任は取らせます。このままでは済ませません」

「弘大は——弘大は、少しでも早く出てこられるんですか」美紀が必死の形相で訊ねる。

「それは、私には何とも言えません。警察官には、刑期を決める権利はないんです」しかし、経験的に何となく予想はできる。同じ殺人事件でも、殺害方法、動機などによって刑期はまったく違ってくる。今は裁判員裁判なので、昔よりも刑期の予想がしにくくなった、と先輩刑事たちはよく言っているが。「ただ、弘大さんには、動機も含めて、隠すことなく話すようにお願いしました」

「そうですか……家族が減ってしまった」前尾がぽつりと漏らした。「弘大は必ず戻って来る。戻って来たら、私が必ず立ち直らせる」

「家族の力は、いつでも大事です」

「ああ……今回の事件が一段落したら、私はもう一度会見を開こうと考えていますが、どう思いますか」

「内容は？　何をお話しになるんですか」

「率直な気持ちを。事件について分かっていることも、全部話すつもりです。弘大がはめられたことを説明すれば、世間は納得してくれると思う」

「タイミングが大事です」晶は静かにアドバイスした。「今回逮捕した山井という男が起訴されて、事実関係が全て明らかになってからの方がいいと思います。私たちの調査内容が明らかになった後なら、前尾さんが話すことも説得力を持つでしょう」

「あなたの言う通りだ」前尾がうなずく。「ジイさんがまた勝手なことを言っている、とネットで叩かれるのは困るからね」

「ネットって、怖いですね」美紀が自分の頬を撫でた。

「使い方によっては怖くなることを、私も改めて思い知りました」晶も同意した。

「しかし、私たちはもう、ネットなしでは生きていけないんだろうね」前尾が、視線を宙に彷徨わせた。

「はい」

「十五年……もっと前かな。夜深《よぶか》い時間帯にニュース解説の番組をやっていたんだけど、その時にネットリテラシーという言葉を初めて知った。相手に不快感や誤解を与えず、メールやインターネットを使うためにはどうすればいいか、新しいマナーが必要とされている、という話だったが、今はどうなのかね。当時は、そういうマナーを学校でちゃんと教えるべきだという話が出たんだけど、あなたはどうでしたか？　学校で、そういう授業を受けたことは？」

「あります。でも今思うと、表面をなぞっただけでした」中学の時の授業を思い出して晶は答えた。あれはインターネットというより、携帯電話の使い方という感じだった。「教える先生の方がよく理解できていなかったみたいで、私もよく分かりませんでした」

「ネットの世界は、いつでもボトムアップだね。年長の人間は理解できなくて、若い人が自在に使いこなして新しい文化を作っていく」

「ただ、今ネットで暴れまわっているのは、必ずしも若い世代ではないようです。三十代から四十代、会社でも管理職になり始めた男性の方が、炎上させるような発言をすることが多いと聞きました」

「ほう」前尾が目を見開く。しかしすぐに、納得したようにうなずいた。「その年代の人は、人生で一番大きなプレッシャーを受けるんだ。中間管理職だから上からも下からも圧力を受けて板挟みになるし、家庭では子どもが反抗期を迎える時期で、教育費もかかる。酒で憂さを晴らしたくても、仕事での苦労に見合った給料はもらっていない――となると、手軽な憂さ晴らしとして、ネットで暴れ回るしかないわけだ」

「そうかもしれません。もちろん、山井のように若い人間でも、ネットの悪意に巻きこまれて、自ら犯罪にかかわることもあるでしょう」

「その番組では、『ネットの世界は性善説』という言葉も出ていたな。匿名性は悪の温床にもなりうるけど、全体では常識と良心に従って利用する人が多いから、必ず正しい方向に向かうはずだ、と。その言葉が本当だったかどうか、私には判断できない。理系の人の理想主義のような感じもするが」

「私も文系なので、何とも言えません」そもそも晶は性悪説だ。人間は基本的に悪い。理性とのバランスで、何とか世の中は地獄にならずに済んでいるのではないか——。

「用心していくしかないわけか」前尾が納得したようにうなずく。

　しかし、用心していてもどうしようもない場合がある。今回の前尾の事件の場合、もらい事故のようなものなのだ。有名人は、普通に活動しているだけでリスクを背負う。そしてネットの世界では、リスクを回避する絶対確実な方法は一つしかない——ネットを使わないことだ。

「柿谷さん」

　美紀が声をかけてくる。晶は黙って彼女にうなずきかけた。

「この間……家族のことを話してくれてありがとうございました」美紀が頭を下げる。

「いえ……」喉が詰まる。

「大変な思いをしたんですね」

「昔の話です」終わったわけではない。しかし今はそう言うしかなかった。

「私も、家内から聞きました」前尾が言った。「自分の辛い事情を話す勇気は、素晴らしいものだと思う」

「何の役にも立ちませんが」

「いや……今はまだ、私たちには何も言えない。でも何年か経った時、お互いに苦労話ができるようになるかもしれない。その日を待ちますよ」
時は流れる。流れた先で何が起きるかは、誰にも分からない。

9

日本でオープンカー文化が根づかないのは当然だと思う。夏は暑く、冬は寒く、雨も多い。快適なオープンエアドライブを楽しめるのは、春と秋のごく短い期間——今はまだきつい。九月、脳天を焼く陽射しは強烈だった。

イギリス人は、雨が降ったら、傘をさしてもオープンにしたまま乗るんだ、と父は言っていた。子どもの頃、父の運転で初めてこの車の助手席に座った時に聞いた話である。その頃晶は、四歳か五歳だっただろうか。意味は分からなかったが、何故か心に残る言葉だった。

父は、イギリスへの憧れを強く持っていた。背広はいつも、かっちりしたイギリス風。車は趣味用のこのＭＧ　ＲＶ８の他に、家族用としてジャガーのセダンやランドローバーのＳＵＶを乗り継いできた。どれもイギリス車ばかりである。晶が高校生の時には、突然バイク雑誌を読み始めた。仕事が一段落したら、トライアンフ——これもイギリスのバイクだ——に乗るんだ、と嬉しそうに言っていたのを思い出す。

どこか、子どものような父だった。

子どもの頃の夢を叶えるために仕事をしているような人だった。

個人で貿易商をしていたのだが、ある意味、生活感が希薄な人だった。晶が小さい頃は商売も上手くいっておらず、生活がかなり苦しい時期もあったという。晶は物心ついてから不自由したことはないが、母親は常に「倹約」第一だった。苦しかった時期の記憶が鮮明だったのだろう。

兄も夢追い人だった。

小学生の頃に柔道を始め、それから空手、ボクシングと手を広げて、大学在学中に総合格闘家としてデビューした。活動できる時期は限られているし、しかも常に怪我と隣り合わせなのに、夢を追って……。

兄の影響で、小学生の頃から合気道の道場に通っていたのだが、長じて、夢を追いかける父と兄の姿を見てきたからこそ、自分は堅実な人生を送ろうと思った。その先にあったのが公務員——警察官という目標だった。その目標には辿り着いたが、正しい選択だったかどうかは分からない。

晶は、海ほたるの駐車場で、ＲＶ８に寄りかかりながら、ここのスターバックスで買った「今日のコーヒー」を飲んでいた。平日の午前中とあって、さすがに駐車場にも空きが目立つ。以前、土曜日に来た時には駐車場が満杯で、結局そのままスルーしてしまったことがあった。駐車場はショッピングセンターのそれのような感じだが、目線を転じると海が広がっている。ここは、東京湾にぽつりと浮かぶ島のようなものなのだ。

それにしても、面倒臭い車だ。小型のオープンツーシーター、後輪駆動で車重は一トン強と軽量。イギリスのスポーツカー伝統の仕様と言っていいだろう。ブリティッシュグリーンという深い緑色も、いかにも「らしい」。ただし心臓部には四〇〇〇ｃｃのＶ８エンジンを積んでいる。コンパクトなイギリス車のボディに、無理矢理アメリカ流の大排気量エンジンを搭載した感じで、排気音は野太く勇ましい。最大の悩みはノンアシストのハンドルだ。今の時代では軽自動車と見紛《みまご》うばかりのコンパクトさ、軽さだが、それでもパワステがないので、駐車場では取り回しに苦労する。そして今や希少価値の高いマニュアルトランスミッション……ワインディングロードで頻繁にシフトチェンジを繰り返す快感は何物にも代えがたいが、都内で渋滞に巻きこまれると地獄だ。クラッチはひたすら重く、左足が攣りそうになることもある。不満も多いが、その癖故に可愛くもあった。製造元のローバー・グループが既に存在していないので、大きな故障があった時にパーツが手に入らない不安はあるが、できるだけ丁寧に乗って長生きさせるつもりだ。

さて……コーヒーを飲み干し、車に乗りこむ。キャンバス地のルーフは開け放っておくことにした。エンジンを始動させると、V8らしい低い排気音が周囲に派手な騒音を巻き散らす。この音とオープンスタイルは目立つのだが、周囲の視線は気にしなければそれで済む。

ふと思い出し、バッグから便箋を取り出した。こんなところで手紙を書かなくても、と思ったが、これまでも思いついた時にはどこでも手紙を書いてきた。だからいつも、便箋と封筒をバッグに入れている。

今日が、五十四通目の手紙。

晶です。ご無沙汰しています。どうしてもお話ししたいと思い、この手紙を書いています。

いつもと同じ書き出し。そこまで書いてボールペンが止まってしまう。結局、書いたところに大きなバツ印をつけてはぎ取り、乱暴に丸めてシフトレバーの手前にある灰皿に突っこんだ。

この前、同じように車の中で途中まで書いた手紙がまだ残っていた。この灰皿、小さいから……溜息をついて、新しいゴミを無理に押しこむ。

アクアラインは、晶のドライブルートの定番だ。非番の日は、首都高からアクアラインを通って木更津《きさらづ》まで走るコースをしばしば楽しむ。そしてこのドライブは、中間地点の海ほたるを出てから千葉へ渡るまでがクライマックスだ。道路が海面に近いところがあり、まるで海の上を飛んでいるような感覚を味わえる。しかもオープンカーならではの特権として、潮の香りを存分に嗅げる。これを楽しみたいがためだけに、車を走らせることもあった。

ただし今日は、必ずしも楽しいドライブではないのだが。行き先は木更津の寺。千葉出身の前尾にとっての菩提寺で、由依の納骨式が終わったばかりだった。

いろいろなことがあった。山井の起訴に合わせて前尾は再度会見を行い、二時間にわたって報道陣の質問に答えた。その誠実なやりとり、そして涙——ネット世論は、一気に前尾に対する同情論に染まった。弘大が「殺人」ではなく「傷害致死」で起訴されたのも大きかったと思う。警察と検察の間でかなり激しいやりとりがあったが、結局殺意があったかないかの違いは大きかった。その後、晶は電話で一度前尾と話したのだが、「これからは家族のために生きていく」と力強く宣言したのが印象に残った。傷害致死なら刑期も短くなりそうだ、と希望も出てきたのだろう。

人は、「誰かのために」という目的があれば生きていける。

一方山井は、晶の予想通り晒し者になり、一時ツイッターのトレンドにも入った。まとめサイトができて、あることないこと書かれている。ネットのトラブル専門の弁護士が乗り出して解決に奔走しているようだが、山井の家族の名前もさらされ、騒ぎが収束する気配はない。ネットで流れた話は、消えることなく、永遠に漂流し続ける。

自業自得だ、と言い切ることはできなかった。

墓参りを終え、駐車場に戻る。せっかく木更津まで来たのだから海鮮丼でも食べていこうかな、と思った。山井をめぐる捜査はまだ続いているが、今日は貴重な非番である。陽の高いうちはドライブでストレスを解消し、夜は少し家の片づけをするつもりだった。

「よかった。上手く会えたわね」

声をかけられ、どきりとして振り向く。亮子——どうしてここに？

「どうしたんですか？」

「あなたに話があって」

「だったら、前みたいに呼び出せばいいじゃないですか。私、今日、非番ですよ」

「どうしても今日中に伝えておきたいことがあったのよ」

どうしてここが分かったのか——聞こうとしたが、その質問は野暮だとすぐに悟った。誰かの居場所を割り出すことなど、警察官にとっては朝飯前である。ましてや晶は昨夜、三国に「非番だから木更津へ行く」と言い置いた。管内を離れる時には、休みであっても上司に報告、というのが決まりだから……そして井端には、「由依の墓参りに行く」と具体的な目的まで告げていた。亮子なら、電話を二、三本かけてすぐに晶の居場所を割り出しただろう。

「さて……お昼は？」亮子が軽い口調で言った。

「まだです」しかし亮子と一緒に食べる気にはなれない。この理事官も悪い人ではなさそうだが、狙いが分からない。自分に対して出した指示の意味も、未だに摑みかねていた。

「一緒にどう？」

「それは……」晶は戸惑った。

「じゃあ、車の中で話しましょう。そんなに長くはかからないから」

二人は車に乗りこんだが、亮子は話しにくそうにしていた。それはそうだろう。トップは開いたままなので、外で話をしているのと変わりない。閉めようかと思ったが、亮子のためにそうしてやるのも何だか悔しかった。

「あなた、今回はよくやったわね」亮子は最初に褒めた。

「いえ――最悪です」それは認めざるを得ない。「死ななくていい若い人を死なせてしまいました。失敗です」

「今回の一連の事件の裏には、山井という男のとんでもない計画があった。それに気づかなかったのが原因で、いわば警察全体の責任なのよ」

「そうかもしれませんけど……」

「私は敢えて、あなたに難しい任務をお願いしたの。あなたはそれに応えてくれた。私が想像していたよりも一生懸命取り組んでくれた」

「どうして私だったんですか」

「あなたなら、加害者家族の気持ちを理解してくれると思ったから……きつい話をするけど、いい？」

「もうきつくなってますよ」晶は低い声で言った。

「あなたは大学四年の時、警察官を目指して試験を受けた。一次試験が四月十日？　そうだったわね」

「はい」はっきり覚えている。あの頃起きたことは、忘れようとしても忘れられない。

「二次試験が五月十六日……事件が起きたのは、四月二十六日だった」

「ご存じだったんですか」

「警察官だから。というより、あの事件、私も特捜本部で捜査していた」

「まさか」

「本当」亮子がうなずく。「捜査一課の主任だった頃よ。事件自体は、そんなに難しいものではなかった。犯人もすぐに分かって、特捜本部の解決率もアップして、刑事としては悪くない事件だった。たった一つのことを除いて」

「私の兄が犯人でした」

亮子に先に言われるよりは、と晶は自分から口にした。言ってしまうと、急に目の前が真っ暗になった気がする。今まで——警察官になってから、自分でこの件を喋ったことは一度もない。

「残念な事件だったわ。お兄さんには同情すべき点も多々あった」

「痴情のもつれ」と書いた雑誌もあった。しかし実際は、「痴情」もなければ「もつれ」もなかったのだ。

大学を卒業して、総合格闘技の選手として本格的に活動し始めた兄は、知り合いの女性から相談を受けていた。元彼がしつこくつきまとってきて、どうしていいか分からない、と。警察に相談したものの、動いてくれなかったので、仕方なく兄に打ち明けたのだった。

兄は昔から面倒見がよく、しかも正義感の強い人だった。彼女に対する好意もあったようだ。結局、自分が間に入って仲裁すると言い出し、三人で会うことになった。しかし結果は最悪——「別の男を連れてきたのか」と激昂した元彼は殴りかかってきて、兄はそれをあっさり撃退した。しかし間が悪いことに、兄は空手の有段者で、総合格闘技の選手としてデビューしたばかりだった。的確な正拳突きで相手は綺麗に仰向けに倒れ、頭を強打して翌日死亡した。兄は逃げた——その時点で特捜本部が設置されたのだが、結局兄は自首して逮捕されたのだった。

当時もネットは荒れた。総合格闘技の選手が、プロの技を使って相手を殺したのだから、普通よりも罪が重い、と。晶も含めた家族構成や実家の住所まで晒されてしまった。結果、家族はしばらく家から離れてホテル暮らしを強いられた。

状況は次第に分かってきたものの、正当防衛は認められず、兄は傷害致死で起訴された。仲介を頼んだ女性、所属事務所や大会の運営会社幹部らが情状酌量を訴えて裁判で証言したものの、実刑は免れなかった。咄嗟にプロの技を使って……というのが悪印象だったのだろう。

懲役五年。

既に刑期を終えて出所したが、現在は行方知れずになっている。調べれば居場所ぐらい分かるはずだが、晶には一歩を踏み出す勇気がなかった。それを、忙しさのせいにしている。

「警察官にはなれないと思いました」晶は打ち明けた。「二次試験は辞退するつもりでした」

「でも、絶対に受けるようにと、わざわざ電話をかけてきた人がいた」

それが亮子だったのでは——いや、電話してきたのは中年の男性だった。

「どうしていいか悩んだんですけど、結局私は二次試験も受けて合格しました。それでも、警察官になるべきかどうか、まだ悩んでましたけど」

「この車は、お父さんのもの？」亮子がいきなり話題を変えた。

「ええ」

「いい趣味ね」

「どうでしょう。運転するには最悪の車ですよ」この車でのドライブは、さながらスポーツだ。

「でもあなたは乗っている——お父さんの形見のようなものだから？」

晶は無言でうなずいた。そう、まさに父の形見だ。

父は、兄が起訴された後、胃潰瘍で倒れた。その三ヵ月後、自ら命を絶った……遺書は残っていなかったが、兄の起訴で精神的に打ちのめされたのは間違いない。晶から見ても、まるで友だちのような父子だったのである。しかも事件をきっかけに、仕事の上でもいきなり苦境に追いこまれた。これまで長くつき合ってきた商売相手が何人も、はっきりとした理由を告げずに「取り引きの打ち切り」を宣言してきたのだ。二重三重のショックが父を襲った。

父は、イギリス風のダンディズムを追いかけていた人だった。そういう人は、追いこまれても誰かに頭を下げるのをよしとしないのかもしれない。誰かに頭を下げるくらいなら死んだ方がまし——でもせめて、家族には気持ちを打ち明けるべきだったと今でも思っている。

父の自殺のショックからは、未だに立ち直っていない。黒い刻印が胸に刻まれている。

晶は家を出る時、父のＲＶ８だけは持ってきた。家族用のランドローバーは、まだ自宅のガレージで眠っている。自分では車を運転しない母は……母は横浜に一人残り、毎日をぼうっと過ごしている。生活には特に困っていない。中区——山手にある一戸建ては、ローンは完済済み。それなりの額の貯金が遺産として残され、多額の生命保険金も入ってきた。そのせいか、本当に何もせずに暮らしている。しかし確実に、精神は蝕《むしば》まれているようだ。たまに電話してくる時のしつこい喋り方は、どこか病的なものを感じさせる。

「警視庁も、変わりつつあるのよ」亮子が言った。「昔は、事件が起きれば捜査して、犯人を逮捕すればそれでＯＫだった。でも時代の流れで、犯罪被害者のケアもすべきだという声が高まって、総務部に犯罪被害者支援課が設置された。そういう経緯はあなたも知っているでしょう？」

「ええ」

「支援課は、ノウハウのない仕事を今まで必死でやってきたわ。それこそ試行錯誤、他の課とトラブルを起こしながらも、犯罪被害者のために頑張ってきた。でも、それだけではカバーしきれないことがある」

「加害者家族の問題、ですね」晶は低い声で言った。

「そう」亮子がうなずく。「加害者にはもちろん、責任がある。だったら家族はどうか――生い立ちや家族との確執で犯行に走ることもあるけど、大抵の場合は関係ない。でも、犯人の家族だというだけで白い目で見られたり、実害が出ることもあるでしょう？　特に今は、ネットで家族の実名が明かされて、有形無形の被害が出ることがある」

「山井のケースがまさにそれです」

「山井の家族は、雲隠れしたみたいね」

「資産家なんですけどね」土地持ちで、地元の「名士」でもあるのだが、もはやその看板は地に落ちた。もう地域社会では生きていけないと考えたのだろう。

「こういう時、あなたはどうすべきだと思う？」

「警察的に、ですか？　いえ、それは……警察の仕事じゃないと思います」

「今まではね」亮子がさらりと言った。「でも、これからはどうかな。被害者をケアするのは、何とか普通になった。でも加害者家族は、今でもほぼ無視されている。だけど、加害者家族だからこその被害を受けることもあるわけでしょう？　今回の件が典型だけど。以前から、被害者だけではなく、犯罪に巻きこまれた人を、警察としてもっと総合的に支援すべきではないか、という話が出ていたのよ」

「三浦さんがその中心ですか？」

「私だけじゃないけど……そうね、私は、そういう組織が必要だと思ってる。私自身の経験から」

「何があったのか、教えてもらえますか？」

「もう二十年ぐらい前――刑事として駆け出しだった頃に、犯人の家族が一家心中したの」

「まさか……」

「事件については、後で調べてみて。八王子で起きた殺人事件で、その後の一家心中も大きなニュースになったから。それ以来私は、警察っていうのは捜査して犯人を逮捕したらそれで終わりじゃないだろうって、ずっと考えてたの。そして、上層部でも同じように考えている人がいてね」

「それと私と、何の関係があるんですか」晶はかすかな苛立ちを覚えた。

「あなたは、犯罪加害者の家族。しかもお父さんを失っているから、ある意味、被害者家族でもある。辛い経験をしたからこそ、ただの警察官としてではなく、今までにない新しい仕事ができるんじゃないかって判断した人間がいたのよ」

「それで、わざわざ二次試験を受けるように電話してきたんですか？」

「そう」

「あの時電話してきたの、誰だったんですか？　私の知っている人ですか？」

「失踪人捜査課の高城《たかしろ》賢吾《けんご》課長」

「高城さん？」名前は知っているが面識はない。「どうして失踪課の人が？」

「警視庁には四万人以上の職員がいて、その中にはあなたと同じように辛い思いをしている人がいる。高城さんもそう――まだ小さかった娘さんが失踪して、十年以上経ってから遺体で発見された」

「まさか……」被害者家族だったのか。

「高城さんはある意味、誰よりも人の痛みが分かる人なの。私は個人的な知り合いで、だからあなたに対する説得をお願いした」

　あの男性は――高城は「諦める必要はない」とはっきりと言った。「君だからこそ、警察でやれることがある」と。勇気づけた後の、「事件については試験結果に反映されない」という事務的な説明の方に、よほど勇気づけられたが。

「結果的に、高城さんに頼んで正解だったわね」亮子がにこりと笑う。「警察官としてのあなたは、優秀に育ってくれた。査定もいいのよ。ちょっと独善的過ぎるところはあるけど、まったく癖のない警官なんて、かえって伸びないから」

「もしかしたら……何か、新しい組織ができるんですか？」話の流れから晶は読み取った。

「さすが、勘がいいわ」亮子が嬉しそうに言った。

「私はそのためにリクルートされたんですか？　そんなに前から？」

「有り体に言えば、そういうことね」亮子がうなずく。

「警視庁って、怖い組織ですね……」

「あなたも辛かったんじゃない？　それとも不自然に思ってたかな？　どうして自分が警察官になれたか、疑問を抱かなかった？」

「思いました。今でも不思議です。ついでに言えば、今まで誰も指摘しなかったのも変です。私が加害者家族だということは、誰でも知ってるはずですよね？」

「徹底すれば、何とかなるものよ。警察では、命令は絶対だから」

「私は守られていたんですか？」

「あなたには、新しい部署で中心的な存在になってもらいたいから」

「……異動ですか」実質的に、刑事としては馘ということか。晶は唇を噛んだ。

「人間って、基本的に保守的なのよね。半年でも一年でも仕事をして慣れたら、他の仕事はしたくなくなる。一から学び直すのは面倒だし、ヘマしたらどうしようって、怖くなるのよ。仕事に慣れるのは大事なことだけど、そのまま定年までずっと同じ仕事をし続けて、それで満足できるかしら」

「私は、そんなにチャレンジ精神のある人間じゃないです」

「義務があるとしたら、どう？」

「義務……」亮子の言いたいことはすぐに分かった。犯罪加害者家族として味わった経験を、警察官として活かすべき——しかしそれは、あまりにもきつい。自分にできる仕事とは思えなかった。実際今回も失敗し、大事な人命を失ってしまったのだから。あれは、許されることではない。

「きついことは分かってるわ。でも、支援課のスタッフは、今までずっときつい思いを味わいながら頑張ってきた。彼らに手を貸してあげて」

「……すぐには答えられません」拒否できない、とは分かっていた。警察官には、異動を断る権利はないのだ。よほどの事情があればともかく、晶には何の事情もない。自分の気持ちの問題があるだけで、それは拒否の理由にならないだろう。

「この異動が、あなたを苦しめるかもしれないのは分かってるわ。でも、あなたにはチャレンジして欲しいの」

「私は、もう何年も前から、システムに組みこまれていたんですね」

「申し訳ないけど、そういうこと」

「そして、三浦さんのお眼鏡にも適《かな》った」

「私だけじゃないわ。この計画を進めている人間全員が、あなたを認めた。あなたならやれる。あなたが頑張ってくれれば、警視庁は——警察は生まれ変われると思う。今の時代に合った捜査機関としてね」

「お話は分かりました。でも、今は返事はできません。少し時間を下さい」

「あなたの異動は……受けてもらえるとしたらこれが二回目？」

「そうですね」初任地から本部の捜査一課へ。所轄の交番勤務から刑事課へ上がったのは「異動」とは言わない。同じ署内での配置転換だ。

「警察では、異動は日常茶飯事よ。今のうちに慣れておかないと」

「そう簡単には割り切れません。刑事失格だと言われているみたいで」晶はＲＶ８の太いハンドルをきつく握った。

「若いうちにいろいろな仕事を経験して、それを将来また捜査一課の仕事にフィードバックしてもいいのよ。柔軟に考えて。でも、焦る話じゃないから。もう少し先の話だし。だからこの件は、口外しないようにして」

「考えます」即座に拒否するには情報も足りない。

「いいわよ――ねえ、やっぱりご飯にしない？　美味しい海鮮丼の店、知ってるのよ。奢るから」

「ありがとうございます……三浦さん、今日は仕事はいいんですか？」

「あなたを説得するのも仕事」

「ご飯を食べたら、本部まで送ります。貸し借りを作りたくないので」

「そこまでちゃんと計算しなくてもいいのに」亮子が苦笑した。

「性分なんです。こういうの、新しい仕事には向きませんか」

「そんなの、誰も分からない」亮子が首を横に振る。「誰もやったことがない仕事なんだから」

新しい仕事。新しい道。胸の黒い刻印は、いつか聖なるものに変わるのだろうか。

本書は書き下ろしです。

堂場瞬一（どうば・しゅんいち）
１９６３年茨城県生まれ。２０００年、『８年』で第13回小説すばる新人賞を受賞。警察小説、スポーツ小説など多彩なジャンルで意欲的に作品を発表し続けている。著書に「警視庁犯罪被害者支援課」「警視庁追跡捜査係」「ラストライン」の各シリーズのほか、『八月からの手紙』『傷』『Ｋｉｌｌｅｒｓ』『ネタ元』『焦土の刑事』『動乱の刑事』『沃野の刑事』『ダブル・トライ』『ピットフォール』『刑事の枷』『沈黙の終わり』『赤の呪縛』『大連合』など多数。２０２１年、作家デビュー20周年を迎えた。

聖《せい》刻《こく》

二〇二一年八月二十三日　第一刷発行

著者　堂場《どうば》瞬一《しゅんいち》
発行者　鈴木章一
発行所　株式会社講談社
〒一一二‐八〇〇一
東京都文京区音羽二‐十二‐二一
電話　出版　〇三‐五三九五‐三五〇五
販売　〇三‐五三九五‐五八一七
業務　〇三‐五三九五‐三六一五
本文データ制作　講談社デジタル製作
印刷所　豊国印刷株式会社
製本所　株式会社若林製本工場

KODANSHA

N.D.C.913　358p 20cm
ISBN978-4-06-524055-7